De la même autrice,
aux éditions Charleston poche :
Changer de ciel pour mieux voir les étoiles, 2024.

Présente édition :

76, boulevard Pasteur
75015 Paris – France
www.editionscharleston.fr

ISBN : 978-2-38529-433-5

Maquette : Patrick Leleux PAO

Sandra Martineau

PETITS BONHEURS
À TOUS LES ÉTAGES

Roman

XO
EDITIONS

« Le plus grand bien que nous faisons aux autres
n'est pas de leur communiquer notre richesse,
mais de leur révéler la leur. »
Louis Lavelle

« Les personnes sans potentiel
n'existent pas, ce sont juste des personnes
qui ne sont pas à leur place. »
Raphaëlle Giordano

1

— Concernant nos bonnes œuvres, il est impératif que nous déterminions avant le mois de mai quelle association recevra nos dons, afin de pouvoir nous organiser pour le gala de novembre.

La voix criarde d'Hortense de Rochefort m'agresse les oreilles. Comme tous les deuxièmes lundis de chaque mois.

— On devrait solliciter une association dans les quartiers défavorisés, suggère Sonia.

En jetant un coup d'œil circulaire à l'assemblée, je constate que tout le monde semble approuver la proposition. Nous sommes sept autour de la table, sept femmes toutes affublées de sportswear haute couture – au cas où nous irions faire un jogging après notre séance de brainstorming. Mais je sais que mon combishort éponge signé Le Petit Croco ne craint, au pire, qu'une tache d'huile de calendula après un massage.

Nous sommes réunies dans le petit salon de l'un des plus prestigieux golfs de la région. Un parcours neuf trous exceptionnel – aux dires de tous les notables des alentours –, une piscine quasi olympique, un espace détente spa, des courts de tennis, sans oublier un barman aux mains d'argent et un fondant pistache-abricot à se damner. Je ne suis pas friande de ce genre d'endroits ni du type de personnes qu'on y côtoie, mais je n'ai pas le choix.

J'observe ces femmes, toutes épouses ou filles de notables de la région, cinq pintades brushées et parfumées et Anne-Charlotte, que je suis la seule à appeler Charly, car je l'apprécie énormément, et la réciproque est vraie. Elle est comme moi, à l'opposé de ces pimbêches qui fréquentent le club, autant physiquement que psychologiquement. La simplicité est un art de vivre chez elle et, contrairement aux autres, Charly ne me fait pas sentir en permanence que je ne suis pas issue de leur milieu. Avec ses taches de rousseur, son petit nez mutin et son allure d'éternelle étudiante androgyne, elle ressemble à un elfe – mais un elfe qui se serait trompé de forêt magique. Et avec sa timidité, je me demande comment elle a réussi à survivre au milieu de ces requins en jupons. Elles sont toutes des « femmes au foyer », comme moi – sinon que, dans un autre contexte, je ne les aurais jamais rencontrées.

Je m'appelle Joanna Baron, j'ai trente-six ans, mes trois enfants constituent ma seule « fortune personnelle » et mon compagnon m'encourage à faire amie-amie avec les épouses de ses richissimes clients. C'est pour lui que je me force à les côtoyer depuis deux ans, période à laquelle nous sommes arrivés dans la région après un énième déménagement. Laurent est comptable fiscaliste, expert en gestion de patrimoine et intermédiaire en opérations bancaires. De grands mots pour dire qu'il aime les chiffres. Et visiblement il est doué. Nous ne manquons de rien, pourtant cela ne m'empêche pas de m'ennuyer. Je ne suis pas friande de ces mondanités qu'il m'impose, de ces dîners dans des endroits toujours trop chics, de ces voitures toujours plus luxueuses. Mais il faut bien accepter quelques sacrifices pour préserver l'équilibre de la famille.

Avant lui, mon existence était bien moins stable : sans diplôme, j'enchaînais des petits boulots, de caissière à serveuse en passant par femme de chambre. Je cumulais les emplois pour me permettre de subvenir aux besoins de mes enfants. Certes, je lui suis redevable de m'avoir sortie de la galère, mais au-delà de ça, j'apprécie sa compagnie. J'ai pourtant de plus en plus l'impression que ce n'est plus son cas.

À mon réveil, j'ai reçu un SMS de Laurent. Après avoir découché toute la nuit, il m'annonce qu'il part finaliser un contrat à l'étranger. Pas d'explication supplémentaire. Je ne sais pas où il va ni pour combien de temps. Encore moins avec qui. Ce voyage n'annonce rien de bon pour la suite.

Mes traits sont tirés, mes yeux noisette semblent atteints de myxomatose et, en me coiffant, j'ai découvert des cheveux blancs qui tapent l'incruste au milieu de mon épaisse chevelure brune. En m'habillant, un autre constat : ma combinaison me serrait un peu plus que la dernière fois. Les mots « prise de poids » se sont immédiatement imprimés en rouge vif dans mon esprit. J'avoue m'être souvent laissée aller ces derniers temps, mais avec mon mètre soixante-dix, et mes soixante-cinq kilos, ma courbe IMC reste dans la normalité. Pas encore de quoi s'inquiéter !

Arrivée au golf en milieu d'après-midi, je pensais trouver quelqu'un qui puisse m'en apprendre davantage sur le voyage de Laurent, mais Hortense et ses Angels m'ont accaparée pour la réunion. Pas moyen d'y échapper.

— ... ce que nous sommes capables de faire pour améliorer le monde qui nous entoure.

Cela fait dix minutes que les échanges ont démarré et si, au premier abord, les paroles d'Hortense paraissent emplies de compassion, une autre réalité se cache derrière ce discours. En prononçant le mot « dons », elle pense « déduction fiscale ». En évoquant l'aide à apporter aux plus pauvres, elle ne fait que s'acheter une bonne conscience. Une goutte de générosité dans un océan d'égoïsme et des bons sentiments aux relents d'exonération d'impôts. À l'ordre du jour : le choix du bénéficiaire de nos prochaines actions de charité pour l'année 2021.

Une grosse enveloppe à une association de quartier et hop, on règle tous les problèmes ! Pourquoi ne pas y avoir songé plus tôt ?

Je croise les bras et glisse une main sous mon menton pour donner l'impression de réfléchir aux propositions du groupe. Mais lorsque je soupire silencieusement, Charly me lance un regard réprobateur : manifestement, mon ennui est trop perceptible. Elle m'envoie un SMS : « J'adore les voix de crécelle ! » Ce message parvient à m'arracher un sourire. Je m'apprête à lui répondre quand une hôtesse du club entre en trombe dans notre salon, un téléphone à la main. Ses lèvres pincées ne me disent rien qui vaille et lorsqu'elle me fait signe, je frémis. Alors que je m'approche d'elle, la jeune femme se penche à mon oreille :

— J'ai au téléphone une personne qui prétend que la police est chez vous et que monsieur a des menottes !

Mon sourire s'éteint instantanément comme une ampoule grillée. Mon premier réflexe est de lui arracher l'appareil des mains. À l'autre bout du fil, la voix stridente de mon employée de maison se fait déjà entendre.

— Que se passe-t-il, May-Linh ?

— Madame, Madame, la police… Partout dans la maison ! Rentre vite ! Monsieur a des menottes ! hurle-t-elle.

Autour de moi, les visages se figent et des murmures se propagent dans l'assemblée. Visiblement, je ne suis pas la seule à avoir entendu. Je pars en catastrophe.

— Putain de merde, c'est quoi ce bordel ?

2

Arrivée chez moi, je sors en trombe de la Jaguar. Le policier en faction devant mon portail en fer forgé m'interpelle.

— Madame, vous ne pouvez pas rester ici !

— Ah ! vous, ce n'est pas le moment ! crié-je.

Je me rends compte de mon agressivité en remarquant que le gardien de la paix a posé ses doigts sur son arme de service et reculé d'un pas.

— Excusez-moi, monsieur, pondéré-je en levant les mains au-dessus de la tête. J'habite ici. Ma femme de ménage m'a appelée pour que je vienne de toute urgence.

— Vous avez une pièce d'identité ?

— Dans la voiture, lui précisé-je en montrant la Jaguar de l'index.

— Allez-y, m'ordonne-t-il en maintenant la pression sur son étui.

J'ouvre la portière côté passager et, à défaut d'avoir le cerveau à l'endroit, je renverse le contenu de mon sac sur le siège pour attraper mon portefeuille. Carte d'identité en main, je reviens vers l'officier en quatrième vitesse. Il vérifie le document tout en me jetant de petits coups d'œil.

— Vous n'êtes pas Mme Meyer, observe-t-il.

— Non, effectivement, nous ne sommes pas mariés, mais il s'agit bien de mon adresse. Regardez sur la boîte aux lettres !

Le policier m'autorise enfin l'accès. Ma maison est une véritable fourmilière. Des hommes en uniforme vont et viennent dans toutes les pièces. Certains transportent des cartons, d'autres fouillent tous les emplacements susceptibles de contenir quelque chose : les raisons de cette effervescence m'échappent. J'avance fébrilement à la recherche de May-Linh, mais je ne l'aperçois nulle part. En consultant ma montre, je me dis qu'elle est sans doute partie faire les courses avant d'aller chercher les enfants. Je continue d'évoluer dans la maison en quête de quelqu'un en mesure de me renseigner. En traversant les pièces, je me rends compte qu'on ne me prête pas la moindre attention. Je tends donc l'oreille pour essayer de glaner quelques informations. Des officiers discutent à quelques mètres de moi et des bribes de conversations me parviennent : « Arrêté sur le tarmac... Valise pleine de cash... » Bon... Au moins, il n'est pas question de meurtre. J'essaie de m'accrocher à l'espoir qu'il s'agisse d'une erreur car Laurent ne transporte jamais d'argent liquide. Du moins, à ma connaissance.

Comme je pénètre dans le vaste salon, mon attention s'arrête sur deux individus, visiblement en total désaccord. Le plus petit, de corpulence moyenne, porte des lunettes rondes et une barbichette qui le fait étrangement ressembler au professeur Tournesol. Ce drôle de personnage gesticule dans tous les sens en collant une feuille sous le nez du second, une armoire à glace équipée d'un brassard orange de police dont le calme olympien inspire le respect.

— Lieutenant Lewinski, je dois faire l'inventaire des biens de M. Meyer.

— Maître Juvel, je vous le répète pour la troisième fois, nous devons perquisitionner, donc vous ne touchez à rien. Même pas avec les yeux.

Mon cœur se lance dans une course folle lorsque je saisis que le petit hargneux est un huissier. Les mots « arnaque », « victimes » et « créances » peinent à se frayer un chemin dans mon esprit jusqu'à cette dernière phrase :

— Oui, nous sommes déjà au courant. Les différents préjudices s'élèvent à plusieurs centaines de milliers d'euros...

Mes jambes se mettent à flageoler et je me sens au bord du malaise. La situation est plus grave que je ne l'avais imaginé. Surprise ou choc ? Je ne sais pas ce qu'exprime le cri qui s'échappe de ma bouche, mais le résultat est le même : les deux hommes pivotent vers moi, prenant conscience de ma présence.

— Qui êtes-vous ? m'interroge le policier.

— La compagne de M. Meyer, parvins-je à bredouiller.

— On vous a laissée entrer sans être accompagnée ? reprend-il d'un ton agressif.

— Euh, apparemment oui, puisque je suis là !

Tandis que l'huissier peine à réprimer un sourire, l'officier manifeste un certain agacement en se claquant une main sur le front.

— Qui m'a collé une bande d'empotés pareils ? Et ça vous amuse ? lâche-t-il à son interlocuteur.

— Non, pas du tout. J'apprécie juste le professionnalisme de vos collègues, ironise-t-il. Pensez à fouiller madame, au cas où elle aurait récupéré des éléments à charge.

— Maître Juvel, vous n'avez plus rien à faire ici, je ne vous retiens pas.

L'huissier murmure quelques mots incompréhensibles et, avant de tourner les talons, s'adresse à moi :

— Je reste. Je dois vous parler de votre dossier.

Il a dit « votre » ! Un vent de panique me saisit. Je ne suis même pas au courant de ce qui se trame chez moi, mais ils considèrent que je suis impliquée. Une chape de plomb s'abat sur mes épaules et un profond soupir s'échappe de ma bouche.

— Madame Meyer, me lance l'officier pour attirer mon attention.

— Madame Baron, rectifié-je.

— Votre compagnon fait l'objet d'un mandat d'amener dans le cadre d'une enquête financière. Nous l'avons arrêté à l'aéroport avant qu'il ne s'envole pour un paradis fiscal sans convention d'extradition.

Je le dévisage, incapable de savoir comment réagir. L'info vient de provoquer un cataclysme dans mon esprit. Je m'affale sur la première chaise à proximité. Pourtant, lorsque Laurent apparaît dans l'escalier, menotté et accompagné de deux policiers, je me dresse tel un pantin hors de sa boîte.

— C'est vrai, ce qu'ils disent ? Tu quittais la France ? crié-je, animée par une colère sourde mêlée d'une profonde tristesse.

Il m'observe sans ciller. L'espace de quelques secondes, son visage s'anime, je comprends qu'il va parler, mais son rictus narquois n'annonce rien de sympathique.

— Garde tes larmes. Notre histoire n'en vaut pas la peine.

Je reste bouche bée, sidérée par la violence de ses propos. Son regard ne reflète rien. Paralysée par un chagrin que je tente de contenir, je l'observe plus attentivement. Une attitude arrogante malgré les menottes qui lui entravent les poignets, un ton dédaigneux, un regard glacial. Qui est cet homme dont le comportement est à l'opposé de celui du compagnon avec lequel j'ai eu un enfant ?

Je sors de mes pensées lorsque le policier reprend la parole.

— Je suis désolé d'interrompre cette délicate mise au point, mais nous avons une enquête à mener. Nous avons trouvé cette clef jaune, dit l'officier en me tendant un sac de scellés. Madame Meyer, avez-vous une idée de ce qu'elle ouvre ?

— Elle ne s'appelle pas Meyer, lance Laurent. Pas la peine de lui poser des questions, reprend-il, elle ne sait rien. C'est la clef d'un box chez Onstock.

— Et on va y découvrir quelque chose d'intéressant ?

Laurent se contente d'un nouveau regard dédaigneux et garde le silence.

J'accuse le coup. Je n'étais au courant que de la location d'un garage pour stocker ma vieille voiture, pas de celle d'un box à son nom. Devant mon visage déconfit, Laurent m'adresse un sourire moqueur avant d'être emmené à l'extérieur par deux brigadiers.

— Embrasse mon fils pour moi et dis-lui que je viendrai le chercher dès que je sortirai.

Vacillante, j'hésite entre m'effondrer ou sauter à la gorge de Laurent. Comme c'est finalement la première option qui s'impose à moi, le lieutenant me rattrape de justesse et me soutient jusqu'au canapé.

— Il ne va pas se retrouver dehors tout de suite, me souffle-t-il avant de quitter la pièce.

Ils me laissent seule, sans plus d'explications. Je suis noyée sous un flot de sentiments confus. Que va-t-il se passer ?

J'ai traversé de nombreuses épreuves dans mon existence, mais ma petite vie confortable de ces dernières années m'a ramollie et, aujourd'hui, je me sens particulièrement vulnérable. Pourtant, il va falloir trouver la force de faire front. Prostrée dans le divan, assise genoux contre poitrine, je tente de réfléchir à la suite des événements lorsque l'homme aux lunettes rondes entre dans mon champ de vision. Je suis tremblante, au bord des larmes, et cela ne semble pas le perturber le moins du monde.

— Je suis désolé de ce qui vous arrive, mais je dois vous prévenir que les biens de M. Meyer seront saisis pour rembourser les créanciers dès que la procédure le permettra. La maison sera également vendue.

À bout de nerfs, je le somme de s'en aller. L'homme s'exécute sans insister et me laisse avec mes sombres pensées : je n'ai pas de boulot, pas d'argent de côté, bientôt plus de logement. Je ne sais pas encore si je risque d'être mise en cause dans les arnaques de Laurent et si, de ce fait, je dois redouter de perdre la garde de mes enfants. Ses derniers mots me reviennent en tête. Lui, c'est Arthur qui l'intéresse. Il risque d'être emprisonné un moment, mais que se passera-t-il quand il sortira ? Il ne lui sera pas difficile de nous retrouver, et que pourrai-je faire contre lui ? Même si, *a priori*, ce devrait être compliqué pour un repris de justice d'obtenir la garde exclusive de son enfant, je sais que Laurent a le bras long et les moyens d'arriver à ses fins.

3

Les policiers ayant enfin évacué les lieux, je sors dans le jardin, l'esprit embrumé. Je suis frigorifiée, mais la fraîcheur du mois de mars n'en est pas la cause. Je comprends doucement ce qui se passe et tout ce que cela implique. La rencontre avec Laurent m'avait permis de me reconstruire après des années de galère avec mes aînés. Nous avions rapidement emménagé ensemble après notre coup de foudre et, quelques semaines plus tard, j'étais enceinte d'Arthur. Des années pour équilibrer une vie familiale parfois complexe. Tout ça pour en arriver là. Aujourd'hui, je me retrouve encore seule pour des raisons qui me dépassent complètement. Les yeux embués, je me laisse glisser au sol. Mon regard s'attarde sur la façade de la maison. À peine deux ans que nous avons pris nos marques dans cette nouvelle demeure et il faut déjà la quitter. Même si je ne me sens pas tout à fait chez moi dans ce pavillon de trois cents mètres carrés répartis sur trois étages, mes enfants aiment y vivre et c'est l'essentiel. Victoire s'est d'ailleurs beaucoup investie dans la décoration de sa chambre et de celle de son petit frère. Comment vont-ils prendre tous ces bouleversements ?

Les mots de l'huissier résonnent à nouveau en moi. Les biens vont être saisis, et tout ce qui fait notre quotidien depuis des années va bientôt disparaître. Nous allons devoir partir pour ne pas être jetés dehors. Mais pour aller où ? L'avenir est d'autant plus flou que je n'ai pas de famille, pas d'amis, hormis Anne-Charlotte – mais pas question de me pointer chez elle avec mes soucis et mes enfants. Je me mordille l'ongle du pouce en réfléchissant. Angoissée, je nous imagine déjà dormir dans ma voiture ou faire la queue à la soupe populaire. Bien sûr, nous n'en sommes pas encore là, mais je commence à douter de tout.

Comment Laurent a-t-il pu nous faire ça ? Les larmes ruissellent sur mes joues sans que je puisse les contenir. Qu'en était-il vraiment de notre couple pour que notre histoire se finisse ainsi ? Je n'ai rien vu venir, ni ses mensonges ni sa double vie. J'avais certes conscience que nous ne partagions plus grand-chose ensemble et que notre relation s'était abîmée, mais à quel moment tout a-t-il basculé ? Ces derniers temps, son comportement aurait dû m'alerter. Il s'absentait plus souvent, parlait peu et s'agaçait vite. J'expliquais ces changements par sa surcharge de travail et je dois avouer que mon quotidien de mère au foyer avec trois enfants m'occupait suffisamment pour que cela ne me perturbe pas outre mesure. Je me rends bien compte désormais que j'ai vécu avec un menteur et un tricheur qui non seulement nous met dans la merde avec ses escroqueries, mais qui en plus avait décidé de nous abandonner en pleine tempête. Je m'en veux de m'être trompée à ce point sur lui durant toutes ces années et je sens la colère m'envahir. Pourtant, je prends conscience que, curieusement, je me moque complètement de ce qui peut lui arriver.

Perdue dans ce marasme émotionnel, le nom de la seule personne en mesure de nous aider m'apparaît soudain. J'essuie mon visage d'un revers de main et attrape mon téléphone en priant pour que ses honoraires aient été payés pour les mois à venir.

— Bonjour, cabinet V & B Associés, Tiffany à votre service...

Tiffany ? Le prénom résonne dans mon esprit. Tiffany, Tiffany... Pourquoi ce prénom m'interpelle-t-il autant ? En un quart de seconde, je me remémore la scène. Je suis installée avec Laurent dans un restaurant gastronomique réputé de Paris quand arrivent son avocat, maître Van Offen, et celle que Laurent me présente comme sa compagne : Tiffany, ligne de top model, talons aiguilles, minijupe et décolleté plongeant. Comment n'ai-je pas compris la situation ce soir-là ? Elle a tout de la maîtresse qu'on chevauche après un dîner quatre étoiles, loin de la petite épouse parfaite qui n'attire pas les regards insistants. Les teintes chaudes de la voix de cette bimbo m'extirpent de mes souvenirs.

— Que puis-je faire pour vous ?

— Bonjour, Joanna Baron, je souhaiterais parler à maître Van Offen.

— Ah ! madame Baron. J'attendais votre appel.

Ah ! oui, carrément ? À croire que j'étais la seule à ne pas savoir qu'il allait se passer quelque chose aujourd'hui !

— Maître Van Offen est indisponible pour le moment.

Ben voyons !

— Il peut néanmoins vous recevoir demain à 10 heures.

— J'aurais souhaité m'entretenir avec lui maintenant.

— Madame, j'ai bien conscience que votre situation est délicate. Mais...

Parce qu'elle est également au courant !

— Maître Van Offen va vous sortir de ce mauvais pas. À demain 10 heures. Bonne soirée, madame.

Pas le temps de répondre qu'elle a déjà raccroché. Demain, 10 heures. *Tu vas voir ce que je vais en faire de ton Zorro avec sa grosse épée.* J'observe mon téléphone quelques instants, hésitante. Y a-t-il d'autres personnes déjà au courant de ma nouvelle condition de merde ? Je pianote sur le clavier à la recherche du contact de Charly et presse la touche. Dès la première sonnerie le répondeur s'enclenche. À croire qu'ils se sont tous donné le mot ! Avocat pas dispo, meilleure amie non plus. Quant aux proches de Laurent, ils m'ont toujours considérée comme une pièce rapportée et vont s'empresser de me tourner le dos les uns après les autres. Il y aurait bien mon père qui m'aiderait sans hésiter, mais je l'ai ignoré depuis si longtemps que je me vois mal revenir vers lui pour implorer son soutien. Depuis quand n'ai-je pas pensé à lui ? Je commence à m'apitoyer sur mon sort lorsque les enfants franchissent le portail en se chamaillant. J'essuie les traînées humides sur mes joues et habille mon visage d'un sourire crispé.

— Coucou les loulous ! La journée s'est bien passée ? lancé-je en essayant de mettre de l'entrain dans ma voix.

Arthur, mon petit trésor, me regarde avec gravité avant de lâcher la main de May-Linh pour se jeter dans mes bras. A-t-il senti mon malaise ? Âgé d'à peine sept ans, il comprend les choses avec une maturité qui me dépasse. Mon bébé n'en est plus un et le petit garçon que je serre contre moi ne cesse de se transformer. Cet après-midi, je trouve que les traits de son visage ont une nouvelle fois évolué. Encore quelques années et il refusera comme Valentin que je le câline. J'en profite pour le couvrir de baisers. Sa peau de bébé m'a toujours laissé une impression de bien-être, mais je le mesure encore davantage aujourd'hui. Le nez dans ses bouclettes dorées, j'aperçois la mine boudeuse de ma fille qui gravit le perron. De son regard d'ordinaire marron foncé, je ne distingue que deux pupilles très sombres. Son pas est tellement pressé que je n'ai pas le temps de l'interpeller et la tornade Victoire, avec l'insolence de ses quinze ans, claque déjà la porte de sa chambre à l'étage.

— Tu sais ce qu'elle a ? demandé-je à Valentin qui s'approche d'un pas nonchalant.

— Non, pas vraiment. Mais t'inquiète, Mum's, ça doit encore être une histoire de nanas, lance mon fils avec désinvolture en pénétrant dans la maison.

Ces quelques mots me donnent l'impression d'être une nouvelle fois passée à côté de quelque chose. Qu'est devenue la petite fille qui me confiait ses bonheurs et ses doutes ? Son silence grandissant au fil du temps s'impose désormais comme un obstacle infranchissable dans notre relation.

Valentin me considère toujours avec ses yeux d'adolescent au bord de la crise d'hypoglycémie. C'est vrai que l'heure du dîner approche. Je rejoins May-Linh à la cuisine et la découvre en train de rassembler quelques affaires.

— May-Linh, pouvez-vous préparer le dîner pour les enfants ? Je dois réfléchir à la suite des événements.

— Non.

— Pourquoi donc ?

— Un mari en prison, plus d'argent pour payer. Alors je pars !

Mes yeux s'écarquillent au moment où je prends brutalement conscience des conséquences en cascade de l'arrestation de Laurent. Sa fortune me permettait de vivre confortablement jusqu'à maintenant. Je n'ai désormais plus les moyens de me payer le luxe d'une employée et l'indispensable May-Linh me le démontre immédiatement en quittant le navire en train de couler.

Les mots sont bloqués au fond de ma gorge. « Je manque à dire », comme l'énonce Arthur lorsqu'il ne sait pas quoi répliquer. May-Linh s'en va en claquant la porte. Complètement déconcertée, je réfléchis à la façon dont je me suis comportée avec cette femme pour qu'elle décide de s'en aller sans attendre. Je n'ai pourtant pas l'impression de ressembler aux pimbêches du club qui traitent leurs employés comme des esclaves ! Ma petite existence si parfaite finit de s'effondrer tel un château de cartes. J'hésite entre rires et larmes. Comment affronter cette nouvelle épreuve ? Le visage de ma mère apparaît dans mon esprit. Son décès me pèse depuis mon adolescence, mais aujourd'hui elle me manque plus que jamais. Je n'ai pas de frère ni de sœur avec qui partager mes déboires et je ne parle plus à mon père depuis ma majorité. Cette soudaine solitude me renvoie à un triste constat : qu'ai-je fait de ma vie durant toutes ces années ? J'ai l'impression de sortir d'un profond sommeil, et le réveil est sacrément brutal. Le corps plié en deux par des angoisses paralysantes, je peine à respirer. Il faut que je me reprenne et trouve l'énergie de résister aux intempéries qui nous menacent. Ce « nous » résonne dans ma poitrine à m'en faire mal. Mes enfants font partie de l'équation et j'ai peur de leur avouer mon incapacité à faire face à cette tempête qui s'annonce destructrice. Je ne peux différer plus longtemps la conversation que je dois avoir avec eux. Or elle promet d'être houleuse.

4

Le lendemain matin, j'ouvre un œil, puis le second, avant de tenter de me redresser dans le lit. Ma tête tambourine comme un lendemain de fête et je porte toujours mes vêtements. Tout me revient en mémoire : l'arrestation de Laurent, l'huissier, la bouteille de vin... Le silence qui règne dans la maison retentit telle une alarme anti-intrusion. Les enfants ! Je dévale l'escalier quatre à quatre et découvre une cuisine vide et propre. Enfin presque. Trois bols traînent sur la table. Les enfants se sont organisés sans que j'entende le moindre bruit. D'habitude, c'était Laurent qui assurait la préparation de la tribu dans une cacophonie incroyable. Un tel revirement me laisse pantoise. Si j'imagine sans grande difficulté qu'Arthur a obéi à sa sœur, gérer le mollusque Valentin a dû être une autre histoire.

Je croise mon reflet dans la glace : mon teint est blafard et les cernes bleutés sous mes yeux trahissent une certaine fatigue. La soirée d'hier a été plus assaisonnée que la salade que je leur avais concoctée pour accompagner leurs piteux croque-monsieur. Entre les commentaires cinglants de ma fille sur Laurent, les questions d'ordre financier de Valentin à la suite de cette arrestation et les interrogations silencieuses d'Arthur, je n'ai pas su répondre à toutes leurs angoisses. Quand je leur ai expliqué que nous allions devoir quitter la maison prochainement, j'ai recueilli un claquage de porte des deux grands et un gros câlin du benjamin. Leur fuite matinale me conforte dans l'idée qu'ils ne souhaitaient pas me croiser. Égoïstement, cela m'arrange aussi. J'ai besoin de m'éclaircir les idées.

Avant toutes choses, je dois filer à la banque afin de retirer des espèces sur le compte que Laurent m'avait ouvert pour gérer le quotidien. Je me doute que je ne pourrai bientôt plus le faire et la réalité me donne raison. À défaut de me fournir quelques billets, le guichet automatique me la joue à l'envers en avalant ma carte bancaire. La tentative de braquage auprès d'une employée de l'accueil n'est pas plus fructueuse. Deux autres salariés viennent lui prêter main-forte. Non seulement je ne vais pas récupérer mon petit bout de plastique, mais en plus je ne suis pas autorisée à prendre quoi que ce soit. Malgré une procuration signée en bonne et due forme, le compte étant à son nom, il a déjà été clôturé par mandat judiciaire. La preuve que quelque chose se trame depuis un moment. Je comprends que seuls mon compte-chèques et mon maigre livret d'épargne me sont encore accessibles. Le tout totalise 2 354 euros, que je demande à récupérer car je ne veux pas risquer de croiser qui que ce soit dans cette banque à l'avenir. Le directeur ne tarde pas à se matérialiser. À peine plus grand que moi, chauve et doté d'une bedaine affichant la cinquantaine sédentaire, il me dévisage d'un air supérieur et dédaigneux.

— Madame Baron, c'est vous qui faites plus de bruit qu'un groupe de syndicalistes en grève ? lance-t-il en observant les personnes à proximité.

Il a parlé suffisamment fort pour être entendu de tous et l'effet est réussi. Son auditoire pouffe sans aucune discrétion. Le directeur, galvanisé par ce petit triomphe, gonfle le torse. Incapable de trouver une repartie pertinente pour lui clouer le bec, j'opte pour une touche d'ironie.

— Monsieur Giraud, merci de descendre de votre tour d'ivoire pour venir à la rencontre du petit peuple.

Et pour clôturer le tout, j'esquisse une révérence. Un jeu de scène pathétique qui a le mérite de le perturber. Les yeux écarquillés, l'homme se gratte le crâne avant de bredouiller quelques mots.

— Madame Baron, je ne suis qu'un modeste salarié du système bancaire.

— Le directeur, tout de même ! Et c'est en cette qualité que je suis ravie de pouvoir m'entretenir avec vous. J'ai besoin de liquider les comptes qui sont à mon nom.

— Vous m'en voyez navré.

— Vous saurez vous passer de moi, lui réponds-je avec un clin d'œil.

Ce geste semble également le déstabiliser. C'est le moment d'en profiter !

— En billets de cinquante et de vingt, si cela ne désorganise pas trop vos fonds de caisse.

Dix minutes plus tard, les papiers sont signés et je file en bus, direction les quartiers huppés pour rejoindre le cabinet de maître Van Offen. Je m'arrête devant un splendide immeuble et sors mon portable pour vérifier le numéro avant de sonner à l'interphone. Une voix féminine me répond :

— Cabinet de maître Van Offen, je vous écoute.

— Joanna Baron. J'ai rendez-vous.

— Troisième étage, porte de gauche.

La fameuse Tiffany m'attend déjà, plus rayonnante que dans mes souvenirs. Elle porte un tailleur jupe noire soulignant sa silhouette longiligne, ses cheveux sont fraîchement brushés et son maquillage est élégant. Sans un mot, mais avec la grâce d'une danseuse de ballet, elle m'accompagne au bout d'un couloir. Tant de perfection m'arrache une grimace de jalousie et, l'espace d'un instant, l'envie de lui faire un croche-pied me traverse l'esprit. La voir s'étaler de tout son long sur le tapis aurait sûrement apaisé mon agacement. Mais je manque de rapidité – ou de mesquinerie. Elle m'introduit dans un cabinet de travail. Personne. J'hésite à m'installer dans un des deux fauteuils face au bureau lorsque l'homme de loi entre à son tour. Il est vêtu d'un costume trois pièces de grand couturier et une chaînette de montre à gousset en or dépasse de sa poche de gilet. La classe. Il m'invite à m'asseoir sans même un regard. J'en profite pour l'observer subrepticement. La cinquantaine bien avancée, des racines grisonnantes sur les tempes laissant planer un soupçon de teinture, les traits du visage tendus comme un parchemin, l'œil plissé tentant de se substituer à une paire de lunettes, je comprends que cet individu cherche à effacer les premiers effets indésirables du vieillissement. Sans doute pour la jeune et pulpeuse Tiffany, dont le bronzage n'est pas sans rappeler celui de l'avocat. Une petite semaine sous les tropiques sous couvert de séminaire professionnel ni vu ni connu ? Je suis perdue dans mes pensées lorsqu'il referme d'un geste brusque le dossier ouvert sur son bureau.

— Joanna, je ne vais pas y aller par quatre chemins. Votre situation est complexe. Laurent va sans aucun doute être incarcéré. Vous n'êtes pas mariés, vous n'avez donc droit à rien de ce qui lui appartient, ajoute-t-il en faisant tourner son alliance.

Jusque-là, rien de nouveau. Pourtant, mon corps trahit une certaine nervosité. Mes ongles sont enfoncés dans le cuir du siège et je croise et décroise les jambes plusieurs fois d'affilée en attendant une information plus utile.

— Vous allez être interrogée par la brigade financière. Il est possible que des soupçons de complicité viennent peser sur vous...

— De quoi s'agit-il exactement ? le coupé-je en me redressant.

— Laurent est trempé dans des histoires de blanchiment d'argent et d'escroquerie de type pyramide de Ponzi.

— Pyramide de Ponzi ?

— Il s'agit d'un système financier frauduleux qui consiste à rémunérer les investissements des clients avec les fonds des nouveaux entrants. Pour faire simple, il a floué un grand nombre d'individus dans son entourage, mais il y a une confusion certaine entre les personnes à qui il a fait gagner de grosses sommes et les autres.

— Ses clients vont-ils récupérer leur épargne ? demandé-je naïvement.

— Il faudrait déjà savoir où est cet argent.

— Parce qu'il a disparu ?

— Écoutez, Joanna, cela ne vous regarde pas. Moins vous en saurez, mieux ce sera pour vous et Arthur.

Je lève un sourcil interrogateur en l'entendant prononcer le prénom de mon fils.

— Laurent a laissé des consignes pour que vous ne vous retrouviez pas à la rue. Mais ne vous bercez pas d'illusions, il ne se préoccupe que de son fils.

L'argument est un peu bancal, puisqu'il était prêt à partir en le laissant ici, mais je m'abstiens de faire ce commentaire à voix haute.

— Laurent m'a chargé de m'assurer que, s'il lui arrivait malheur, Arthur serait en sécurité. L'un de mes associés vous a trouvé un logement auprès d'un bailleur privé. C'est propre et suffisamment équipé pour vous quatre. Six mois de loyer ont été versés. À vous désormais de trouver un emploi.

Devant mon air stupéfait, il croit bon de préciser :

— Je me dois d'être honnête, Joanna. Laurent est mon client et Arthur son héritier naturel, donc quand il cherchera à récupérer sa garde, je serai celui qui accomplira les démarches.

Ma gorge se serre, mais cette fois je n'hésite pas à exprimer mon ressenti.

— On nage donc toujours dans le bassin aux requins.

L'avocat ne relève pas ma remarque et poursuit son discours.

— En ce qui concerne votre avenir professionnel, avez-vous des compétences spécifiques ? Des diplômes ?

Je refuse de lui parler de mes aptitudes. Le fait de ne pas avoir étudié après le lycée m'a forcée à accepter tous types de missions et j'ai développé une certaine polyvalence, une autonomie et de la persévérance : de standardiste à hôtesse de caisse, en passant par opératrice de saisie et une multitude d'autres jobs, j'ai usé de mes dix doigts et de mon cerveau pour faire bouillir la marmite. Mais après huit ans de non-activité, j'ignore ce qu'il me reste de ces expériences. Alors, autant rester vague...

— J'ai arrêté l'école après le bac et je suis tombée enceinte quelques semaines après. J'ai élevé mes deux enfants pendant six ans, puis j'ai travaillé comme hôtesse d'accueil jusqu'à ma rencontre avec Laurent.

— Vous n'irez pas loin avec ça.

Le timbre de sa voix est posé, mais son ton méprisant me glace le sang. Il s'enfonce dans le fauteuil en cuir sombre et m'observe d'un air sceptique, les mains jointes devant sa bouche.

— Les véhicules de Laurent vont tous être saisis, vous ne pourrez donc pas en disposer. Avez-vous une voiture à titre personnel ? enchaîne-t-il sans plus de considération.

— Oui, une Clio qui dort dans un garage, dis-je avec un brin de fierté. Elle a toujours été entretenue et...

— Eh bien, sortez-la au plus vite, me coupe-t-il. Sans véhicule, quitter votre futur quartier requiert une certaine logistique.

Il se met à tapoter des doigts sur son bureau avant de poser la main sur un dossier, sans cesser de me fixer du regard.

— Pourrais-je obtenir une entrevue avec Laurent ? lui demandé-je sans attendre qu'il reprenne la conversation.

— Je vais essayer, mais il faut d'abord que la brigade financière vous ait interrogée. Avez-vous bien compris tout ce que je viens de vous exposer, Joanna ?

J'acquiesce.

— Alors qu'attendez-vous de ce parloir ?

Cette question me coupe le souffle. Je m'efforce de retenir les larmes qui menacent de couler. Ce type n'est pas mon ami et il me l'a bien fait comprendre, je ne veux donc surtout pas étaler la faiblesse qui est la mienne à ce moment précis.

— J'ai besoin de réponses, lâché-je sans réfléchir.

L'homme reste imperturbable.

— Nous allons faire au plus vite. Demain, des déménageurs viendront chercher vos affaires pour les emporter cité Renaissance.

Demain ? Nous avons vingt-quatre heures pour abandonner notre vie, notre maison ?

Et pour aller à Renaissance ? Inconnu au bataillon. L'avocat sort une enveloppe d'un tiroir de son bureau.

— Vous trouverez l'adresse dans cette enveloppe. Le concierge vous donnera les clefs. Ne prenez que le strict nécessaire, c'est déjà meublé. Un détail encore, lance-t-il comme pour conclure, demain mon chauffeur vous ramènera les enfants après les cours. C'est un dernier petit service que je vous offre.

Un étrange calme m'envahit. Je comprends ce que je refusais de voir depuis bien longtemps. Cette histoire est terminée. J'avais cru à une nouvelle vie avec Laurent. Ce n'était qu'un chapitre. Hormis la trahison et l'humiliation, je ne ressens plus rien pour lui. Rien.

* * *

Nouveau voyage en bus pour rejoindre une zone commerciale. Après une dizaine de minutes de marche, j'accède à une série de garages en tôle. Je salue le vigile et lui tends ma pièce d'identité. Ici ne rentre pas qui veut. Des centaines de milliers d'euros de véhicules sommeillent dans ce complexe et moi j'y abrite ma Clio et quelques cartons d'affaires. J'extirpe un jeu de clefs de ma poche et ouvre mon box. Une partie de mon existence s'entasse ici et je vais devoir faire un tri drastique, comme à l'époque où ma mère et moi déménagions une ou deux fois par an avec mon militaire de père. Nous avions comme consigne d'emporter le strict minimum. Un long soupir s'échappe de ma bouche. Je ne suis pas venue ici depuis une dizaine de mois et rien n'a changé, si ce n'est le nombre de toiles d'araignées. Ce minuscule hangar est sûrement payé jusqu'à la fin de l'année, mais ensuite le bail sera résilié faute de règlement. Je ne peux pas m'encombrer d'une charge financière supplémentaire, il faudra donc penser à tout débarrasser. Avant toutes choses, je dois vérifier le fonctionnement de ma Clio. J'enjambe les boîtes pour atteindre la voiture et rebrancher les cosses de la batterie. Le suspense est de courte durée car le véhicule démarre au quart de tour.

Après un coup d'œil circulaire, je décide d'embarquer deux cartons contenant quelques vestiges de mon passé et des vêtements rescapés de mon ancienne garde-robe. Des habits que Laurent ne voulait plus me voir porter. Je sors ma Clio et, au moment de refermer le garage, j'avise une caisse en plastique bleu. À l'intérieur, des CD de chanteurs des années 1990 et des pochettes de photos sur lesquelles les enfants sont tout jeunes. Des souvenirs se mélangent dans ma tête : la naissance de Valentin et Victoria, ma vie avec leur père, la rencontre avec Laurent, l'arrivée d'Arthur... Mes derniers échecs remontent à la surface et je me sens abîmée par les regrets. Je repense au père de mes aînés : une rencontre improbable, six ans de vie commune avant qu'il ne nous jette pour aller voir ailleurs si l'herbe était plus verte. Je refoule les larmes qui me piquent les yeux et récupère un CD de Matmatah que je pose sur le siège passager. Pour le moment, l'autoradio diffuse une chanson de Francis Cabrel. Pas question de l'interrompre. J'enclenche une vitesse en savourant ce dernier moment de grâce.

Je suis bien consciente que notre avenir vient de prendre un tournant décisif et je dois maintenant maîtriser notre trajectoire dans ce périlleux virage si je ne veux pas frôler l'accident de vie. J'en ai pourtant connu d'autres. Mais mon âme de guerrière a sérieusement pris du plomb dans l'aile après plusieurs années de cette existence de privilégiée. Aujourd'hui, j'ai terriblement peur de quitter ce pavillon luxueux et de retomber dans la galère et la précarité.

5

Victoire a passé le reste de la soirée dans sa chambre à rassembler ses affaires et à choisir entre ce qu'elle veut emporter et ce qu'elle laissera ici. Elle est épuisée, pourtant depuis une demi-heure qu'elle est allongée dans son lit, elle ne trouve pas le sommeil. Les yeux grands ouverts, elle observe la pièce. Le clair de lune qui se diffuse dans la chambre lui permet de distinguer les contours de son environnement. Avec un tapis en imitation peau de bête, un lit et des meubles aux lignes épurées, elle a réussi à faire de cet endroit un espace cosy dans des teintes claires qui rappellent l'ambiance scandinave, mais les poupées de porcelaine alignées sur des étagères face au lit font tache. Laurent les avait choisies pour elle. Ces visages d'une pâleur cadavérique ne vont pas lui manquer – pas plus que tout ce que ce type faisait vivre à leur mère.

Elle est en proie à des sentiments contradictoires : cette maison lui offrait un havre de sérénité contre le monde extérieur, et ils doivent maintenant la quitter. Un nouveau départ, encore précipité, comme tous ceux que leur mère leur avait fait subir jusqu'à sa rencontre avec Laurent. Même si Victoire ne l'apprécie pas beaucoup, elle doit avouer qu'il a contribué à les mettre à l'abri de l'instabilité. Renoncer à tous ces privilèges, c'est certes échapper à l'humeur versatile de cet homme et à sa violence verbale, mais c'est aussi replonger dans la galère et l'incertitude des lendemains.

Jusqu'à présent, la combativité de leur mère leur avait toujours évité des situations précaires. Après que leur père les avait abandonnés tous les trois, elle avait enchaîné les petits boulots pour que son frère et elle ne manquent de rien. Ils n'avaient jamais connu la faim, mais il fallait toujours compter. L'argent de Laurent avait transformé leur quotidien, leur offrant une vie très confortable dans laquelle Joanna s'était enlisée sans aucune résistance. Si Victoire lui a toujours porté une admiration sans faille pour son courage, ce soir, elle a de sérieux doutes quant au retour de cette pugnacité. Et ses craintes se sont traduites en paroles cruelles envers sa mère qu'elle a accusée de tous les maux. Depuis, l'adolescente ne cesse de ruminer. Elle sait qu'elle a été injuste envers sa mère, car elle n'est pas responsable des actes de Laurent, cet homme narcissique et manipulateur dont la fortune invitait à une certaine soumission.

Victoire se frotte les bras comme pour se réchauffer quand un grincement se fait entendre devant sa porte. Elle ferme les yeux et attend de voir si le petit importun va tenter une intrusion. Depuis qu'il est en âge de marcher, Arthur termine souvent ses nuits dans le lit king size de Victoire, sans que cela la dérange. Bien au contraire. La porte s'entrouvre et la jeune fille, surprise, reconnaît les pas lourdauds qui s'approchent de son lit.

— Victoire, tu dors ? demande la voix de Valentin.

— J'essayais avant que t'arrives ! Qu'est-ce que tu veux ?

— J'avais envie de discuter un peu…

L'adolescente se redresse dans le lit et allume sa lampe de chevet avant de tapoter le matelas pour inviter son frère à la rejoindre. Valentin s'y laisse tomber pesamment et lui expose ses inquiétudes.

— Faut faire confiance à maman. Elle a toujours su gérer les choses.

— Maman ? s'insurge son frère. T'as pas remarqué qu'elle est un peu à l'ouest depuis quelque temps ? J'ai pas eu l'impression que ça la perturbait tant que ça.

— T'aurais préféré quoi ? Qu'elle pleure et qu'elle hurle ?

— Non, mais elle a encaissé tout ce que tu as dit sans broncher ! J'aurais été elle, je t'en aurais collé une qui t'aurait remis les idées en place.

— Je sais que j'ai été vache avec elle, reconnaît Victoire. J'étais frustrée. En même temps, tu n'as pas trop assuré non plus !

— J'avoue…

Valentin affiche un sourire contrit. Victoire sait qu'il est aussi affecté qu'elle d'avoir blessé leur mère. Tous les deux sont issus du même bois, et pourtant ils sont tellement différents ! Si Valentin cache ses angoisses derrière une certaine légèreté, Victoire dévoile très peu ses sentiments. L'adolescente fixe son frère d'un regard attendri. Depuis quand ne s'étaient-ils pas mis d'accord sur un sujet ? Plus jeunes, ils étaient inséparables et se soutenaient mutuellement ; pourtant, depuis quelques années, ils s'éloignent et leurs divergences n'ont cessé de semer la zizanie dans la famille. Mais l'heure n'est plus aux engueulades, il est temps de rallier les troupes pour livrer une nouvelle bataille.

— Maman a fait beaucoup de sacrifices pour nous et a souvent mis sa vie entre parenthèses, reprend-elle. On doit la soutenir au maximum. Elle s'est un peu ramollie ici, mais elle va reprendre du poil de la bête.

— Ah ! ça, avec le yoga, on est loin des matchs de catch qu'on regardait quand on était petits. Tu te souviens ?

— Oui, c'était une autre époque...

— En attendant, ça fait quand même chier de quitter cette maison ! On va faire comment, puisqu'elle n'a pas un rond de côté ?

— On se débrouillera... C'est sûr que ça va être dur pour toi sans la carte bancaire de Laurent !

— T'es gonflée de me dire ça ! Je suis pas le seul à en avoir profité. Tu n'étais pas contre l'argent de poche et les sorties tous les week-ends...

Elle s'apprête à répliquer lorsqu'un léger bruit l'interrompt. Arthur se tient dans l'embrasure de la porte, son ours en peluche serré contre sa poitrine. Ses yeux sont brillants et ses joues encore humides d'avoir pleuré.

— Je peux venir ? demande-t-il d'une petite voix triste.

— Bien sûr, mon poussin ! lance Victoire en ouvrant ses bras.

Le petit garçon se précipite sur le lit pour se lover contre sa sœur.

— Comment te sens-tu ? l'interroge-t-elle en lui caressant les cheveux.

— Avec un pot de glace et des brownies, ça irait mieux.

— Tu ne perds pas le nord, crapaud, rigole Valentin. Sinon, sérieusement ?

— Ça va ! Mais je n'aime pas quand vous vous disputez avec maman. C'est pas de sa faute si papa a fait des bêtises !

— Tu as raison, mon poussin ! Elle n'est pas responsable et on n'a pas été très sympas avec elle. Mais sinon, tu te sens comment ?

— Triste.

— Parce qu'ils ont emmené ton père ?

— Il n'était pas très gentil en ce moment. Mais aller en prison, ça fait peur, quand même !

— Et tu as bien compris qu'on allait quitter la maison ? questionne Victoire en l'embrassant sur le front.

— Oui, et May-Linh va me manquer !

— Tu m'étonnes ! s'exclame Valentin, hilare. Moi aussi, elle va me manquer, surtout si maman se remet aux fourneaux. Elle est capable de mettre le feu à notre future cuisine !

Tous les trois éclatent de rire, avant que Victoire ne craque et ne s'effondre en sanglots. Arthur s'agrippe alors à son cou et Valentin les enlace tous les deux.

— Tous ensemble, on sera forts ! murmure-t-il.

6

Ce matin, je suis soulagée que les enfants soient exceptionnellement partis à l'école avec le père d'un camarade de Valentin. La soirée d'hier a encore apporté son lot de cris et de pleurs. Je leur ai expliqué que nous devions déménager, et que nous n'avions que la soirée pour empaqueter nos affaires, qu'il ne fallait donc pas s'embarrasser du superflu. Tout ce qui a pu servir de contenant a été rempli. J'étais rassurée de pouvoir leur dire qu'au moins ils n'auraient pas à changer d'école. Je les emmènerai le temps qu'ils se familiarisent avec les transports en commun et que je sois sûre qu'ils ne risquent rien.

Bien vite, l'heure des reproches a sonné. Pour Victoire, je suis responsable de tout ce qui arrive. Elle était même à deux doigts de m'accuser d'avoir volé tout cet argent et, comble du paradoxe, de ne pas avoir surveillé Laurent de plus près. Pourquoi n'ai-je pas mis de l'argent de côté pendant qu'il payait toutes les factures ? Pourquoi n'avons-nous pas accès au compte qu'il alimentait pour leur assurer un train de vie digne de ce nom et pourquoi n'ai-je rien vu, rien fait, rien prévu ? J'ai bien senti que derrière toutes ses accusations se dissimulait l'angoisse de retomber dans une précarité que nous pensions loin derrière nous. Je pouvais entendre ses remontrances, mais je n'avais pas la force de lui expliquer que j'étais aussi perdue qu'elle.

L'intervention de Valentin m'a sauvée en nous ramenant à une réalité bien plus concrète : celle des distances. Ce déménagement nous éloigne de nos repères et nous allons devoir tout réapprendre de notre quotidien. Mais ce qui le contrarie par-dessus tout, c'est de devoir braver les kilomètres pour voir sa petite amie – dont j'ignorais même l'existence, soit dit en passant. En mère indigne que je suis, je sous-estime sans doute les amourettes de mon fils. Pour autant, je fais confiance à ces tourtereaux pour qu'ils donnent un nouveau rythme à leurs rendez-vous. Nous allons quitter notre maison, mais il reste inscrit au lycée Balzac et continuera à fréquenter ses copains. Tout devrait bien se passer.

Mon petit Arthur a exprimé un désarroi complètement différent de celui de ses aînés. Du haut de ses sept ans, il comprend bien des choses et, hormis l'ours en peluche que son père lui a offert pour son troisième anniversaire et son jeu d'échecs, il est capable de partir sans rien emporter de plus. Quitter la maison ne le dérange pas, il regrette juste de laisser le piano tout seul. Il ne sait pas en jouer, mais cet instrument l'a toujours attiré, surtout lorsque sa sœur passait des heures à répéter ses gammes. Je n'ai pas osé lui dire qu'il trouverait vite un nouveau propriétaire quand il serait vendu pour payer les dettes de son père. Ce même père qui a amassé et dissimulé une véritable fortune à l'insu de tous ses investisseurs.

La mâchoire serrée, les mains cramponnées sur le volant, j'enrage silencieusement alors que je trace ma route en direction de la cité Renaissance. Je ne suis jamais allée dans ce quartier et mes premiers pas me retournent le ventre. Le paysage a brutalement changé. Ici, les immeubles sont d'une laideur insolente et hérissés de centaines de paraboles. Rien n'est à taille humaine et il y a peu d'espaces verts, surtout du béton. Et bien sûr, des tags. Je m'efforce de ne pas penser aux incivilités, aux agressions et aux voitures qui brûlent. Alors que je ralentis, mes yeux croisent ceux d'une femme entièrement voilée. Je dois l'observer de façon insistante, car elle me jette un regard hostile. Note à moi-même : ne pas juger au premier abord. Cela fait trois minutes que je roule à faible allure dans ce labyrinthe de rues et d'allées et je découvre enfin quelques commerces au milieu de ces bâtiments : une brasserie, une épicerie et une minuscule agence postale dotée d'un distributeur. Aux antipodes des centres commerciaux design que je fréquentais. Je soupire de désespoir. Si j'avais eu les moyens de payer un logement dans mon ancien quartier, je n'aurais pas hésité à la dépense. Mais voilà, tout est devenu inaccessible pour ma bourse. Bien que je ne sois pas encore inscrite à Pôle emploi, je suis chômeuse, avec une réserve de liquidités très limitée.

Hormis cinq grandes barres, le quartier se compose de séries de petits immeubles de quatre étages. Les quatre fenêtres par rangées me laissent deviner huit appartements par bâtiment. On est loin de l'intimité d'un pavillon individuel, mais c'est déjà mieux que rien. Pour le moment. L'uniformité de ces blocs de béton me porte un coup au moral. J'étais habituée aux rues entretenues de mon secteur et aux beaux massifs de fleurs de mes voisins. Ici, ça manque cruellement de couleurs. Ce n'est sans doute pas une priorité ; pourtant, ça égayerait l'ensemble.

La seule place de stationnement que je trouve à proximité de l'immeuble du concierge est à quelques mètres d'un groupe d'adolescents qui écoutent de la musique très fort. Leur présence à cette heure de l'après-midi m'étonne un peu, mais je me souviens avoir lu que le taux d'absentéisme dans les établissements scolaires des cités était plus élevé que la moyenne nationale. L'inscription de mes enfants dans une institution privée me dispense de ces tracas, et je suis ravie de pouvoir en bénéficier encore cette année. Je verrai plus tard où les scolariser. En attendant, tous ces jeunes ont le regard braqué sur moi. Je m'accroche à la bandoulière de mon sac de toutes mes forces, comme la future victime d'un vol à l'arraché, et traverse le parking, les jambes flageolantes. Alors que j'approche du bâtiment du concierge, j'aperçois d'autres adolescents agglutinés devant l'entrée, lancés dans une espèce de ballet endiablé. Ils sont blacks, beurs ou métis, tous dotés d'un corps d'athlète. Certains enchaînent des figures et des sauts acrobatiques en se servant de la rambarde de l'appartement du premier étage, tandis que d'autres réalisent des saltos arrière en prenant appui sur le mur voisin. On se croirait sur le tournage du troisième volet des *Yamakasi.* Ébahie par tant de prouesses, je prends soudain conscience que je fais tache dans le décor. Je ne suis pas la seule à m'en rendre compte. Le spectacle s'arrête brusquement et le silence qui s'installe rend l'ambiance électrique. Je déglutis. L'angoisse me serre la poitrine. Il faut désamorcer la situation, mais je ne parviens qu'à tendre l'index vers le panneau « concierge ». Personne ne semble comprendre mon interprétation contemporaine de « E.T. maison ». Je songe à rebrousser chemin jusqu'à ma voiture. On reprendra la partie quand les snipers du regard seront rentrés chez eux. Alors que je pivote pour faire demi-tour, une voix masculine m'interpelle.

— Hé !

Je me retourne sur un golgoth aussi grand que large. Je recule d'un pas tandis que l'homme s'avance vers moi. La trentaine, crâne rasé, une musculature impressionnante. La réplique de Mike Tyson version XXL s'arrête à peine à un mètre de moi. Je lève la tête et enfonce mes pieds dans le sol, prête à l'affronter si nécessaire, même si l'éventualité que je puisse venir à bout d'un tel colosse est aussi nulle que celle de gagner le jackpot de la loterie nationale. L'homme me dévisage d'un air grave.

— Vous êtes madame Baron ?

J'entends la voix d'une fillette répondre un « oui » tremblant avant de réaliser que c'est moi qui ai prononcé ces mots.

— Je vous attendais plus tôt. Vous avez failli ne pas me trouver. J'allais partir en tournée d'inspection.

À ces mots, je comprends qu'il est l'homme que je cherche. Je soupire de soulagement.

— Ne bougez pas, je vais récupérer les clefs de l'appartement.

Je hoche la tête sans répondre. À quelques mètres, trois personnes âgées assises sur des bancs ont assisté à la scène et m'observent bizarrement. Je tourne le visage dans l'autre direction et mon regard percute celui de deux femmes passant avec des poussettes. Il me semble lire sur leurs visages une expression de curiosité mélangée à de l'hostilité. Le géant revient d'un pas rapide et me tend un jeu de clefs ainsi qu'un formulaire.

— Avant de déballer vos cartons, prenez soin de faire l'inventaire et rapportez-moi la feuille demain.

J'opine du chef.

— Vous comprenez le français ? me lance-t-il d'un air renfrogné.

Surprise, je sursaute. *Bien sûr que je parle français,* me dis-je mentalement.

— Oui, parfaitement. Je suis née en Sarthe, un petit coin où il fait bon vivre.

Mon commentaire ne le fait pas réagir.

— Deuxième rue à gauche, vous faites cent mètres et c'est sur votre droite, bâtiment C, appartement vingt-deux...

Son visage fermé se fend d'un rictus lorsqu'il saisit, à mon air ahuri, que le sens de l'orientation ne fait pas partie de mes qualités.

— Tapez 3, rue de la Providence sur votre GPS. Bonne journée, à demain.

— Bonne journée.

L'homme me laisse plantée là, les bras ballants, avant de faire machine arrière.

— Vous n'avez pas besoin d'aide pour débarrasser vos affaires ?

Sa proposition si délicate m'arrache un large sourire, mais à ce moment précis je perds tout contrôle de ma langue et je m'entends répliquer :

— Non, c'est gentil !

Deux rues et une allée plus tard, je découvre mon nouveau trou de souris. Vu de l'extérieur, le bâtiment est propre, mais je crains que l'intérieur ne me réserve quelques surprises. Je suis aussi pressée d'y entrer qu'une bête à l'abattoir. Je m'apprête à stationner en face de l'immeuble quand je me fais arrêter par deux gamins qui flottent dans des vêtements trop amples pour eux. Je ravale mon appréhension et adopte un ton faussement décontracté :

— Yo les jeunes ! Ça roule ?

Pas de réponse.

— Je peux me garer là ?

Toujours pas de réponse. Je n'insiste pas, car ces gamins, avec leur casquette à l'envers et leurs mines de conspirateurs, ne m'inspirent rien qui vaille. Ne voyant pas d'autre place disponible dans l'allée, je parque ma petite voiture un peu plus loin en double file. L'espace d'un instant, je pense à mettre mon numéro de portable sous l'essuie-glace du véhicule que je gêne, mais m'abstiens. Je ne pense pas que ce soit une bonne idée de commencer à éparpiller mes coordonnées.

Le seuil de l'immeuble franchi avec mon premier carton dans les bras, je jette un coup d'œil aux boîtes aux lettres, histoire de me faire une petite idée sur le voisinage : trois familles, trois personnes visiblement seules et nous, les sinistrés du deuxième étage. Mystère en revanche sur les deux appartements du quatrième : pas d'étiquettes de noms. Je monte l'escalier en transpirant comme un bœuf. Un an de Pilates, neuf mois d'arrêt et la sueur me dégouline entre les omoplates au moindre effort. Un bilan médical ne serait pas superflu. Dans un futur proche. Ou plutôt dès que les choses se seront tassées... Des éclats de voix dans la cage d'escalier me tirent soudain de mes pensées. En voyant apparaître deux hommes à la carrure impressionnante, je me fige comme un lapin dans les phares d'une voiture. Tête baissée vers le sol, je suis à la limite de m'incruster dans la porte en mode passe-muraille. Lorsqu'ils abordent l'étage inférieur en pouffant de rire, je soupire profondément. Quelle idiote je fais ! Pourquoi ai-je réagi de la sorte ? À quel moment ai-je cru que je me ferais agresser à chaque coin de rue en arrivant dans ce quartier ?

Je pose mon carton et j'attrape fébrilement les clefs dans ma poche. La porte déverrouillée, je reste sur le seuil, les mains le long du corps. À première vue, le logement est propre, pourtant une boule d'acidité envahit mon ventre. Je me laisse glisser contre un mur en observant le minuscule salon sur ma droite : comment allons-nous réussir à cohabiter sans nous marcher dessus, alors que nous venons de quitter une demeure de trois cents mètres carrés ? Certes, nous n'avons pas beaucoup d'affaires, mais l'espace est un luxe auquel on s'habitue rapidement, et à quatre dans ce petit appartement, j'ai peur que nous ne nous sentions serrés comme des sardines.

Je tourne le regard vers ma gauche : la cuisine jaune pâle ne semble pas de première fraîcheur. Des papiers aimantés sur le frigo attirent mon attention : sur le premier est noté le digicode du local poubelles : 2106. Il y a également un mot manuscrit visiblement à mon intention :

Des lits superposés ont été montés dans la chambre de gauche et des lits jumeaux dans celle de droite. Le canapé est convertible. Bonne installation.

L'espace d'un instant, je suis transportée par l'espoir que le réfrigérateur soit rempli. Mon enthousiasme s'estompe aussi vite qu'un dessin à la craie sous une pluie battante face au néant qui se révèle à moi. Une table flanquée de quatre chaises, des placards emplis de vaisselle et d'ustensiles, mais pas la moindre nourriture dans cette cuisine – contrairement à la maison de la sorcière de *Hansel et Gretel*.

Il y a bien un balcon donnant sur la salle à manger. Mais il est minuscule, tout juste de quoi mettre une petite table de jardin et deux chaises. J'ai une pensée triste pour Arthur. Comment va-t-il s'épanouir ici ? Et mes ados ? Quels loisirs pourront-ils avoir dans cette cité ? Je ne suis déjà pas sûre d'oser les laisser sortir seuls de cet immeuble. Je me traîne jusqu'au couloir et découvre les chambres, équipées comme prévu, mais tristounettes avec ce blanc uniforme. Rien à voir avec mon ancienne maison parfaitement décorée. Par chance, toutes les pièces sont lumineuses. De retour dans le salon après avoir jeté un coup d'œil à la salle de bains et aux toilettes, je suis légèrement rassurée. C'est propre et fonctionnel. Le reste de notre vie à reconstruire arrive dans quelques cartons. Je secoue la tête comme pour effacer ces tristes pensées. Il est grand temps d'arrêter de me morfondre. Ce changement est peut-être l'opportunité de me réapproprier une vie qui n'était plus vraiment la mienne. Ça démarrera dès que j'aurai rapatrié nos affaires dans cet appartement et que j'aurai préparé un premier repas digne de ce nom. À condition de faire les courses et, accessoirement, de dénicher des tutos exceptionnels de cuisine.

En redescendant, je découvre une voiture de sport garée à l'emplacement que j'avais convoité à mon arrivée. Les deux gamins sont installés de part et d'autre et la surveillent comme le lait sur le feu. Un homme métis se matérialise devant l'entrée de l'immeuble. Sans doute un de mes voisins. Est-ce le propriétaire du bolide que les gamins sont en train de garder ? En pleine conversation téléphonique, il bloque l'accès. J'en profite pour le détailler. Ses traits sont camouflés par une casquette, mais je ne loupe rien de sa carrure musclée mise en valeur par un tee-shirt moulant à la limite du troublant. Il est agréable à regarder, mais je ne compte pas rester là toute la journée. J'appuie légèrement sur la porte, sans aucun effet. Piquée au vif par cette indifférence, je pousse plus fermement, mais au même moment, il s'aperçoit de ma présence et, dans un excès de zèle, s'empresse de tirer le battant vers lui pour me laisser passer. Je m'étale de tout mon long.

— Oh ! désolé. Vous ne vous êtes pas fait mal ?

Je marmonne un truc incompréhensible en jetant un œil mauvais aux deux gamins qui ricanent bêtement.

— C'est vous qui emménagez au deuxième étage ? me demande-t-il en se penchant sur moi comme si ma position était assez confortable pour entamer une conversation. Madame Baron, c'est ça ?

— Oui, Joanna, précisé-je pour atténuer le formalisme de cette présentation. Vous êtes déjà au courant ?

— Les nouvelles vont vite ici ! répond-il avec un large sourire. Djibril Cerruti, j'habite au quatrième, appartement quarante et un. Si un jour vous avez besoin...

Une partie du mystère du quatrième étage se tient en face de moi ! Sous ce large sourire qui révèle une dentition parfaite, je vois un homme doté d'un charisme impressionnant et d'un regard vert clair hypnotique. Des pensées aussi ridicules les unes que les autres se bousculent dans ma tête : besoin d'un coach sportif, d'un bricoleur pour poser une étagère, d'un bon cuisinier, d'un gramme de coke... Pourtant, je m'entends répondre un très conventionnel :

— Enchantée.

— Vous voulez un coup de main pour les cartons ?

— Non, c'est gentil. Il ne m'en reste plus qu'un dans la voiture et…

Je me retourne, mais le type est déjà au pied de l'escalier.

— Bonne journée, grogné-je à voix basse.

Quel goujat, ce mec ! Je repense à sa tenue : maillot moulant, bas de jogging, baskets et casquette. Quelle profession peut exercer un type comme lui ? Beau gosse comme il est, il pourrait être mannequin. Je l'imagine bien sportif pro. Je l'entends lancer un « Bonjour, Yvonne ! » qui reste sans réponse ; mais la porte à notre gauche claque bruyamment. Curieux !

En avançant dans la rue, l'absence de ma Clio me saute aux yeux. Je me précipite auprès des deux gamins qui surveillent l'autre véhicule pour les questionner, mais personne n'a rien vu. Une colère profonde s'empare de moi. Ma voiture s'est volatilisée sous leurs yeux, autant dire qu'ils se foutent de ma tronche. Mes cris attirent Djibril qui passe la tête par sa fenêtre.

— Qu'est-ce qui vous arrive, madame Baron ?

— C'est votre charrette ? indiqué-je en pointant du doigt sa voiture.

— Oui, pourquoi ? Elle vous gêne ? demande-t-il en masquant une envie de rire.

— Non, mais on a volé la mienne et les gardes du corps de votre bolide n'ont pas bronché, alors qu'elle était garée à quatre mètres de la vôtre.

Mon voisin s'adresse aux deux types, qui lui répondent d'un respectueux signe de tête. Le jeune frisé passe un coup de fil d'approximativement cinq secondes. À peine a-t-il rangé le téléphone dans sa poche que la Clio fait son apparition au bout de la rue. Je reste bouche bée à la vue du conducteur qui ne doit pas être plus vieux que ma fille. Après avoir garé le véhicule sans aucune difficulté, il s'approche de moi, tête basse et regard fuyant, mais tend les clefs à Djibril qui m'a rejointe entre-temps.

— Explique-moi, Malik, ordonne-t-il d'une voix imposante.

— Elle gênait la circulation, bredouille l'adolescent.

— C'est ça, bouffon ! Que je t'y reprenne, menace Djibril. Dégage maintenant. Et bonjour à ton frère.

Avant de me restituer mon trousseau, Djibril examine le porte-clefs et le soupèse.

— Ce triskèle est en argent ?

— Non, c'est de l'or blanc. À lui tout seul, il vaut plus cher que la voiture. C'est le dernier cadeau de ma mère avant son décès.

— Il ne faut pas laisser traîner ce genre de chose, vous allez vous le faire voler, me dit-il d'un air désolé.

— C'est un oubli, je suis un peu perturbée par ce déménagement.

— Je comprends, mais faites attention ! Et question poids, c'est lourd pour le Neiman ! Ça peut vous jouer des tours.

— Merci pour le conseil mécanique, je m'en sors bien pour le moment.

— Bonne journée, madame Baron, me lance-t-il avant de partir en direction du bistrot.

Je le fixe tandis qu'il s'éloigne d'un pas assuré. Vu la façon dont les jeunes le craignent et lui obéissent, ce type doit être le boss du quartier ; et vu sa caisse, ça ne m'étonnerait pas qu'il deale au passage...

7

Il m'aura fallu presque la journée pour ranger mes cartons ainsi que les affaires déposées par les déménageurs et faire quelques courses. Je m'installe enfin dans le canapé lorsque j'entends des acclamations et des sifflements dans la rue. Intriguée par cette soudaine agitation, je m'approche de la fenêtre et découvre un petit attroupement de jeunes autour d'une longue et belle berline de luxe. Mes enfants descendent du véhicule de l'avocat avant de s'engouffrer immédiatement dans le bâtiment. Je me précipite sur le palier, une boule d'angoisse dans l'estomac. Leurs voix résonnent dans la cage d'escalier et, lorsqu'ils arrivent devant moi, je me force à sourire. Seul Arthur montre un réel enthousiasme, comme d'habitude.

Leurs premiers pas dans l'appartement se font dans un silence pesant. Rien ne leur échappe. J'ai l'impression d'effectuer un bond dans le passé, à l'époque où je traînais Valentin et Victoire d'un meublé à un autre au gré des boulots que je réussissais à trouver. Ils étaient trop jeunes pour comprendre la nécessité de ces déménagements à répétition, mais ils ne s'en étaient jamais plaints.

Aujourd'hui, c'est différent. Ils ont grandi. Tandis que le visage de Victoire trahit une colère contenue et que je m'attends à essuyer de nouvelles remontrances de sa part, je suis surprise que ce soit Valentin qui lance les premières hostilités.

— C'est pas terrible ici ! Y a combien de chambres ?

— Deux, répliqué-je fébrilement.

— OK. Je ne dors pas avec le microbe, réagit-il.

— Suis pas un microbe ! intervient Arthur.

— T'es débile à ce point, Valentin ? renchérit Victoire. T'as entendu le chiffre ? Deux, ça veut dire qu'on dort tous les trois dans la même pièce.

— Suis pas un microbe, répète Arthur un ton plus fort.

L'ombre d'une dispute planant soudain, je lance d'une voix neutre une phrase qui clôt le débat immédiatement :

— Valentin aura une chambre et tu partageras l'autre avec Arthur. J'ai pris une option pour le canapé-lit du salon.

Elle reste deux secondes bouche bée devant mes explications tandis que les garçons exultent.

— Mais maman…, conteste-t-elle mollement.

Je l'aurais pensée plus virulente, et je profite de son peu de réaction pour étouffer dans l'œuf toute tentative de révolte :

— Il n'y a pas de « mais », c'est comme ça ! Ton frère a besoin d'intimité et Arthur sera mieux avec toi.

Sans répondre, Victoire se dirige vers les deux portes au bout du couloir qu'elle ouvre l'une après l'autre. J'engage les garçons à la suivre. Dans chacune des chambres, une armoire, une commode et leurs cartons respectifs. Dans la pièce rassemblant le duo, Victoire est assise sur le lit du bas. Elle tapote le matelas d'une main pour inviter son petit frère à la rejoindre. Celui-ci s'exécute sans se faire prier et, lorsqu'il s'installe près d'elle, elle le chatouille sans sommation.

— Microbe, tu vas dormir en haut. Suis trop vieille pour monter à l'échelle.

— OK, mais m'appelle pas « microbe » !

— Tu préfères « le nain » ?

— Euh, non !

— Alors on valide « microbe », lui souffle-t-elle, un large sourire aux lèvres.

Appuyée contre le chambranle de la porte, je me laisse attendrir par ce moment de complicité qui me fait oublier toutes les disputes passées. Arthur est né un an après ma rencontre avec Laurent et mes aînés ont mal vécu l'arrivée de ce demi-frère qui me monopolisait. Le pédopsychiatre que nous avions consulté à l'époque nous avait expliqué que mon nouveau compagnon, mon récent statut de mère au foyer et un bébé les avaient déstabilisés, qu'il leur faudrait du temps pour s'adapter à tant de changements. Trois ans étaient passés avant un semblant de reconstruction familiale. Trois longues années, qui avaient sans aucun doute abîmé mon couple au profit de mes enfants. Avant Laurent, nous étions une famille faite de bric et de broc, mais je m'étais toujours débrouillée pour que ma progéniture ne manque de rien lorsque leur père nous avait abandonnés. Avec Laurent, je pensais pouvoir me reposer sur quelqu'un. Notre nouvelle vie dorée me grisait et je me suis laissée porter par la routine d'une existence sans souci.

* * *

Il est 18 heures lorsque mon petit garçon déniche des photos dans un des cartons qui s'entassent dans un coin et entreprend de sortir les tirages de chaque pochette. Je m'installe sur le canapé avec lui. Une question en appelant une autre, je décide d'enfourner un plat surgelé et de prendre le temps de parler à Arthur de ces clichés d'une autre époque. Je suis tellement plongée dans une espèce de béatitude nostalgique que je ne me rends pas compte de la fumée qui envahit le logement, jusqu'à ce qu'il me tapote l'avant-bras.

— Maman, je crois qu'il y a quelque chose qui brûle !

J'entends ses mots, mais je n'en comprends pas immédiatement le sens. Je sursaute quand Victoire arrive en courant dans la pièce.

— T'as envisagé de faire cramer l'appartement dès ce soir ?

— Oh ! merde ! vociféré-je en bondissant du canapé pour piquer un sprint jusqu'à la cuisine.

J'éteins le four et ouvre la porte, un torchon à la main, pour évacuer la fumée. L'incident est rapidement maîtrisé, mais ma moussaka est littéralement carbonisée.

— Pizza, ça vous tente ? demandé-je en attrapant le prospectus récupéré plus tôt sur mon pare-brise.

Trois quarts d'heure plus tard, ma voix retentit dans tout l'appartement.

— À table !

Cette phrase si banale me donne l'impression de revenir huit ans en arrière, lorsque je préparais encore nos repas. Ma rencontre avec Laurent avait complètement révolutionné ma vie domestique. Entre restaurants, traiteurs et cuistot particulier, je n'avais plus eu l'occasion de toucher un ustensile, même pour le petit déjeuner. N'étant pas un cordon bleu, je ne m'en étais nullement sentie frustrée... Mais aujourd'hui, il est évident que je n'ai plus les finances pour m'offrir ce luxe. Vu mes exploits de ce soir, on pourra opter pour une pizza de temps en temps, mais pour le reste, je devrai me débrouiller avec les moyens du bord.

Le dîner englouti, les adolescents regagnent instantanément leurs quartiers. Je soupire en les voyant déserter la cuisine comme des rats qui quittent le navire au moment du naufrage. Une mise au point concernant l'implication dans les tâches domestiques s'imposera dans les prochains jours. Ça promet encore une charmante discussion. Je pose un œil attendri sur mon petit dernier qui a décidé de me suivre à la trace. C'est mignon, mais un peu délicat, car sa présence ralentit chacun de mes mouvements.

— Mon canard, va t'installer dans le canapé. Je vais jeter les cartons.

— Et on regarde les photos ensuite ?

— Non, il se fait tard et demain il y a école. On continuera un autre soir. En attendant, tu ne bouges pas de là. Je n'en ai pas pour longtemps.

Trois minutes plus tard, les emballages sont déposés dans la poubelle de recyclage et je remonte avec un beau bouquet trouvé dans le local. Passé le cap du premier étage, je suis interpellée par le monsieur de l'appartement douze. Son embonpoint, sa barbe et ses cheveux blancs lui donnent un faux air de père Noël déguisé en actionnaire du CAC 40.

— Où avez-vous trouvé ce bouquet ?

— Bonsoir, je suis Joanna, votre nouvelle voisine du dessus.

— Bonsoir, grogne-t-il. Vous n'avez pas répondu à ma question.

— Dans le local à poubelles.

Le vieil homme me dévisage comme s'il voulait ajouter quelque chose, mais semble y renoncer et s'engouffre dans son appartement en claquant la porte.

— Moi aussi, je suis ravie de faire votre connaissance ! lui lancé-je à haute voix.

Je ne m'attarde pas plus longtemps et regagne mon logement. Arthur m'interpelle dès mon arrivée.

— On t'a offert des fleurs, maman ?

— Non, mon poussin, je les ai récupérées dans le local des ordures ménagères.

Victoire, qui passe devant moi pour aller dans la cuisine, jette un coup d'œil à ma trouvaille.

— La situation est si dramatique que ça pour que tu commences à faire les poubelles ? me lance-t-elle froidement.

— Mais non ! m'insurgé-je. Je ne voulais simplement pas laisser ce bouquet en bas. Les fleurs sont encore toutes fraîches et...

— C'est normal, le papy du premier les a déposées devant la porte de la vieille du rez-de-chaussée quand on rentrait de cours, m'informe Valentin en me coupant la parole.

— Ah ! c'est pour ça qu'il avait l'air étonné.

— De quoi tu parles ? me questionne ma fille.

— De rien.

— Ils sont amoureux, poursuit Arthur.

— Pas sûr, microbe, lâche Victoire en lui ébouriffant les cheveux. Allez, viens te laver les dents. Je vais te raconter une histoire avant de dormir.

Il est approximativement 21 heures quand ma fille prend en charge son frère sans que je lui demande quoi que ce soit. Un faible merci s'échappe de ma bouche. Elle ne répond pas. Nos relations étaient déjà tendues, mais elles se sont encore dégradées depuis son entrée au lycée. Ayant sauté deux classes, elle se retrouve en première, tout comme son aîné de dix-sept ans, alors que deux années les séparent. Valentin ne s'en soucie pas, mais Victoire supporte mal cette intégration dans un univers trop proche de celui de son frère. Bien qu'ils ne soient pas dans la même classe, les professeurs et les élèves les comparent en permanence, au grand désespoir de Victoire. En quête de sa propre identité, elle souhaite se démarquer sans qu'on la ramène sans cesse à sa famille. Elle m'a déjà craché à la figure son ras-le-bol d'être réduite à une vague ressemblance avec sa splendide mère, de se voir reprocher de ne pas avoir autant d'humour que Valentin et de ne pas savoir se montrer aussi gentille qu'Arthur. Victoire a peur de ressembler à ce père qui les a abandonnés. Elle ne s'aime pas et elle est à la recherche d'une autre elle-même qui l'aiderait à apprécier son quotidien. Pour le coup, je ne lui suis d'aucun secours, car je me noie moi-même dans des réflexions sans fin sur mes propres aptitudes. Installée sur mon canapé-lit, je suis perdue dans mes pensées lorsque Arthur me saute dessus pour son bisou du soir.

— Tu dors, maman ?

— Non, pas encore, mais ça ne devrait pas tarder. Je suis vraiment fatiguée.

— Tu as fait quoi pour être fatiguée ?

— Plein de choses, mon chéri ! Mais comme j'ai passé une mauvaise journée, on va changer de sujet.

— Ne laisse jamais une mauvaise journée te faire croire que tu as une mauvaise vie.

— C'est de toi, mon ange ?

— Non, c'est Youssouf Bichara Goukouni qui a dit ça.

— C'est qui celui-là ?

— Un étudiant tchadien.

— D'où tu sors ça ?

— D'un site sur les citations célèbres.

Je ne trouve rien à répondre. Mon fils de sept ans s'intéresse à des choses qui me paraissent parfois tellement décalées que j'en suis bien souvent dépassée. Note à moi-même : augmenter le contrôle parental sur la tablette et en parler avec Valentin et Victoire. Arthur se tait, et l'air sérieux avec lequel il me dévisage ne me dit rien qui vaille. Son sourcil froncé et sa bouche en cul de poule me laissent pressentir que l'instant est grave.

— Oui, mon poussin, tu veux t'exprimer ?

— Le monsieur qui a apporté le bouquet, si son amoureuse ne l'aime pas, tu crois que je peux aller le voir ?

— Pour quelle raison, mon chéri ?

— Jouer aux échecs ! s'enflamme mon fils en se redressant.

— Pas sûre qu'il sache jouer.

— J'en suis certain, m'affirme Arthur avec aplomb.

— Comment peux-tu le savoir ?

— Il a l'œil vif, conclut-il d'un air malicieux avant de disparaître dans le couloir.

« L'œil vif. » Je marque un temps d'arrêt. Comment un enfant de cet âge est-il capable d'avoir des réflexions si pertinentes et détonantes ?

* * *

La nuit est tombée sur le quartier, tout le monde a rendez-vous avec le sommeil, sauf moi. Après avoir compté les moutons, usé mes doigts et mes yeux sur mon téléphone, fait les cent pas dans le salon et avalé trois tasses de tisane aux prétendues propriétés apaisantes, j'attends toujours Morphée.

Cela fait déjà cinq minutes que je campe dans l'embrasure de la chambre de Victoire et Arthur. Mes tout-petits dorment à poings fermés. Le visage serein d'Arthur m'offre une parenthèse de réconfort. J'ai tellement peur que l'arrestation de Laurent crée des traumatismes aussi chez lui. Pour le moment, il donne l'impression de surmonter cette épreuve relativement bien. En fait, il ne pose pas de questions et ne parle pas de son père. Exactement comme Valentin après la défection du sien. Dois-je m'en inquiéter ? Vais-je revivre avec Arthur le même cauchemar qu'avec mon aîné ? Durant presque un an, Valentin avait refoulé ses sentiments et lorsqu'il s'en était enfin libéré, notre vie avait été rythmée par ses turbulences émotionnelles, passant des crises de larmes aux explosions de colère. J'ai réagi comme je pouvais. Aujourd'hui, je me demande si son attitude parfois désinvolte n'est pas liée à cette période de notre vie.

J'effleure du bout des doigts le front de ma princesse et note avec soulagement que ses traits sont détendus. J'attends cela depuis longtemps et j'espère que notre nouveau départ saura nous réunir. À une époque, nous étions proches. Victoire était une enfant souriante, animée et aimante. Mais aujourd'hui, elle affiche une attitude lasse, revêche et taiseuse, typique des adolescents de son âge. Je sais qu'elle me cache des choses et mon cœur de mère souffre de ne pouvoir mieux la protéger et la soutenir. J'ai fait pas mal d'erreurs dans leur éducation, je me suis leurrée plus d'une fois et j'ai laissé le contact se rompre progressivement alors qu'ils auraient eu besoin d'une présence maternelle plus soutenue. Mais aujourd'hui, j'ai l'occasion de rectifier le tir. Le tout, c'est de savoir par où commencer, car j'ai parfois l'impression que mes propres enfants sont des inconnus pour moi.

Mon attention se reporte sur Arthur lorsque je l'entends marmonner « Vico ». Sa sœur joue visiblement un rôle dans le rêve qu'il est en train de faire, de la même façon qu'elle a pris une place importante dans son quotidien depuis qu'un vilain accident domestique les a rapprochés. Victoire est devenue le bouclier de son frère. Arthur ne peut pas tomber sans qu'elle soit là pour amortir la chute. Ils forment un drôle de petit couple, tous les deux. Jamais bien loin l'un de l'autre et toujours complices. Un bâillement me décroche la mâchoire par surprise. Je lance un dernier regard attendri à mes petits amours avant de retourner à mon canapé, où Morphée m'accueille enfin.

8

— Pourquoi t'as sorti cette voiture ?

Les premiers mots de Valentin quand il me voit ouvrir la Clio m'irritent les oreilles. Le début de matinée a déjà été compliqué, je n'ai pas besoin des récriminations d'un adolescent plus soucieux de son image de marque que des problèmes qui me pourrissent la vie.

— Un problème ? demandé-je innocemment.

— Pourquoi on ne prend plus la Jaguar ?

— Parce qu'il n'y a pas assez de place pour la garer là où on habite maintenant, rétorque Victoire, un brin sarcastique.

— Parce qu'elle va être saisie, comme tous les biens de Laurent. Tu n'as pas bien compris ce que j'ai expliqué l'autre soir ?

Pas de réponse. Je pensais que le déménagement était suffisamment explicite, mais visiblement Valentin n'a pas encore tout assimilé.

— Et tu comptes nous emmener tous les jours dans ton tas de boue ? reprend-il en s'installant côté passager.

— Perso, ça ne me dérange pas de me lever plus tôt pour y aller à pied, renchérit Victoire.

— N'insistez pas, je vous dépose.

Valentin croise les bras sur son torse en signe de colère. Je sais déjà qu'il n'ouvrira pas la bouche de tout le trajet. Dans mon rétroviseur intérieur, j'observe Arthur. C'est la première fois qu'il est aussi muet en voiture. En temps normal, sa bouche déborde de commentaires en tout genre. Victoire est également silencieuse. Non qu'elle soit particulièrement expansive d'habitude, mais le généreux sourire qu'elle a offert à la voisine descendant avec son bébé m'a laissée penser que ce matin serait différent. J'avais juste omis la capacité des adolescents à jouer à Jean qui rit, Jean qui fait la gueule. Tout le long du trajet, son regard se perd dans la contemplation des rues. Nous traversons un territoire qui n'est pas le nôtre. Ici, le décor est différent. Nous avons quitté le bon côté du périphérique, celui qui nous protégeait des galères.

Nous arrivons à la cité scolaire Balzac dans un silence électrique. Les ados s'extirpent de la voiture à l'instant où je finis de garer la Clio entre deux grosses berlines. Mes protestations ne semblent pas les perturber le moins du monde et ils poursuivent leur trajet jusqu'au portail de l'établissement avant de s'engager dans des directions opposées. J'accompagne Arthur à l'entrée de l'école primaire, à l'autre extrémité du bâtiment. Son cartable se balance sur ses petites épaules alors qu'il parcourt les derniers mètres qui le séparent de son institutrice. Il ne se retourne pas pour m'envoyer un bisou papillon comme il le fait d'habitude lorsqu'il quitte la maison. Mon petit est lui aussi perturbé par la tournure que prend notre vie. Je rebrousse chemin le cœur lourd, lorsque le directeur fait irruption devant moi.

— Madame Meyer ?

— Baron, rectifié-je.

— J'allais vous contacter. Nous avons appris ce qui se passe pour votre mari et je voulais vous entretenir des frais de scolarité de vos enfants. M. Meyer n'a réglé que le mois en cours, lâche-t-il en me lançant un regard dur.

Je serre mon sac à main contre ma poitrine.

— L'année n'a pas été payée intégralement ?

— Non, répond-il froidement.

— Oh ! Je vais trouver une solution pour m'en acquitter au plus vite. Mais mon conjoint nous laisse dans une situation assez compliquée et...

L'homme, visiblement peu ému par mes explications, lève la main pour m'interrompre.

— Nous ne nous sommes pas compris, madame Baron. Nous parlons ici d'éducation et d'avenir pour vos enfants. L'argent, c'est une histoire qui vous regarde. Je tiens néanmoins à vous rappeler que notre établissement n'a pas de vocation sociale. Nous employons la crème des professeurs et il convient de les payer correctement.

À défaut de pouvoir me toiser du haut de son mètre soixante-cinq, cet individu revêche penche la tête en arrière pour me fixer d'un air dédaigneux. Je ravale le commentaire désobligeant qui me brûle la gorge et prend une grande inspiration pour me forcer à rester calme.

— Nous sommes d'accord sur ce point. Mais pour clore le sujet, combien doit-il encore ?

— Mille deux cents euros.

— Ah ! quand même !

— Par enfant.

Après quelques secondes de silence, il ajoute :

— En espèces.

L'information me fige sur place. Tout d'abord parce que le montant me paraît prohibitif, mais aussi parce que je comprends soudain que Laurent écoulait de l'argent par ce biais.

— Vous penserez également à passer au secrétariat pour mettre vos coordonnées à jour, conclut-il.

Je hoche la tête et tourne les talons sans répondre.

* * *

Valentin rejoint un groupe d'adolescents au milieu duquel minaude sa petite amie Garance, la reine des abeilles et accessoirement la nièce par alliance d'Hortense de Rochefort. La jeune fille affiche une moue boudeuse et, lorsqu'il se penche vers elle pour l'embrasser, elle l'esquive volontairement. Ce vent magistral provoque l'hilarité du reste des jeunes et l'incompréhension de Valentin, qui n'apprécie pas la blague. La sonnerie de l'établissement le sauve d'une humiliation prolongée. Les élèves se dispersent en se dirigeant vers leurs classes respectives, excepté Garance retenue par Valentin.

— Qu'est-ce qui t'a pris ? demande l'adolescent.

— Elle est passée où, la Jag ? répond la jeune fille pour éviter la question.

— En panne.

— Et c'est quoi cette caisse pourrie ?

— Une voiture de prêt. Je t'ai préparé une surprise, annonce Valentin tentant à son tour de détourner la conversation.

— Un bijou ?

— Mieux !

— Une virée en Normandie ?

— Euh, non, pas vraiment.

— Ah ! j'oubliais que tu ne sais pas conduire, lâche-t-elle, dédaigneuse.

— La question n'est pas là !

— Alors c'est quoi ?

Valentin manipule les touches de son téléphone avant de le tendre à sa petite amie. Garance découvre alors une vidéo sur laquelle elle distingue au loin des lignes de chemin de fer. La suite du film a été travaillée en accéléré pour en venir le plus rapidement au final : Valentin en train de graffer un portrait d'elle sur un large mur. L'adolescent reproduit une photo de Garance postée sur les réseaux sociaux deux semaines auparavant. Du brillant dans les yeux bleu clair de son amoureuse à la petite fossette qui se dessine quand elle sourit, le lycéen a respecté les moindres détails. Il est fier de son œuvre et c'est avec amertume qu'il regarde le visage de sa belle se durcir sous la déception.

— C'est sympa, mais j'aurais préféré un collier, Don Posca. Pas très original, le blaze !

— Je pensais que ça te plairait que je t'aie prise pour modèle.

La jeune fille ne réagit pas et actionne quelques touches sur l'appareil avant de le rendre à Valentin.

— Qu'est-ce que tu as fait ?

— Un partage de vidéo. Ça me fera un souvenir et si tu deviens célèbre, ça pourrait me rapporter un max.

— Mais ça te fait quand même plaisir ?

La seconde sonnerie des cours retentit et Garance en profite pour partir sans lui répondre.

* * *

Victoire s'est réfugiée dans les toilettes. Son premier cours est annulé, le prof d'espagnol est absent. En temps ordinaire, lorsque cela arrive, elle s'isole à l'infirmerie au lieu d'aller en permanence. L'infirmière est au courant que la jeune fille est sujette à des migraines à répétition et ne lui pose pas plus de questions. Il suffirait pourtant qu'elle gratte un peu pour que la lycéenne craque et lui parle de ce qu'elle vit entre ces murs. Tout le monde met son regard si souvent humide sur le compte de sa sensibilité. Victoire pourrait être une ado comme les autres, joyeuse, pleine d'entrain et malicieuse, mais elle est différente, trop mature pour sa mère, trop timide pour les profs, trop coincée, trop sérieuse pour ses camarades. Première de sa classe, souvent en décalage avec ceux qui l'entourent, elle aimerait tant ressembler aux autres filles, avoir l'air cool, savoir s'habiller, se maquiller, avoir des amis et non des ennemis. Car ici, tout le monde semble s'être ligué contre elle. Surtout les pétasses du style de Garance.

Aujourd'hui, l'infirmerie est fermée. Les louves sont en liberté et ont senti l'odeur de sa peur. Elle doit se cacher ailleurs.

9

Le bref échange avec le proviseur m'a décontenancée. Les chiffres sortis de sa bouche résonnent encore dans ma tête. Sans revenus, comment vais-je réussir à assumer ces nouvelles charges ? Je dois vite trouver une solution. La seule personne qui serait susceptible de nous aider est Anne-Charlotte, mais mon amie est aux abonnés absents depuis le début de ma descente aux enfers. Pourquoi ne me répond-elle pas ? A-t-elle peur que je l'entraîne dans ma chute ? Ou, pire encore, serait-elle une victime de Laurent et persuadée que je suis sa complice ? Je décide d'aller à sa rencontre au golf. À cette heure, je devrais la croiser au petit déjeuner des mondaines. Avec un peu de chance, mon inscription n'a pas encore été radiée.

Ma carte de membre en main et camouflée derrière de larges lunettes à verres fumés, je longe les murs en me dissimulant du mieux que je peux lorsque j'identifie certains adhérents. Arrivée près de la piscine centrale, je me faufile parmi les gens qui s'agglutinent au buffet. Je connais la plupart des personnes qui rient et s'empiffrent sans me prêter la moindre attention. Je les observe à la dérobée, eux les grands bourgeois imbus d'eux-mêmes qui m'ont constamment fait sentir que je n'étais pas de leur monde. Seule Anne-Charlotte me regarde comme une vraie personne, dotée de quelques qualités, depuis maintenant deux ans que nous nous côtoyons. Elle est au courant de mon histoire et je n'ignore rien de ses ennuis de jeune héritière désabusée, fille unique du patron d'une grande entreprise. L'argent à ne plus savoir qu'en faire ne l'a jamais rendue heureuse et elle ne se sent pas à sa place dans ce milieu de riches égocentriques, où je me suis moi-même retrouvée parachutée – c'est sans doute pour cela qu'elle m'a toujours considérée comme sa bouffée d'oxygène.

Elle est ma seule vraie copine, celle avec laquelle je m'amuse à critiquer les autres. Ceux qui se goinfrent au buffet comme s'ils avaient faim, ceux qui se plaignent de vacances ratées à l'autre bout du monde, ceux à qui il manque toujours cent mètres carrés dans leur résidence au soleil. Je m'apprête à explorer la rangée de transats à sa recherche lorsque je me retrouve bloquée par Élisabeth, Sonia et Sa Majesté Hortense. Toutes affublées d'élégantes tenues, elles me toisent des pieds à la tête, l'air dédaigneux. Mon jean et mes Dr. Martens retrouvés dans mes cartons dénotent complètement avec les standards vestimentaires du club, détail que j'ai omis. Je n'en ai rien à faire et redresse la tête pour me composer une attitude assurée.

— Joanna, quelle surprise de te revoir ! démarre Hortense en se taillant un sourire hypocrite sur le visage. Mignon, ce petit ensemble, mais ça ne te grossit pas un peu ?

— C'est toujours un plaisir de te parler, mais je suis venue voir Anne-Charlotte. Si vous voulez bien m'excuser, lancé-je en tentant de les contourner.

Mais le gang des pouffes fait immédiatement barrage pour m'empêcher d'avancer.

— Elle n'est pas là en ce moment. Tu n'es pas sans savoir qu'elle a beaucoup de décisions à prendre maintenant qu'elle est à la tête de l'entreprise familiale.

Je fulmine intérieurement. J'étais auprès d'Anne-Charlotte quand son père a été hospitalisé pour un accident cérébral. Le médecin n'était pas encore sorti du bloc que les actionnaires exigeaient déjà qu'elle prenne la direction de la société familiale. Le groupe pesant quelques millions d'euros, ces chacals avaient besoin d'être rassurés et quoi de mieux qu'une héritière qui a baigné dans la biscuiterie familiale depuis sa prime enfance pour éviter que le cours des titres ne dégringole.

— Oui, je sais, mais…

— Pas de mais, Joanna ! Elle n'a pas le temps de discuter, martèle Hortense. Au fait, ma nièce Garance m'a informée que tu avais changé de voiture. Ce n'est pas trop dur sans la direction assistée ?

Interloquée par un tel mépris, je cherche en vain qui est cette Garance, lorsqu'elle m'assène le coup mortel de l'attaque du cobra.

— Joanna, nous n'allons pas y aller par quatre chemins. Tu n'as jamais été des nôtres et tu ne le seras jamais. Alors retourne dans la zone d'où Laurent n'aurait pas dû te sortir.

Ses paroles me font l'effet d'une douche froide. Est-il possible d'être plus odieuse que cette peste ? Une colère sourde me submerge quand je prends conscience qu'une vingtaine de visages sont tournés dans notre direction pour nous observer. Les bribes de discussions qui me parviennent me donnent soudain envie de m'enfuir à toutes jambes. Il n'y a que mépris et méchanceté autour de moi. Le cœur battant la chamade, je cale mes mains dans les poches pour cacher mes tremblements. Le spectacle est fini et les artistes doivent quitter la scène.

Une fois remontée dans ma voiture, je me mets à pleurer comme une Madeleine. Tout tourne en boucle dans mon esprit. Qu'allons-nous devenir ? Je comprends que plus personne ne veut avoir de contact avec nous, mais le silence d'Anne-Charlotte m'interpelle. Ne veut-elle vraiment plus me voir ou est-ce l'interprétation de ces pimbêches ? Je n'ai plus le choix que de me prendre en main et, dans un premier temps, je dois déposer mes maigres économies dans une banque.

* * *

Pendant ce temps, à Renaissance, Djibril sort de son immeuble et s'approche d'un pas énergique d'une 307 grise garée à quelques mètres de là. À l'intérieur, un homme d'âge mûr de type maghrébin et un jeune métis d'une trentaine d'années.

— Salut les gars, vous voulez un truc à boire ? Coca, café, eau ? C'est la maison qui régale.

— Non, merci, ça ira.

— Vous êtes là pour la nouvelle de l'immeuble ?

Pas de réponse.

— C'est la première fois que je vous vois dans le quartier.

— Normal, vous n'avez jamais eu affaire à nous, monsieur Cerruti.

— Vous savez comment je m'appelle, mais je ne vous connais pas. Intéressant.

Pas de réponse.

— OK. On joue aux devinettes. Vous êtes de la financière ?

Le regard que l'homme braque sur Djibril lui laisse comprendre qu'il a vu juste.

— C'est bien, la mixité dans la police ! Ça permet les infiltrations dans les quartiers en toutes circonstances, ricane Djibril.

Les poings serrés du jeune officier trahissent une certaine tension nerveuse. Son collègue se contente d'un claquement de langue réprobateur.

— Vous êtes donc venus nous protéger d'une délinquante financière. Elle cache bien son jeu, celle-là ! De plus en plus intéressant. Bonne journée, messieurs, et bon courage pour choper votre pirate en jupon.

Djibril s'apprête à repartir lorsque le policier l'interpelle.

— Monsieur Cerruti, comment avez-vous su que nous étions là ?

— Dans le quartier, faut se méfier des petites vieilles au balcon. Les gamins d'ici, elles les ont vus grandir, alors les têtes inconnues, elles les repèrent tout de suite. Par contre, je serais vous, je ne traînerais pas trop longtemps ; car si elles vous ont remarqués, elles ne sont pas les seules.

Les paroles de Djibril produisent l'effet attendu. Le chauffeur enclenche la première et la voiture banalisée quitte le quartier.

10

Mon passage au golf m'a mis les nerfs en pelote. En rentrant, j'ai tenté de méditer pour retrouver la guerrière qui sommeille en moi, mais le résultat n'est pas fameux. Une mauvaise position de yoga et j'ai l'impression d'avoir les trapèzes coincés. Une sieste en mode sushi dans ma couette aurait sûrement été plus bénéfique. Je mets l'eau à chauffer et envoie un SMS à Charly comme si nous continuions une conversation entamée récemment. Pourtant, mon dernier message date de la veille du déménagement et elle n'a pas répondu depuis. Son silence me déstabilise, mais je me garde de le lui dire. Je lui confie mes doutes sur la sécurité du quartier et mes craintes pour les enfants. Je précise malgré tout que je suis bien installée et que le voisinage a l'air sympa. Je pose mon téléphone et le fixe pendant quelques secondes en priant pour qu'il se réanime. Ma vie sociale a fondu comme neige au soleil, j'en ai presque oublié le bruit de ma sonnerie.

J'ai ouvert en grand les fenêtres de la pièce et je tente d'emplir mes poumons d'air frais, un mug de thé brûlant à la main. J'observe les piétons. Tout semble calme. Aucun signe d'agressivité ni de violence. Je songe au fait que j'ai peut-être été vite en besogne de parler à Charly de mes inquiétudes. D'un coup d'œil à mon portable, je vois que mon SMS n'a pas été lu. Mon regard s'arrête sur des femmes qui battent leurs tapis par-dessus leur balcon. Elles sont au moins une demi-douzaine, de toutes origines. À croire qu'elles se sont donné rendez-vous pour exécuter leurs tâches ménagères en harmonie. Un vrai ballet synchronisé. Elles discutent entre elles à travers les étages et j'envie cette convivialité. Je me rends compte que je ne connais rien à la vie en communauté ; mais après tout, pourquoi ne pas m'adapter aux mœurs locales ? Quitte à vivre ici au moins six mois, autant le faire en bonne intelligence avec mes voisins.

Des cris attirent mon attention. À une centaine de mètres de là, un attroupement s'est formé devant l'entrée d'un immeuble. Avant d'avoir eu le temps de comprendre ce qui est en train de se passer, j'aperçois un peu plus loin trois gamins assis sur le capot de ma Clio. La colère m'envahit.

— Eh, les trois mousquetaires !

Les adolescents relèvent la tête dans ma direction pour m'observer comme une bête curieuse.

— Dégagez de cette bagnole avant que je descende !

Le jeune qui trône au milieu de mon capot me gratifie aussitôt d'un doigt d'honneur. Mon sang ne fait qu'un tour et je sors en trombe de l'appartement. Objectif : rappeler à ce jeune branleur le code du respect envers ses aînés. Lorsque la porte claque derrière mes talons, mon cerveau comprend, mais trop tard... L'énervement ne me vaut rien de bon, la preuve. Je tente de rentrer chez moi en poussant la porte avec l'énergie du désespoir, mais elle ne bouge pas d'un iota. À ce moment, une voix féminine m'interpelle, me faisant sursauter.

— Madame Baron ?

Je me retourne et découvre une femme corpulente à la peau d'ébène, vêtue d'un boubou africain multicolore et d'un turban bariolé. À y regarder de plus près, je devine des tresses à la racine. Je m'attarde un peu sur son visage dont le maquillage m'intrigue : son rouge à lèvres rouge vif détonne avec ses paupières peinturlurées en violet et ses joues rondes rosies par une sorte de fond de teint concentré à cet endroit. Sans être une spécialiste, je me rends bien compte que ces couleurs ne vont pas ensemble et mériteraient d'être moins contrastées, tout comme son vêtement qui ressemble à un nuancier de peinture. Malgré cela, cette femme irradie. Est-ce le sourire qu'elle arbore qui me fait cet effet ou ses traits qui dégagent une sympathie contagieuse ?

— Vous êtes sortie sans vos clefs ? poursuit-elle.

J'entrevois un écart entre ses dents de devant. Les « dents du bonheur », un nouveau détail qui renforce son côté chaleureux. Je hoche sensiblement la tête.

— Ne vous inquiétez pas, ça se produisait souvent quand on a emménagé ici !

Elle ne me laisse pas en placer une et reprend avec bonhomie.

— Oh ! désolée, j'oublie de me présenter. Je suis Fatou, votre voisine du dessus. J'ai constaté que le nombre de cartons à pizza a augmenté dans le local à poubelles depuis votre arrivée, alors...

Ma poitrine se soulève d'indignation. Je suis à peine installée qu'on me flique déjà. Je me prépare à rétorquer lorsqu'elle me tend un panier en osier d'où s'échappent des senteurs alléchantes.

— ... comme je prépare toujours trop à manger, je vous ai fait des Tupperware. Je sais que ce n'est pas évident de cuisiner quand on est débordée.

Soudain, le temps semble s'arrêter. J'ai l'impression de vivre un moment de grâce dans ce monde de brutes. Un humain qui ouvre son cœur à un autre humain, ou plutôt à son frigo. Je sens les larmes envahir mes yeux devant cette si délicate attention et m'apprête à tendre les bras pour récupérer ces victuailles quand le panier fait machine arrière. *Ben quoi, pas de bras, pas de Tupperware ?* Je m'en doutais, c'était trop beau pour être vrai. Mon intérêt est tellement concentré sur les boîtes en plastique que je n'entends pas les paroles de ma voisine.

— Madame Baron ?

Je grogne un « oui » qui n'a rien de chaleureux avant de revenir à un ton plus adéquat.

— Excusez-moi, vous me disiez ?

— Montez chez Djibril Cerruti au quatrième gauche, il a les doubles de tous les appartements. Je rapporte les plats, vous viendrez les chercher plus tard.

Heureuse de ne pas avoir à renoncer aux boîtes, je ne dissimule pas mon enthousiasme.

— On fait ça, rétorqué-je en contemplant de nouveau le panier.

Quand je lève les yeux sur elle, je croise son regard interrogateur. Elle doit me prendre pour une folle affamée.

— Je suis désolée de l'accueil que je vous fais. Ce déménagement me chamboule pas mal.

— Je comprends, souffle-t-elle avant de poser un pied sur les marches. À tout à l'heure.

— Oui, à tout à l'heure. Merci beaucoup pour votre aide. Je vous revaudrai ça.

— Je vous en prie, madame Baron.

— Appelez-moi Joanna !

— OK, Joanna.

Elle hoche la tête, mais avant qu'elle ne disparaisse, je l'interpelle.

— Fatou ?

— Oui, Joanna ?

— Pourquoi Djibril est-il en possession du double de clefs de mon appartement ?

— Les logements de cet immeuble lui appartiennent.

— Tous ?

— Oui. Tous. À tout à l'heure.

À ma grande surprise, elle grimpe les marches deux par deux avec une souplesse impressionnante. Sa surcharge pondérale ne l'empêche pas d'être aussi agile qu'un félin. Note à moi-même : il est vraiment grand temps que je reprenne le sport !

Deux minutes plus tard, je me tiens devant la porte du quatrième gauche. Après une brève hésitation, mon doigt appuie sur la sonnette. Une longue minute s'écoule, mais personne ne vient. J'insiste une deuxième fois. Toujours personne. Je persiste plus longuement sur le bouton et perçois quelques pas à l'intérieur de l'appartement. Le judas se bouche. On m'observe de l'autre côté.

— C'est pour quoi ?

— Je voudrais voir Djibril…

Je n'ai pas le temps de finir ma phrase que la porte s'ouvre brusquement. La femme qui m'accueille est vêtue d'une façon toute particulière – si tant est qu'un soutien-gorge, un minuscule tablier blanc et des porte-jarretelles soient une tenue. Ma vision périphérique me permettrait sans doute de découvrir si elle porte autre chose derrière cet accoutrement de soubrette, mais sur le moment je n'ai absolument pas envie de le savoir. Gênée, je concentre mon regard sur le plumeau qu'elle exhibe comme un sac à main de luxe.

— Vous lui voulez quoi ?

L'agressivité de son ton me laisse penser que ce fameux Djibril est chasse gardée.

— Je suis la locataire du deuxième et je me suis enfermée à l'extérieur de mon appart...

— Il n'est pas là, me coupe-t-elle.

— Vous sauriez peut-être où se trouvent les clefs ?

— Non. Il est au bistrot, si vous voulez lui poser la question.

La femme a déjà refermé la porte. Bonjour l'accueil ! Pas d'autre choix que d'aller à la rencontre de ce Djibril pour récupérer un double.

Après quelques minutes de marche, tête baissée pour éviter de croiser les regards que je sens peser sur moi, je rejoins le fameux troquet. Des hommes âgés sont installés sur la terrasse et tous se retournent sur moi. Quand j'entre dans l'établissement, un silence profond s'abat sur toute la salle, où je constate que je suis la seule femme. N'aurais-je pas fait une grave erreur en venant ici ? Je dois acquérir de nouvelles notions qui m'échappent plus que je ne l'aurais imaginé : coutumes, religions, intégration. Je percute immédiatement qu'en matière d'intégration, c'est moi qui vais devoir faire des efforts. Tandis que mon cœur tente de retrouver un rythme normal, je me demande s'il existe un livre qui s'intitulerait *La Cité pour les nuls.*

Derrière le comptoir en zinc, un individu à la carrure imposante essuie des verres. Nous nous dévisageons quelques secondes, pourtant je ne note aucun soupçon d'agressivité. L'effet de surprise estompé, chacun retourne à ses occupations, même si certains continuent de m'observer du coin de l'œil. J'aperçois Djibril, ce qui me procure un léger soulagement. J'avance pourtant fébrilement jusqu'à sa table. Alors qu'il est au téléphone et semble analyser des documents en même temps, il se rend compte de ma présence et m'invite, d'un geste de la main, à prendre place en face de lui. Tandis qu'il termine sa conversation, j'observe mon environnement. Derrière le bar, les bouteilles sont alignées sur de larges étagères. Des photos jaunies de joueurs de rugby, des coupes et des médailles sont posées un peu partout dans la salle principale. Le vieux flipper près de la porte des toilettes m'arrache un sourire nostalgique. Mes oreilles interceptent une partie de la discussion de mon propriétaire, et cela me met mal à l'aise. Il est question de réductions de coûts, de chiffre d'affaires, de maximisation des tournées. Il traficote bien quelque chose. Il raccroche après quelques mots avec son interlocuteur.

— Je suis désolé de vous avoir fait attendre.

— Vous n'êtes pas étonné de me voir ?

— Laissez-moi deviner ! Vous vous êtes enfermée à l'extérieur de votre appartement et on vous a dit que j'étais ici.

— Le « on », c'est une furie en petite tenue !

Les mots à peine sortis de ma bouche, je comprends que je suis allée trop loin. Tous les regards sont braqués sur moi.

— Une furie chez moi ? Vous avez dû vous tromper d'appartement, rétorque-t-il en riant. Vous voulez boire quelque chose ?

Gênée, je refuse son offre, mais de sa voix puissante, il hèle le tenancier, qui nous apporte aussitôt un verre d'eau et un Perrier. Les bulles me font du bien et apaisent la soudaine sécheresse de ma gorge.

— Bref, c'est Fatou qui m'a dit que vous aviez les doubles des clefs.

Je m'arrête un instant pour réfléchir.

— Comment saviez-vous que j'étais enfermée à l'extérieur ?

— Mon petit doigt !

— Franchement ?

— La furie ! Et plus sérieusement, je suis informé presque en direct de vos moindres faits et gestes.

— Il y a des caméras dans l'immeuble ?

— Mieux ! Les gens sont avides de ragots et vous, vous allez illuminer leurs journées.

— Vous êtes le centre névralgique du quartier ?

— En quelque sorte. Je vais m'occuper de votre problème, dit-il en se levant.

Il sort de l'établissement. Je le vois faire un signe à un jeune vautré sur son scooter. Celui-ci descend de son engin et s'approche. Après un bref échange, Djibril lui tend une grosse enveloppe. Qu'est-ce qu'ils trafiquent tous les deux ? Le gamin disparaît rapidement. Mon instinct me souffle que ce Djibril n'est décidément pas net et que je devrais m'en méfier. Il se retourne vers moi et m'adresse un large sourire à travers la baie vitrée. Je détourne le regard et entreprends de reporter mon attention sur les clients qui entrent et gagnent le fond de la salle. Sur une grande télé plasma accrochée au mur, une course hippique bat son plein. Les conversations s'enflamment soudain. Tandis que les chevaux s'affrontent sur les derniers mètres, les hurlements d'encouragement se font plus intenses. Malgré le vacarme, j'entends le vrombissement d'un scooter à l'extérieur. Mes yeux s'écarquillent de surprise lorsque j'aperçois un nouveau jeune tendre un trousseau à Djibril. Des clefs que celui-ci dépose devant moi quelques secondes plus tard. Je le regarde, éberluée.

— C'est plus rapide comme ça. Mon jeune est allé chercher un des doubles chez le gardien.

« Un des doubles » ? Ils sont combien à posséder un accès à mon appart ?

Dois-je m'inquiéter que quelqu'un pénètre chez moi pendant mon absence ? Sidérée, je ne peux m'empêcher d'être un peu agressive.

— Les clefs de mon logement sont accessibles à toute la cité ?

— Oui ! D'ailleurs, on a caché un kilo de came sous le lit de votre fils, me répond-il avec un sourire qui menace de virer au fou rire.

En rentrant, je jetterai un coup d'œil dans la chambre de Valentin, juste par acquit de conscience. Prudence est mère de sûreté. En même temps, sûreté se retrouve presque à la rue parce qu'elle a fait confiance à raison et que prudence n'a rien vu venir alors que passion s'était barrée depuis longtemps. Thèse : il ne faut pas toujours se fier aux apparences. Antithèse : toujours se fier à sa première impression, et ce type a des airs de trafiquant. Je suis sûre qu'il en est un. Il reprend la parole, mais je n'entends que vaguement ce qu'il dit. Je rêve de me lever pour lui hurler dessus : « Toi et ton gang, ne vous avisez pas d'essayer de rentrer chez moi en mon absence ! Y a rien à voler de toute façon. »

Pourtant, la scène se déroule tout autrement : je le remercie poliment d'avoir été si efficace, le prie de m'excuser pour le dérangement et lui propose de rapporter moi-même le double au gardien.

Synthèse : il vaut mieux rester courtoise face au mec qui, visiblement, gère tout le quartier.

11

Les clefs en main, je retourne à l'immeuble et monte directement jusqu'à l'appartement de Fatou. Il émane de cette femme une véritable douceur mêlée à une sorte de générosité naturelle et je dois avouer que j'ai envie de la revoir. Je ne vais pas m'attarder, car il est bientôt l'heure d'aller chercher les enfants. En arrivant sur son palier, devant un paillasson qui affiche un « Bienvenue » multicolore, j'ai la condition physique d'une limace asthmatique qui tente de reprendre son souffle. Fatou m'ouvre et je reçois immédiatement une bonne dose de chaleur humaine en pleine face. Je me retrouve écrasée contre sa poitrine opulente, situation assez gênante pour moi qui ne suis pas une adepte du câlin. Je réponds maladroitement à cette étreinte en lui tapotant le dos avec raideur.

— Je t'attendais et tes plats aussi.

« Tes plats » ! Ses mots me touchent. D'où sort cet élan solidaire alors qu'on vient à peine de se rencontrer ? Les sonorités chantantes dans sa voix me donnent l'impression que c'est naturel chez elle.

Quelques pas à l'intérieur de l'appartement et je découvre une copie conforme du mien, excepté que son espace semble plus encombré. Nous nous installons dans la cuisine. Je lui envie immédiatement la cafetière dont mon appartement est dépourvu. Mon coup d'œil insistant ne passe pas inaperçu.

— Oh ! excuse-moi, je ne t'ai rien proposé à boire. Tu veux un café ?

— Oui, avec plaisir !

Je m'abstiens de préciser que je vendrais un rein pour un expresso et que je n'ai pas osé en prendre un dans le troquet.

— OK, je te prépare ça tout de suite.

Tandis qu'elle évolue dans sa cuisine comme une ballerine sur un parquet de danse, la conversation démarre naturellement sur mon installation avant de dériver sur nos enfants respectifs. Lorsqu'elle m'annonce en avoir cinq, je manque de recracher mon café.

— Il y a les jumeaux, Moussa et Bakary, qui ont dix-neuf ans ; ensuite Asma, dix-sept ans ; mon petit footeux, Abdoulaye, qui a quatorze ans ; et ma Bintou, qui fêtera ses dix ans en fin d'année, m'indique-t-elle en me montrant une photo aimantée sur le frigo.

Tandis que je l'écoute, un air dubitatif se plaque sur mon visage. Tous ces prénoms tournoient dans ma tête. Comment réussissent-ils à se caser dans ce minuscule appartement ?

— Moussa et Bakary sont en colocation maintenant qu'ils sont étudiants. Vivre tous ensemble ici depuis tant d'années devenait de plus en plus compliqué. En revanche, ils mangent avec nous tous les soirs.

Un pas chassé plus tard, elle dépose sur la table deux mugs à l'effigie de Wonder Woman. « Cadeaux des enfants », se sent-elle obligée de préciser. L'espace d'un instant, l'émotion m'envahit et je repars des années en arrière, lorsque je faisais imprimer des messages rigolos sur des tasses pour les offrir à ma mère. Mon trouble n'échappe pas à Fatou. Brusquement, elle me prend dans ses bras et m'offre une puissante étreinte. Cela faisait si longtemps qu'on ne m'avait pas serrée ainsi. Durant quelques secondes, j'ai l'impression d'être dans les bras de ma mère et de revivre notre dernier câlin, deux jours avant son décès. Des scènes de mon enfance poursuivent leur chemin dans mon esprit. Des souvenirs qui me réchauffent le cœur autant qu'ils m'attristent. Lorsque Fatou se détache de moi avant de m'embrasser sur la joue, mes yeux s'embuent de nouveau. Ma peau ne tarde pas non plus à se couvrir d'une chair de poule. Surprise, Fatou me jette un regard interrogateur et laisse passer quelques secondes avant de me demander :

— Tu veux me parler de ce qui ne va pas ?

Il aura suffi d'une phrase pour faire craquer le barrage. Elle me tend un mouchoir en papier et j'éponge le raz-de-marée qui inonde mon visage. Je pleure le décès de ma mère depuis mes dix-huit ans, mais aussi l'arrestation de Laurent et le silence d'Anne-Charlotte. Je suis seule. Hormis mes enfants, je n'ai plus de famille sur qui compter. Pas d'amis non plus. Ma mère me manque plus que jamais.

Après une grande inspiration, j'explique tout avec le plus de détachement possible : l'accident de voiture, le virage manqué sur la route, le véhicule broyé, l'impuissance des pompiers à réanimer le corps abîmé de ma mère. J'omets juste de mentionner le taux élevé d'alcoolémie de mon père après cette fête à laquelle ils avaient participé...

— J'ai quitté le domicile familial après l'enterrement.

— Y avait urgence à ce point ?

— Trop de souvenirs d'elle dans cette maison…

— C'est tout ?

— Je ne voulais plus vivre avec mon père. Nos relations étaient déjà compliquées, mais après l'accident, c'est devenu infernal. Tellement insupportable qu'il ne sait même pas qu'il est grand-père.

— Ah, oui ! À ce point, quand même !

— C'est du passé.

— Je suis désolée pour toi.

— Ne le sois pas. J'ai dépassé ce stade.

Au bout de quelques minutes, mon monologue dérive vers d'autres sujets. Fatou m'écoute religieusement et, contre toute attente, sans aucune retenue, je m'entends lui confier des éléments de ma vie privée : mes grossesses, mes débuts professionnels, ma rencontre avec Laurent, en évitant de m'étendre sur notre récente rupture. Sans ciller, Fatou m'écoute, un tendre sourire posé sur les lèvres. L'heure défile sans que j'y prenne garde, jusqu'à la question qui tombe sans préavis.

— Comment une fille comme toi atterrit dans un endroit pareil ?

— La libido de ma vieille carcasse a calé et mon conjoint m'a mise à la casse, réponds-je laconiquement.

— Ah ! c'est moche !

— C'est pas faux ! répliqué-je en m'efforçant à rester de marbre.

— Et tu nous viens d'où ?

J'hésite à répondre, mais je décide de conserver ma stratégie du « pas trop de détails ». Même si les gens semblent avoir des antennes dans ce quartier, je doute qu'ils aient un service de renseignements aussi développé que la vieille mégère qui habitait en face de chez Laurent et qui connaissait la vie de tout le monde, à commencer par la nôtre – quoique pas si développé que ça, sinon j'aurais été informée bien plus tôt de ses escroqueries.

— Près du quartier Washington, lâché-je en sachant pertinemment que ce ne sera pas vérifié.

— Ah ! oui, c'est pas vilain par là. Je comprends que ça te change.

Malgré mon envie de lui en dire plus, je reste sur ma réserve. Il est fort improbable que Laurent ait escroqué des gens dans ce quartier, néanmoins, mieux vaut demeurer prudente. Je me lève de ma chaise en lui précisant que je dois rentrer chez moi et, tandis qu'elle m'accompagne vers la sortie, elle me passe un bras autour des épaules.

— Ne t'en fais pas, tu vas être heureuse ici. Ma porte t'est toujours ouverte.

Ses paroles font écho dans mon esprit. Sa voix douce et maternelle me donne envie de la croire et d'espérer. Je dévale les marches, le sourire aux lèvres, avant de me rendre compte que je ne me suis pas vraiment intéressée à sa personne, sa famille, son travail... J'ai juste déduit qu'elle vit seule avec ses enfants, puisque je n'ai pas aperçu de photos d'homme. Hors de question de s'arrêter là ! À la prochaine occasion, je ferai en sorte d'en découvrir plus sur elle.

12

Aujourd'hui est un autre jour et le dieu des emmerdes quotidiennes a jugé qu'il était temps que je reçoive de nouveaux présents. Cela fait déjà trois jours que j'ai expliqué aux enfants que notre quotidien n'allait plus être le même, mais c'est aujourd'hui que Valentin a décidé qu'il ne voulait pas être vu dans ma voiture. Sa mauvaise humeur n'est pas le seul problème à gérer ce matin. Victoire est aux prises avec une migraine à se taper la tête contre les murs. Hors de question qu'elle aille en cours dans cet état. Tandis que je note mentalement de la faire consulter pour ces maux de crâne qui prennent une proportion importante, la révolution Arthur se met en marche.

— Si Victoire ne va pas à l'école, moi non plus ! me lance-t-il les mains posées sur les hanches et les sourcils froncés.

— Mais ta sœur est malade, mon chaton.

— Moi aussi, je suis malade ! Touche mon front, il est chaud, me dit-il en attrapant mes doigts.

— Pas plus que d'habitude, argumenté-je en souriant.

— Mais j'ai mal au ventre ! feint-il en grimaçant. C'est à cause de Victoire, elle est contagieuse. Faut que je reste au lit, moi aussi.

Je me mords la lèvre inférieure pour éviter de rigoler. Je dois me montrer intransigeante, car je sais qu'il me ment. Pourtant je ne résiste pas, laissant le charme de son innocence opérer une fois de plus sur moi.

— Ou dans le canapé, lui proposé-je.

— Tu resteras avec moi ?

— Si tu veux, mon lapin !

— OK, mais tu ne me feras pas de bisous, sinon tu vas être malade toi aussi.

Il enroule son bras autour de mon cou. Première contre-indication au traitement de mon jeune médecin. Je savoure ce moment de tendresse en m'accrochant à lui comme une naufragée à sa bouée et je m'enivre de son odeur.

— On ira faire des courses tout à l'heure et je t'achèterai un paquet de nounours à la guimauve.

— Maman, je ne vais pas manger de bonbons, j'ai mal au ventre.

Rusé comme un renard, ce petit filou ! En attendant, le problème de mon aîné est résolu. L'infirmière en chef restant à la maison avec les malades, le soldat Valentin va monter au front en utilisant les transports en commun. Je m'inquiète de ce trajet improvisé dont nous n'avons pas pu peaufiner les détails.

Vingt minutes plus tard, trois flics se présentent à ma porte. Celui de la financière rencontré chez Laurent et deux policiers en uniforme.

— Lieutenant Lewinski, que me vaut cet honneur ? demandé-je, le visage fermé.

— Bonjour, madame Baron, une petite visite de routine ! Nous voulions vérifier que vous étiez bien installés.

Je ne pipe pas mot pour éviter un débat avec le fonctionnaire.

— Sérieusement ? Un simple coup de fil aurait suffi, répliqué-je.

— Le standard a sauté. On ne pouvait pas appeler. Ça vous dérange si on fait un petit tour du propriétaire, maintenant qu'on est là ?

Menteur ! Je me pince l'intérieur de la bouche pour ne pas faire preuve de vulgarité.

— Non, pas du tout. Ne faites pas attention, le jacuzzi n'est pas nettoyé et les couverts en argent sont encore dans le lave-vaisselle.

— Philippe, jette un coup d'œil dans le lave-vaisselle !

— Si ça vous fait plaisir.

— Nous avons également quelques questions à vous poser. Accepteriez-vous de venir dans nos locaux ?

— Tout de suite ?

— Oui.

— Vous ne pouvez pas me les poser ici ?

— Non.

— Combien de temps ?

— Comptez deux heures avant d'être de retour. Mais c'est aussi en fonction de ce que vous nous direz.

— Désolée, on va devoir reporter, je ne peux pas venir.

— Et pourquoi donc ? questionne le flic en croisant les bras sur son large torse.

— Mes enfants sont malades !

À peine ai-je terminé ma phrase que le policier se penche pour observer quelque chose qui se trame dans mon dos.

— Un enfant comme celui-ci ?

Je me retourne et découvre mon petit Arthur en train de faire une imitation silencieuse d'un primate. Il a encore bien choisi son moment.

— Trente secondes ! dis-je en poussant Arthur dans la chambre comme une pièce à conviction encombrante.

Heureusement pour moi, mon alibi est toujours allongé sous sa couette.

— Ma puce ? lui murmuré-je à l'oreille.

Un vague grognement se fait entendre.

— Je dois m'absenter un peu plus de deux heures. Te sens-tu capable de surveiller ton frère malgré ton mal de tête ?

— Maman, pourquoi tu me fais ça ?

Ces quelques mots me serrent le cœur. Il est vrai qu'Arthur déborde régulièrement d'énergie et l'avoir à l'œil peut s'avérer épuisant.

— Je n'ai pas le choix, mon chaton.

— OK, donne-lui la tablette et attache-le au bout de mon lit.

Elle a encore assez d'énergie pour une touche d'humour noir. Je souris. Une petite explication avec mon jeune lion et je me laisse escorter par les policiers. Au bas de l'immeuble, les lumières des gyrophares de deux voitures de flics se reflètent sur les carreaux. Un petit attroupement s'est formé aux alentours des véhicules et j'ai l'impression que tous les voisins sont sur leur balcon.

— Vous me passerez aussi les menottes pour épater la galerie ?

— Non, je garde ça pour les rendez-vous intimes et vous n'êtes pas mon style.

Je réprime un sourire. Cet homme a beau incarner les problèmes qui me pèsent sur l'estomac en ce moment, je dois avouer que son humour a quelque chose de décalé ; en plus, il n'est pas vilain à regarder, ce qui ne gâche rien.

— Et c'est quoi votre style ? continué-je, taquine.

— Moins de pectoraux et plus de poils sur le torse.

— Oh ! je vois !

— Ne soyez pas déçue, je vous garde à l'œil quand même...

— Ne vous sentez pas forcé ! Je me sens mieux quand vous n'êtes pas dans les parages. Et sinon, vous avez fait déplacer tout le commissariat pour venir me chercher ?

— Ne vous inquiétez pas, il reste encore trois voitures au central.

— Vous m'en voyez flattée. Rassurez-moi, je suis toujours témoin à charge ? Parce que là, j'ai quand même le sentiment que vous arrêtez une suspecte.

— Tout dépend de vous.

— Ben voyons... Bon, je monte dans laquelle ? demandé-je en pointant les véhicules du menton.

13

Victoire laisse une dizaine de minutes s'écouler pour être sûre que sa mère soit bien partie et enfile un survêtement par-dessus son pyjama. Une course urgente à faire. Son cycle féminin vient de démarrer et elle n'a pas prévu de réassortiment. Déjà trois mois que ces foutues règles sont apparues dans sa vie et elle n'a pas encore pris l'habitude. Pas question de mettre sa mère au courant. Victoire lui en veut encore d'être passée à côté de ce bouleversement à cause d'un rendez-vous chez le coiffeur. La jeune fille est consciente qu'elle ne pourra pas le lui cacher éternellement, mais pour le moment elle a décidé de se débrouiller seule. De toute façon, vu la façon dont sa mère gère sa propre vie, il n'y a pas grand-chose à espérer.

Pourtant, au fond d'elle, Victoire reste persuadée qu'un peu plus d'attention maternelle aurait changé bien des choses entre elles, à commencer par préserver leur complicité. L'arrivée au lycée, le harcèlement scolaire et la métamorphose de son corps ont entamé la démolition en règle de sa confiance en elle. Le sentiment d'être transparente aux yeux de sa mère a peaufiné le travail. Leur petite histoire familiale étant déjà marquée de belles cicatrices qui se guérissaient mal, le soutien de Joanna aurait été la preuve d'amour que Victoire attendait depuis des années. Entre un père qui les a abandonnés, une mère accaparée par des préoccupations assez superficielles et un frère dilettante, Victoire avait peiné à trouver sa place. Un espoir avait surgi quand Laurent était arrivé dans leur vie. Il lui avait consacré du temps, l'avait initiée à la musique en lui offrant un piano ainsi que des cours. Mais la naissance d'Arthur avait tout chamboulé et Laurent s'était mis aux abonnés absents pour elle, comme les autres. Invisible aux yeux de tous, elle s'était efforcée de se forger une jolie carapace pour se protéger. Le seul qui réussissait à la transpercer, c'était Arthur. La voix enfantine de son frère la ramène soudain à l'instant présent.

— Tu vas où ? T'as plus mal à la tête ? On peut faire une partie d'échecs ?

— J'ai besoin d'acheter un truc. Non. Et non.

— T'as pas le droit de sortir !

— Tu ne vas pas le dire à maman ?

Le gamin hoche négativement la tête.

— J'en ai pas pour longtemps. Tu vas t'installer dans le canapé et je vais te mettre des dessins animés, explique Victoire alors que le petit garçon s'exécute. Pour être sûre que tu ne changes pas la chaîne, je prends la télécommande. Tu ne bouges pas de là et tu ne touches à rien. C'est compris ?

Le gamin lève un pouce d'approbation. « *Good little boy* », murmure Victoire. Contrairement à sa mère, gérer son benjamin ne lui pose aucune difficulté. Peut-être un des seuls talents dont elle est sûre.

— Ça reste aussi un secret entre nous, lui précise-t-elle en lui faisant un clin d'œil.

En descendant les dernières marches, elle aperçoit une petite dame d'un certain âge. Assez mince, des cheveux blancs savamment coiffés. Sans doute la voisine du rez-de-chaussée, car elle traîne entre les boîtes aux lettres, semblant attendre quelque chose ou quelqu'un. La femme lève un regard inquisiteur sur Victoire qui flaire immédiatement le risque de se trouver entraînée malgré elle dans une conversation inintéressante.

— Bonjour, mademoiselle, et bienvenue dans l'immeuble, lance sa voisine sans jovialité.

— Bonjour, merci beaucoup, répond Victoire en traçant sa route.

— Mademoiselle ? C'est bien votre mère que les policiers sont venus chercher tout à l'heure ?

— Oui, répond Victoire en s'arrêtant.

— Qu'a-t-elle fait de si grave pour être ainsi accompagnée ?

— Elle a tué une vieille et elle porte un bracelet électronique en attendant le procès.

La discussion tourne court. La petite dame fait demi-tour pour se précipiter dans son appartement. Victoire est satisfaite de sa repartie. Pour une fois que c'est elle qui joue les tortionnaires ! Elle espère juste que ça ne remontera pas aux oreilles de sa mère, histoire de ne pas s'embrouiller une fois de plus avec elle. Ce ne sont pas les occasions qui manquent depuis quelque temps.

* * *

Victoire traverse la supérette, attrape un paquet de protections et se dirige vers la caisse lorsqu'elle se retrouve bloquée par une jeune fille assise au milieu de l'allée. Vêtue d'un baggy multicolore ainsi que d'un sweat bleu nuit dont la capuche est relevée sur son crâne, elle est plongée dans la contemplation de boîtes de teintures qu'elle a étalées sur le carrelage et ne semble pas se soucier le moins du monde de gêner le passage. Elle ne réagit même pas lorsque les pieds de Victoire abordent son champ de vision.

— Pardon ! lance Victoire.

Aucune réaction.

— Excuse-moi, je voudrais passer !

La fille ne répond toujours pas. Excédée, Victoire se décide à l'enjamber avant de s'immobiliser quelques pas plus loin, interpellée par le ton grave d'une voix féminine.

— Ça t'amuse de jouer à saute-mouton ?

Elle se retourne doucement et pose son regard sur la silhouette longiligne et athlétique qui vient de se redresser. La capuche voilant une partie de son visage, Victoire ne distingue pas son expression, mais ses intonations l'interpellent. Va-t-elle lui chercher des ennuis ? Après tout, ici ou dans son ancien quartier, ça ne changera finalement pas grand-chose. Pourtant, à sa grande surprise, la fille éclate de rire.

— Tu fais une de ces tronches ! T'inquiète pas, je ne vais pas te frapper, lance-t-elle.

Dans la foulée, elle abaisse sa capuche, laissant apparaître un magnifique visage métis, un sourire rayonnant et une épaisse chevelure ondulée. À première vue, elle ne semble pas hostile.

— Détends-toi, ça va bien se passer.

— Tu veux quoi ? réplique Victoire, un peu agressive.

— Tout doux Bijou ! T'es nouvelle dans le quartier ?

— Oui, on vient d'arriver.
— C'est quoi ton blaze ?
— Victoire.
— Moi c'est Darla.
— Darla ? Comme Darla Hood ?
— Qui ça ?
— Une actrice américaine qui a commencé sa carrière à l'âge de quatre ans.
— Euh, non. Darla comme dans *Buffy contre les vampires*. Ma mère était fan et elle n'a pas poussé aussi loin.
— C'est original.
— Oui, ma mère a des goûts particuliers. Mon frère s'appelle Djibril.
— Comme Djibril Cissé ?
— Bah non ! Comme Djibril Ngom, un politicien sénégalais ! reprend-elle en haussant les épaules.

Malgré une conversation qui a commencé bizarrement, Darla ne s'est pas départie de son sourire étincelant. Le visage de Victoire s'éclaire timidement. Depuis quand n'a-t-elle pas parlé aussi sereinement avec une fille de son âge ? Depuis quand ne s'est-elle pas sentie à l'aise aussi rapidement avec quelqu'un ? Si Arthur n'avait pas été seul à l'appartement, Victoire serait bien restée bavarder un peu plus avec elle.

— Faut que j'y aille, rétorque Victoire sans donner plus de précisions.
— Attends, l'interpelle Darla. Qu'est-ce que tu penses de cette couleur ? lui demande-t-elle en lui présentant une des colorations.
— Je n'en sais rien. Je ne suis pas douée à ce jeu-là.

Darla approche la boîte de teinture à proximité du visage de Victoire.

— Qu'est-ce que tu fais ?
— Je teste. Le rouge t'irait bien.

— Ça m'étonnerait, répond Victoire en regardant le bout de ses chaussures. Faut que j'y aille..., répète-t-elle.

En se dirigeant vers la caisse, Victoire attrape un paquet de bonbons avant de se retourner une dernière fois sur cette fille qui lui a fait forte impression. Que ne donnerait-elle pas pour avoir autant d'assurance que cette Darla !

* * *

En approchant de leur nouvel immeuble, Victoire aperçoit une jeune femme se débattre avec un bébé et une poussette. Elle se précipite à sa rencontre et lui propose de l'aide.

— Vous préférez que je m'occupe de la poussette ou...

Pas le temps de finir sa phrase que la jeune mère lui colle le gamin dans les bras. Un mignon poupon avec de belles joues rondes et de magnifiques yeux bleu azur.

— Prends Hugo, ce sera plus pratique.

— OK ! Tu sais que tu es beau comme un cœur toi, dit-elle au bébé qui la regarde en souriant.

Alors que la femme termine de plier son barda, elle se redresse pour observer Victoire.

— Tu as l'air d'avoir l'habitude.

— On peut dire ça. J'ai souvent aidé ma mère à s'occuper de mon petit frère. On a presque dix ans d'écart.

— Effectivement, ça forge l'expérience. Et en dehors de ça, tu as déjà fait du baby-sitting ?

— Oui, à plusieurs reprises là où j'habitais avant, ment Victoire en sachant pertinemment que personne n'ira vérifier.

— C'est vous qui venez d'emménager dans l'immeuble ?

— Oui.

— Tu es au lycée ?

— Oui, madame.

— Appelle-moi Natacha ! Ça t'intéresserait de faire un peu de baby-sitting après les cours ?

— Oui, bien sûr ! Votre bébé a l'air super adorable en plus.

— Oui, il l'est, mais on peine à trouver des gens de confiance pour le garder de temps en temps. On peut faire un essai tout à l'heure si tu veux.

Se doutant qu'elle serait privée d'argent de poche après l'arrestation de Laurent, l'adolescente accepte après un rapide calcul mental. Il est prévu que sa mère aille faire des courses cet après-midi, elle emmènera sûrement Arthur. Ce qui lui laisse quelques heures de tranquillité.

— Très bien, laisse-moi ton numéro et on voit ça ! déclare Natacha en sortant son téléphone.

14

Cela fait un bon moment maintenant que je m'agite sur ma chaise en attendant le début de mon interrogatoire dans les locaux de la brigade financière. J'affiche une attitude calme, mais mon rythme cardiaque frise les performances d'un sportif de haut niveau tellement je suis à bout de nerfs. La mine fermée des deux policiers n'améliore pas la situation. Je me concentre sur mon environnement pour tenter de me détacher un peu de cette ambiance électrique et trouver plus de sérénité. Le résultat n'est finalement pas concluant. La pièce est minuscule et il y fait très chaud. À croire qu'ils ont branché le chauffage, juste pour me mettre à température. Niveau décoration, les murs gris crasse ne sont pas de première fraîcheur et le mobilier est inconfortable à souhait. L'accueil quant à lui laisse à désirer : pas un verre d'eau, pas un café, et l'animation est déplorable. Une étoile sur cinq. Ces quelques secondes d'interlude me font presque sourire, mais quand mon attention se reporte sur les deux flics qui me regardent fixement d'un air sceptique, je déchante.

— Madame Baron, vous êtes entendue dans le cadre d'une audition libre. L'ensemble de vos déclarations seront dressées dans un procès-verbal. Nous notons que vous avez refusé d'être assistée d'un avocat.

Le visage de maître Van Offen se matérialise dans mon esprit. Sa présence m'aurait été d'un grand secours, mais lors de notre dernier entretien, il m'a bien fait comprendre que je n'avais pas les moyens de me payer ses services.

— Nous allons vous interroger sur votre histoire avec Laurent Meyer pour évaluer votre degré d'implication dans cette affaire, poursuit Lewinski.

Je me mords la lèvre inférieure. Je croyais partager le quotidien d'un expert-comptable, et voilà qu'aujourd'hui il est accusé de blanchiment d'argent et fraude. Je ne suis au courant de rien, mais à leurs yeux, j'ai vécu une existence sans contraintes au côté de Laurent et j'ai profité de sa fortune. Je pense l'avoir fait sans excès et ce détail joue en ma faveur. Reste à le leur faire comprendre. Mais je peine à conserver une attitude sereine sous le déluge des questions qui me sont posées : mon identité, mes relations avec Laurent, les détails de notre vie de couple, de famille. Tout y passe : nos activités, loisirs ou voyages, notre patrimoine. Quel patrimoine ? Tout appartient à Laurent. Une coulée de sueur me dégouline dans le dos.

— Ces femmes du club, vous les voyez en dehors ?

— Non. Euh, si, juste une. Il nous arrive d'aller boire un verre de temps en temps.

— Donc, vous n'avez pas fréquenté les collègues de travail de votre compagnon ?

— Il n'en a pas, il travaillait seul, affirmé-je d'un ton sec.

— Pas de secrétaire non plus ?

— Non.

— Un bureau ?

— Pas à ma connaissance. Il gérait tout de la maison.

Je remarque que j'ai employé l'imparfait, comme si mon esprit avait déjà assimilé que Laurent serait condamné pour ses crimes. En revanche, ce que je n'arrive pas encore à admettre, c'est que mes enfants et moi allons également payer : « dommages collatéraux », comme ils disent. Notre vie a été balayée et nous allons devoir tout reconstruire à cause d'un homme qui nous a trahis sans scrupules et je n'ai rien vu arriver. Lewinski jette un coup d'œil à sa montre et ferme le dossier posé devant lui.

— On avance…

— Vous m'en voyez ravie.

Je commence à entrevoir la fin de mon calvaire. Malheureusement, après un temps mort, le second lieutenant prend le relais.

— Aviez-vous des contacts avec ses clients ?

— J'en ai rencontré deux ou trois quand il m'emmenait dans ce genre de soirées où tout le monde exhibe sa fortune. Mais c'était assez rare. Je les connaissais à peine. Je ne suis donc pas la bonne personne pour détailler les CV de chacun.

— Vous n'avez jamais entendu parler de leurs affaires ?

— Non.

— Vous ne vous êtes jamais posé de questions sur ses activités ?

— Mes enfants ne manquaient de rien. Nous avions un toit et de quoi manger. Pourquoi me serais-je inquiétée ?

— Effectivement, écoles privées, voyages de luxe, dîners mondains, ça ne fait pas beaucoup pour un expert-comptable ?

— Il gérait des chiffres et je ne voyais aucune écriture.

— Vous ne voyiez pas ou vous ne vouliez pas voir ?

Ce type n'a pas tort et le petit air de supériorité figé sur sa figure me rend la réalité plus difficile à accepter. Ma tête s'enfonce entre mes épaules.

— J'ai sûrement été naïve.

— Pas qu'un peu, ricane l'officier.

Lewinski continue de m'observer sans broncher à la remarque de son collègue. L'interrogatoire reprend. J'écrase nerveusement mes doigts les uns contre les autres avant de baisser le visage, résignée. Deux heures durant, à tour de rôle, ils reviennent sur les éléments que j'ai donnés, transforment mes informations pour voir si je maintiens ma version. Chacune de mes réponses est enregistrée, le moindre de mes gestes est analysé à la recherche d'un indice qui trahirait un mensonge. Je suis exténuée et commence à répondre par oui ou non aux nouvelles interrogations. J'ai bien envie de déclarer que je ne dirai pas un mot de plus, mais je sais que je ne suis pas en mesure de les remettre à leur place.

— On va s'arrêter là pour cette fois-ci, madame Baron.

Mon cerveau s'affole en entendant ces derniers mots. « Pour cette fois-ci » ? Parce qu'il va y en avoir d'autres ? La perspective de revivre une telle épreuve me retourne déjà l'estomac. Je ferme les yeux et j'inspire un grand coup avant de me lever.

— Petite question, madame Baron. Ludovic Maillard, ça vous dit quelque chose ?

Après quelques secondes de réflexion, je hoche négativement la tête. Lewinski reprend aussitôt.

*Martinelli ?

— Je ne connais aucun de ces hommes. Qui sont-ils ?

— Laurent Meyer ! lâche-t-il, un sourire aux lèvres. On a retrouvé de fausses cartes d'identité à votre domicile et tous ces noms sont ressortis d'affaires datant de 2006 à 2008. S'agissant de délits financiers, il y a prescription...

Cette nouvelle révélation me laisse sans voix. Je l'ai toujours pris pour un col blanc et je découvre qu'il n'en était pas à son premier coup d'essai. Il montait déjà des arnaques alors que je changeais les couches de mes gamins. Ce type masquait tellement bien son jeu que j'ai vécu auprès de lui sans jamais me douter de quoi que ce soit.

— Nous vous convoquerons de nouveau dès que nous aurons des éléments supplémentaires. Si, entre-temps, vous vous rappelez un détail qui pourrait faire avancer l'enquête, même le plus insignifiant, n'hésitez pas à me contacter, conclut Lewinski en me tendant sa carte de visite.

15

Lorsque je passe le seuil de la porte, Victoire m'interpelle pour me signaler que son frère se tord de douleur dans leur chambre. Arthur est recroquevillé dans son lit et gémit doucement, les mains pressées sur son ventre.

— Qu'est-ce qui t'arrive, mon petit chat ?

— J'ai très mal au bidou, maman.

— Ça fait combien de temps qu'il est comme ça ? demandé-je à ma fille.

— Je ne sais pas. Pas plus d'une heure.

— Tu ne pouvais pas m'appeler ?

— Je t'ai envoyé trois messages. Si tu ne regardes pas ton téléphone, je n'y peux rien...

En vérifiant l'appareil, je découvre qu'elle m'a bien prévenue dès que son frère a commencé à se plaindre. La honte s'abat sur moi. L'interrogatoire m'a un peu chamboulée et, à la sortie des locaux de la financière, je n'ai pas pensé à vérifier mon portable.

— Je suis désolée, ma puce. Tu as fait ce qu'il fallait, c'est ma faute.

— En même temps, les flics ne t'auraient peut-être pas laissée partir plus tôt pour autant. À propos, comment ça s'est passé ?

— Aucun moyen de savoir s'ils m'ont crue. Mais toi, tu as l'air d'aller mieux ?

— Ouaip ! me lance-t-elle.

J'attrape mon portable et me félicite d'avoir noté le numéro de Fatou. Deux minutes plus tard, j'ai le nom d'un médecin de quartier qui se fait un devoir de recevoir les enfants et les personnes âgées en priorité.

En pénétrant dans l'appartement qui fait office de cabinet, je découvre une décoration vieillotte et une secrétaire qui a largement dépassé l'âge de la retraite. À croire que tout est d'époque. Elle coche mon nom sur sa liste et nous indique la demi-douzaine de chaises près de son bureau. Nous nous installons pour patienter. Au bout de quelques minutes d'observation, je me rends compte qu'elle ne prend pas tous les appels et raccroche volontairement avec certains. Comment un médecin digne de ce nom peut-il accepter de procéder ainsi ? Mais est-il simplement au courant des agissements de sa secrétaire ? Ces premiers éléments m'inquiètent pour la suite. Heureusement, Arthur semble moins souffrir. Il attrape deux magazines et m'en tend un en souriant. Je feuillette quelques pages et découvre un questionnaire : « Pour quel métier êtes-vous faite ? » Ces derniers jours, cette question tourne dans un coin de ma tête en même temps que la remarque de l'avocat sur mon manque de qualification. J'ai quelques notions de secrétariat et la polyvalence marque mon parcours professionnel. Mes anciens employeurs auraient pu dire de moi que j'étais patiente, persévérante et énergique. Des qualités intéressantes qui ouvrent des perspectives quand elles sont bien utilisées, mais suis-je toujours cette même femme ? Je démarre le test, et je me prends au jeu. Première question :

VOUS ÊTES TÉMOIN D'UN VOL DANS UN MAGASIN.
Réponse A : Vous vous interrogez sur les motivations du voleur.
Réponse B : Vous allez prévenir un vigile.
Réponse C : Vous trouvez ça mal, mais après tout, ça ne vous regarde pas.

Je souris en songeant à une autre hypothèse : je glisse dans sa poche un truc supplémentaire de plus grande valeur en priant pour qu'il ne se fasse pas prendre. C'est mon côté justicier masqué. Quitte à voler un œuf, vole un bœuf !

La deuxième question me pose déjà une colle et j'hésite entre le cinquante-cinquante ou l'appel à un ami :

QUEL EST LE GROUPE DE MOTS QUI VOUS CORRESPOND LE MIEUX ?
Réponse A : Réalisation, résultat, pratiquer, concrétiser.
Réponse B : Méthode, rigueur, appliquer un protocole, faire appliquer une règle.

La rigueur n'est pas ma qualité première, mais je sais suivre un protocole de façon draconienne. En même temps, concrétiser et pratiquer, c'est tout moi. Je coche la réponse B en espérant que toutes les interrogations ne me posent pas autant de problèmes d'interprétation. J'enchaîne ainsi une vingtaine de questions allant de « Toute petite, vous auriez plutôt rêvé d'être... » à « Si vous deviez partir six mois... », en passant par « Ce qui compte le plus pour qu'une journée de vacances soit réussie... ». Le sens ultime de ces demandes m'échappe et après une bataille de sélections entre les A, les B, les C ou parfois les D, le résultat me laisse pantoise :

Vous êtes faite pour être assistante des services sociaux.

Ben voyons ! D'après ce test, j'aurais les aptitudes pour devenir assistante sociale, c'est-à-dire aider les autres alors que je me noie toute seule dans une goutte d'eau. Foutaises !

J'ai encore le nez dans les autres réponses proposées par le magazine, lorsqu'une voix hèle mon nom. Je lève la tête et découvre d'abord la blouse blanche, puis la tête qui sort du col. La quarantaine à peine entamée, des yeux marron clair très peu expressifs et une calvitie naissante, le médecin me regarde avec insistance avant de m'inviter à le suivre. Le cabinet est tout aussi austère que la salle d'attente, quoique un peu moins désuet. Les nombreux dossiers empilés sur le bureau forment une pyramide à l'équilibre précaire. Cet homme aurait besoin d'une assistante digne de ce nom. C'est peut-être l'occasion de lui en toucher deux mots.

— C'est honorable d'employer des seniors...

Le médecin interrompt sa saisie sur le clavier et hausse un sourcil en me regardant.

— C'est la secrétaire de l'ancien praticien. Quand il a pris sa retraite il y a dix ans, elle n'a pas voulu partir.

Je fais un calcul rapide. Cette femme doit au moins avoir soixante-quinze ans. Un faible sifflement d'admiration s'échappe de ma bouche.

— C'est qu'elle connaît tous les patients, ajouté-je en songeant qu'il serait temps qu'elle laisse sa place à quelqu'un de plus jeune au lieu d'obstruer le marché du travail.

— Sauf les nouveaux, reprend-il, les lèvres pincées. Qu'arrive-t-il à ce jeune homme ?

— Arthur se plaint de douleurs à l'estomac.

— Il a mangé quelque chose de particulier ?

— Non.

— Ça a commencé quand ?

— Ce matin.

— On va regarder ça, dit-il en se levant. Viens t'installer là, mon bonhomme, lui ordonne-t-il en tapotant sa table d'auscultation.

Le médecin appuie sur le ventre d'Arthur, qui émet quelques couinements. L'homme s'arrête, se gratte le crâne avant de reprendre son examen. Arthur ne proteste plus. Le manège dure encore quelques secondes, puis le praticien se retourne vers moi en brandissant un bout de papier froissé et coloré entre les doigts. Je plisse les yeux pour analyser l'objet.

— Ce n'est pas grave, mais ce serait bien qu'il évite de manger autant de friandises. Sa poche est pleine d'emballages de bonbons.

Quelque chose m'échappe. Je n'ai pas acheté de sucreries depuis des semaines. D'où sortent toutes ces cochonneries ? J'hésite à poser la question directement à Arthur quand le médecin me coupe dans ma réflexion.

— Vous avez le carnet de santé de votre fils ? demande-t-il en s'installant derrière son bureau.

— Non, nous venons d'emménager et il est encore dans les cartons.

— Votre enfant me paraît en bonne santé, mais je vais lui faire un petit bilan.

— Très bien, merci.

La suite du rendez-vous se déroule dans un silence troublant. L'homme n'a pas décroché un sourire durant tout l'entretien. Je me lève et me dirige vers la porte quand le médecin m'interpelle :

— Vous n'oubliez rien ?

— Pardon ?

— Le magazine !

— Je ne comprends pas.

— Vous auriez pu me le demander, je ne vous l'aurais pas refusé.

— Mais de quoi parlez-vous ?

— Du magazine caché dans le dos de votre fils...

Je jette un coup d'œil suspicieux à Arthur qui évite soigneusement mon regard. Pourquoi a-t-il volé un magazine ?

— On va avoir une petite discussion, lui murmuré-je en me penchant sur lui. Désolée, ça ne se reproduira pas, docteur.

— Au revoir, madame Baron.

Arthur sur les talons et la honte chevillée à l'estomac, je quitte le cabinet en écrivant un SMS rageur à ma fille :

Arthur va mieux, il a mangé trop de bonbons...

Pas de réponse. Ce n'est pourtant pas dans ses habitudes de négliger son frère de cette façon. Depuis notre déménagement, l'adolescente s'agace encore plus facilement et cela ne me plaît pas. J'ai accepté un certain nombre de choses, mais cette dernière surprise n'est pas à mon goût et j'ai fermement l'intention de mettre les points sur les « i » en rentrant. Et demain, c'est retour à l'école. Cette simple pensée me renvoie aux paroles du proviseur. Je ne serai pas en mesure de payer les prochains frais de scolarité. Je dois impérativement réfléchir à un changement d'établissement. Je me sens soudain fatiguée de tout ce qui me tombe dessus. Au creux de mes réflexions, je pense à la formidable Fatou et lui adresse un SMS dans la foulée.

Je n'ai pas de gâteaux ni de café digne de ce nom,
mais une chaise si tu veux venir me rejoindre.

La réponse ne tarde pas à arriver :

Désolée, je suis encore au travail.
Une prochaine fois. Bises.

16

Depuis quelques jours qu'ils se rendent en cours en transports en commun, la nouvelle de leur déménagement s'est répandue dans l'établissement, s'ajoutant au fait que l'arrestation de Laurent n'avait échappé à personne. Victoire descend du bus devant le lycée et franchit l'entrée du bâtiment sans oser lever le nez. Faire profil bas est devenue sa seconde nature. Sa cote de popularité étant déjà au plus bas, elle préfère se montrer encore plus discrète. Le moindre de ses faits et gestes suscite toujours des commentaires et, en ce moment, elle s'en passerait bien. Tout ce qu'elle fait ou dit entraîne des attaques, verbales ou physiques. Ça n'a pourtant pas toujours été le cas. Au collège, elle traînait avec les filles les plus populaires, mais son corps s'est transformé. Ses hanches se sont élargies, ses seins se sont développés et son passage de la quatrième à la seconde a tout changé. Elle ne se sentait pas en phase avec les autres. En décalage avec les codes de ses camarades plus âgés, elle a été très vite mise à l'écart. Elle ne se souvient plus de l'élément déclencheur, mais les choses se sont compliquées lorsque la vedette du bahut, Garance de Rochefort, a décidé de faire d'elle sa tête de Turc. Les offensives verbales ont rapidement laissé la place à un harcèlement systématique, suivi des premières violences physiques. Puis Garance a fait la connaissance de Valentin. Lorsqu'elle a commencé à sortir avec lui, elle a cessé de martyriser Victoire, mais d'autres pétasses dans son genre ont pris le relais.

Certains se hâtent dans l'escalier de l'entrée, tandis que Victoire traîne des pieds, l'air absent. D'autres l'observent. Des murmures et des rires se propagent sur son passage. Elle endure ces humiliations depuis bien trop longtemps et cela doit cesser. Peut-être que son frère remarquera quelque chose, cette fois-ci. Où est-il, d'ailleurs ? Elle s'arrête en haut des marches et jette un coup d'œil dans la cour.

* * *

Avec ses talons hauts et ses vêtements tout juste assez décents pour ne pas déroger à la longueur réglementaire, Garance joue les allumeuses depuis quelques jours et se transforme en glacière dès que Valentin s'aventure dans son espace intime. Ce changement ne lui a pas échappé et cela l'inquiète. Une petite discussion s'impose. Alors qu'elle avance au milieu de la cour avec la démarche confiante des élèves populaires, le jeune homme la rattrape et se met en travers de son chemin.

— Garance, faut qu'on parle.

— On va être en retard.

— J'ai essayé de te joindre toute la soirée et...

— Je voulais être tranquille pour bosser et j'ai éteint mon téléphone.

Son excuse ne tient pas la route. Garance n'est pas du genre à travailler après les cours – ni à travailler tout court, d'ailleurs.

— Garance, je sens bien que tu cherches à m'éviter. Cela a un rapport avec les ennuis de ma famille ?

— Des ennuis ? Perso, j'appellerais ça une descente aux enfers, votre histoire !

— Merci de ton soutien ! Mais ça ne change rien entre nous.

Valentin tente de l'attraper par le bras pour la retenir, mais elle se débat en haussant la voix.

— Ne pose pas tes sales pattes sur moi !

Les retardataires qui passent près d'eux ralentissent et s'immobilisent, curieux.

— Ne t'avise plus de me toucher !

— Pourquoi tu me traites comme ça ?

— Tu ne crois quand même pas qu'on va continuer à sortir ensemble ? réplique-t-elle avec dédain.

— Mais Garance !

— Oublie mon prénom !

— On peut discuter un peu…

— Mais de quoi, Don Posca ? Garde ta salive pour te faire des potes dans ton nouveau quartier. Tu vas leur parler de quoi, d'ailleurs ? De la nouvelle caisse de ta mère ? De ton futur joggo de marque que tu vas t'acheter sur Vinted ? Arrête de me regarder avec tes yeux de Calimero. Valentin, tu viens de passer dans la rubrique cassos. Toi et moi, c'est de l'histoire ancienne !

Garance se met à ricaner grassement, entraînant l'hilarité du groupe qui les entoure. Valentin reste sidéré tandis que l'humiliation lui brûle les joues.

* * *

Une silhouette surgit derrière Victoire et tire violemment sur sa queue-de-cheval avant de s'enfuir en rigolant. La jeune fille n'a pas le temps de voir de qui il s'agit, mais ça n'a pas beaucoup d'importance, car elle sait qu'elle ne peut dénoncer qui que ce soit sans craindre des représailles. La colère prend le dessus et elle serre les dents si fort que sa mâchoire lui fait mal. Il est temps que tout ça prenne fin, d'autant qu'aujourd'hui c'est son frère qui se fait maltraiter. Tendue comme un arc, elle avance vers le couple. La dizaine de paires d'yeux qui assistent à la dispute se tournent vers elle. Certains s'écartent pour la laisser passer et, lorsqu'elle arrive près de Valentin, les derniers mots de Garance font l'effet d'un détonateur.

— Tiens, manquait plus que ta débile de sœur.

Bing ! Des cris de surprise s'élèvent. La main de Victoire s'est abattue sur le visage de Garance avec la violence d'un boulet de canon. La bouche entrouverte, les doigts posés sur sa joue qui rougit de plus en plus, la jeune fille se met à pleurer sans aucune retenue.

— Mais qu'est-ce qui te prend ? T'es folle ou quoi ? crache Valentin.

Victoire fait un pas en arrière, affolée par sa soudaine brutalité. Pourquoi a-t-elle fait ça ? Elle ne veut pas être comme ces filles qui n'ont que le harcèlement pour s'affirmer. Honteuse, elle est sur le point de présenter ses excuses à Garance, mais les mots ne passent pas le seuil de ses lèvres. Une voix grave retentit :

— Mademoiselle Baron, dans mon bureau immédiatement. Je vous invite à vous joindre à nous, tonne-t-il en s'adressant à Valentin.

17

Je suis en train d'éplucher les offres d'emploi sur mon téléphone quand celui-ci reprend vie. Un numéro inconnu s'affiche, pourtant je décroche sans hésitation. À l'autre bout du fil, le proviseur du lycée de mes ados. Sans préciser la teneur des événements, il m'invite à le rejoindre aussi vite que possible, donc pas plus tard que maintenant. Je me doute que mes enfants vont bien, mais ma tête fourmille d'inquiétude. Que s'est-il passé pour que je sois convoquée en urgence ?

La secrétaire m'introduit dans un bureau aussi austère que l'individu qui y sévit. Je découvre mes enfants assis en face du proviseur qui me fait signe de m'installer. Je m'exécute sans attendre, tandis qu'il me toise avec suffisance. Il est décidément aussi imbuvable que lors de notre dernière rencontre. Je jette un coup d'œil à Valentin et Victoire qui ont tous les deux les yeux baissés vers leurs chaussures. Le directeur ouvre un dossier, en sort une feuille que je devine blanche par transparence et prend son temps pour l'étudier. Ça sent le type qui veut faire monter la pression en ménageant un prétendu suspense. Le « Madame Baron » qui claque dans sa bouche comme un fouet annonce le début des hostilités.

— Je vous ai demandé de venir car nous avons un grave problème. Votre fille Victoire a agressé physiquement une camarade.

Abasourdie, j'entends à peine l'homme poursuivre :

— La jeune Garance va bien, mais elle est encore très choquée par la violente gifle qu'elle a reçue.

Je regarde ma cadette. Elle a les yeux dans le vague comme si elle n'était pas concernée, mais ses pieds bougent nerveusement et elle se tord les doigts. Qu'est-ce qui l'a poussée à agir de la sorte ?

— Mlle de Rochefort, qui ne tient pas à attirer des problèmes supplémentaires à Victoire, a convaincu ses parents de ne pas porter plainte.

« Plainte » ! Le mot résonne dans ma tête et j'ai l'impression de perdre pied. Paniquée à l'idée de ce qui est en train de se jouer dans ce bureau, je veux réagir, mais il lève la main pour me prier de me taire.

— Nous ne pouvons pas accepter ce genre de comportement.

Ne sachant quoi répondre, je me tourne vers ma fille et la prends à partie.

— Tu peux nous expliquer ton geste ?

— Elle l'a bien cherché, depuis le temps qu'elle me fait chier celle-là.

— Mademoiselle Baron, s'insurge le principal du lycée. Surveillez votre langage !

— Laissez-la parler ! aboyé-je en comprenant qu'il y a un autre problème. Qu'est-ce que tu veux dire ?

— Rien.

— Très bien. Mais dans ce cas, est-ce que tu crois qu'on résout les problèmes avec la violence ?

— Non, mais ce n'est pas une raison pour tendre l'autre joue non plus !

— Tu n'es pas en position de te montrer insolente ! rappellé-je.

Un flot de questions envahissent ma tête, tandis que Valentin commence à s'agiter. Le directeur reprend son monologue.

— J'ai également reçu une vidéo montrant votre fils en train de taguer des bâtiments privés. Je pourrais très bien contacter la police, mais je ne le ferai pas. Je ne souhaite pas ajouter des tracas à ceux auxquels vous êtes déjà confrontée.

Mes yeux s'écarquillent et il profite de ma stupeur pour assener le coup de grâce.

— Vous comprendrez que, pour la réputation de mon établissement, je ne peux pas me permettre de garder des éléments perturbateurs. Je me vois donc contraint et forcé de renvoyer vos enfants. Pour Arthur, le cas est différent, mais je pense qu'il ne faut pas éparpiller la fratrie à chaque coin de la ville.

Prends-moi pour une idiote ! Cela doit bien l'arranger de se débarrasser d'un dossier épineux. Lui comme moi sommes conscients que je n'ai pas l'argent pour payer cette école. Pour adoucir la sanction, l'homme ajoute qu'il a fait jouer ses relations pour trouver un lycée public acceptant d'intégrer mes deux enfants.

— Ne me remerciez pas, c'est le moins que je puisse faire pour ne pas vous laisser dans l'embarras.

L'homme paraît jubiler. Inutile de prolonger cette conversation plus longtemps. Le mélange de honte et d'énervement qui m'anime à ce moment précis n'augure rien de bon. Il vaut donc mieux que nous partions avant que je n'explose. Je quitte la pièce, mes ados sur les talons et, lorsque je franchis la grille de l'établissement, un flot de vulgarités s'échappe enfin de ma bouche. La tension dans ma poitrine s'allège instantanément.

— Maman ? m'interpelle Valentin qui avance à reculons.

— Pas maintenant. On rentre.

— Maman ? reprend-il.

— On parlera plus tard, je n'ai pas la force pour ça tout de suite, lui réponds-je en braquant un regard sévère sur lui.

Victoire vient en renfort de son frère :

— Et Arthur ? m'interroge-t-elle.

— Oh ! merde ! m'écrié-je en faisant demi-tour, direction les classes de primaire.

18

Nous rentrons dans le plus grand silence. Même Arthur n'a pas prononcé le moindre mot. Lorsque nous pénétrons dans le hall, la vieille dame du rez-de-chaussée est en train de relever son courrier. Dès qu'elle croise mon regard, elle tourne les talons à la vitesse d'une tortue survitaminée. C'est déjà la troisième fois qu'elle réagit comme ça et je ne comprends pas ce manège.

À peine sommes-nous arrivés que je reçois un mail de l'administration du lycée. Ils n'ont pas chômé. Mes ados sont déjà acceptés dans un nouvel établissement, plus près de chez nous. Il est 11 h 30 et je dois trouver une école pour Arthur. Hors de question de le laisser à ces monstres qui ont saisi la première occasion pour nous virer comme des malpropres.

Une nouvelle angoisse vient de s'ajouter aux autres. J'appelle Fatou pour entendre une voix amie. À son murmure, je comprends qu'elle a pris le temps de me répondre sur ses horaires de travail. La conversation ne dure que quelques minutes. Outre le fait qu'elle m'assure de son soutien dans cette nouvelle épreuve, la douceur de ses intonations calme une grande partie de mes tensions. C'est l'esprit un peu plus serein que j'invite les enfants à me rejoindre pour une petite discussion. Il est impératif que nous parlions de leur comportement qui a des répercussions sur toute la famille et je suis bien décidée à leur expliquer ma façon de penser.

Au bout d'une heure, tout le monde reste campé sur ses positions. Selon Victoire, Garance n'est qu'une pimbêche surmaquillée qui terrorise les plus faibles et qui abuse de la gentillesse de Valentin. D'après ce dernier, sa sœur est une psychopathe doublée d'une sociopathe incapable de se lier d'amitié avec quelqu'un. J'ai peiné non seulement à analyser les raisons de leurs reproches mutuels, mais aussi à faire entendre mon opinion. Mes ados partent s'enfermer dans leurs chambres respectives. Installée dans le canapé, je tente de me remettre de mes émotions. J'ai peur d'avoir compris que ma fille a été victime de harcèlement au lycée, que la petite amie de mon fils y est pour quelque chose et que, en plus, cette demoiselle joue avec le cœur de mon grand bébé. Tout ça sans que je me rende compte de quoi que ce soit. Quel est mon niveau d'intégration dans la vie de mes enfants pour que je ne puisse pas comprendre les signaux d'alerte ? Je suis mortifiée d'être passée à côté d'événements si importants, mais je me sens en même temps complètement impuissante. Je ne peux tout de même pas les questionner tous les jours pour savoir où ils en sont !

Outre leur renvoi de l'école, nous avons aussi abordé d'autres sujets, notamment les conséquences de l'arrestation de Laurent sur leur vie sociale. Ce qui m'a donné l'occasion d'évoquer les graffitis sauvages de Valentin. Même si, d'après les photos qu'il m'a montrées de ses œuvres, mon aîné est doué, nous ne pouvons pas nous permettre d'être confrontés à la justice, et ce d'autant moins qu'il est mineur. Leur renvoi et l'intégration dans un nouveau lycée, dont je doute déjà de la qualité des cours comme de l'environnement, sont une épreuve en soi, et je m'en serais bien passée.

Le débordement émotionnel de Victoire a aussi été analysé sous différents angles. Je comprends que tous ces changements soient perturbants, mais je lui ai enfin dit combien je regrettais qu'elle ne veuille pas m'en parler. J'ai avancé le thème du harcèlement en prenant soin de ne pas la brusquer et je lui ai affirmé mon soutien : je ne la laisserai plus se débattre toute seule, à condition qu'elle daigne me parler de ce qui la ronge. La question la plus sensible a été celle de l'argent de poche. Ma fille n'a pas bronché, alors que son frère pestait déjà contre mes nouvelles dispositions. Pourtant je ne leur ai pas laissé le choix. Le ministère des Finances a tranché : annulation du budget pour les prochaines semaines, le temps d'analyser la conjoncture et la possibilité d'un déblocage de fonds pour le pôle jeunesse.

J'investis la cuisine avec l'idée de préparer le déjeuner, mais le cœur n'y est pas. Les derniers événements me renvoient à un questionnement concernant mon rôle de mère et ma participation au développement de mes enfants. J'ai l'impression de m'être leurrée durant des années en jouant les mamans cool et pas envahissantes. Je leur ai laissé de la liberté pour ne pas les étouffer, et, au final, je découvre qu'ils ont souffert en silence. Alors que je me frotte les tempes avec les doigts, Arthur me tapote le bras pour attirer mon attention.

— Oui, mon poussin ?

— Personne ne veut jouer aux échecs avec moi.

J'observe mon fils avec un regard attendri. Au moins, de son côté, hormis ce problème de partenaire de jeu, tout semble bien aller. Pourtant, il aurait toutes les raisons d'être perturbé, entre l'arrestation de son père, le déménagement, le nouvel environnement et maintenant le changement d'école. Quelque part, je me sens rassurée. J'ai mis toute mon énergie dans la bataille avec ses aînés et je ne me sens pas la force de reprendre avec lui.

— Je vais préparer à manger et on verra ça après, lui affirmé-je d'une voix douce.

Une maigre consolation pour mon petit bonhomme qui traîne son ennui, comme j'affiche mon incompétence à maîtriser mes casseroles. Pendant que je végète devant le frigo à la recherche d'une idée de repas, Arthur quitte la cuisine sans un bruit.

* * *

L'enfant s'est éclipsé en douce de l'appartement et, assis sur les marches, il écoute les résonances phoniques dans la cage. Plus bas, quelqu'un descend l'escalier. Il penche la tête et aperçoit Raymond. Il entreprend de le suivre en toute discrétion et l'aperçoit glisser une enveloppe sous la porte de l'appartement du rez-de-chaussée. Alors qu'il se redresse, la voix du gamin le fait sursauter :

— Bonjour, Raymond.

Il se retourne et découvre Arthur.

— Bonjour, bonhomme. Qu'est-ce que tu fais là ?

— Je venais te voir. Tu voudrais faire une partie d'échecs avec moi ? demande-t-il en montrant son coffret.

Le vieux monsieur s'éloigne de la porte et, de peur d'être surpris sur le palier, il invite le petit à remonter au premier étage.

— Comment connais-tu mon prénom ?

— J'ai regardé sur la boîte aux lettres en rentrant de l'école.

L'aplomb de ce petit le fait sourire. Lui qui n'a pas vu ses petits-enfants grandir trouve ce jeune garçon très rafraîchissant.

— C'est très malin, ça ! J'adorerais jouer avec toi, mais ta mère est-elle au courant que tu es sorti ?

Le garçon n'a pas le temps de répondre qu'un hurlement résonne dans la cage d'escalier :

— Arrrtthuuurrrr !

— Apparemment non, grogne le vieil homme. Il est avec moi, madame Baron !

* * *

La peur laisse place au soulagement. À peine une minute sans surveillance et mon fils avait disparu. Je soupire avant de dévaler les marches précipitamment. Mon cœur bat encore la chamade lorsque je le découvre avec notre voisin.

— Tu ne dois pas sortir seul, Arthur ! crié-je sous le contrecoup de l'inquiétude.

— Madame Baron, il ne craint pas grand-chose ici.

— Dans l'immeuble peut-être, mais dehors ! m'insurgé-je en tendant les bras pour récupérer mon enfant.

— Madame Baron…

— Appelez-moi Joanna !

— Joanna, nous ne sommes pas en état de guerre à l'extérieur de cet immeuble. Si Arthur sortait d'ici, il trouverait toujours quelqu'un pour vous le ramener.

Contrairement à ce que vous semblez imaginer, les gens sont bienveillants. Alors détendez-vous.

Sa réflexion me renvoie à la dureté de mon jugement concernant le quartier. Il n'a peut-être pas tort. Je redoutais tant la violence en arrivant dans cette cité qu'aujourd'hui je dois pourtant admettre que je n'ai rien vu allant dans ce sens. C'est vrai que je n'ai encore rencontré que Fatou, mais s'il existe d'autres personnes comme elle dans le quartier, je saisis la notion de bienveillance dont il parle. Mais le débat est ailleurs.

— Pourquoi es-tu sorti sans rien dire ? questionné-je Arthur pour passer à un autre sujet.

— Je m'ennuyais et vous étiez tous occupés. Je peux rester avec Raymond pour faire une partie ?

Je réalise que les derniers événements ne m'ont pas permis d'apporter à mon garçon toute l'attention nécessaire et je sais que ce petit a besoin d'une stimulation permanente. Mais je me souviens également de l'homme revêche que j'ai rencontré à notre arrivée. Alors, même si j'entends ses arguments qui sont parfaitement défendables, je redoute de confier un des trésors de ma vie à un inconnu. Sentant mon hésitation, le vieil homme croise les bras sur son torse et me lance froidement.

— Je ne vais pas le manger, votre mouflet ! J'ai un extrait de casier judiciaire vierge chez moi, si vous voulez le voir.

— Euh, non ça ira ! Mais...

— Pourquoi j'ai un extrait de casier chez moi ? me coupe-t-il.

— Euh, oui.

— J'ai travaillé dans la police en tant qu'agent administratif et je fais des lectures en prison de temps en temps.

— Vous jouez aussi aux échecs ?

— Oui !

Mon regard s'éclaire et j'observe plus attentivement mon voisin : barbe parfaitement taillée, chemise grise et pantalon de costume assorti. Il respire la rigueur et la discipline. Sa posture droite et les tonalités graves de sa voix m'apportent quelques renseignements supplémentaires sur le profil du personnage. Il n'a pas l'air méchant pour deux sous. Je jette un coup d'œil à mon petit garçon et me rends compte de son regard pétillant.

— Je peux vous le laisser cet après-midi jusqu'au goûter ?

* * *

Le déjeuner s'est déroulé dans le silence le plus complet. Il est 14 heures lorsque j'accompagne Arthur chez notre voisin. Il nous fait entrer et je découvre un appartement parfaitement rangé. Mon instinct m'avait soufflé que cet homme devait être soigneux, mais je n'avais pas imaginé à quel point. Pas d'odeur suspecte, pas un brin de poussière, chaque chose à sa place. Je décline son invitation à prendre un café, car je préfère ne pas m'attarder.

Une multitude de choses m'attendent : je dois trouver une école pour mon petit dernier, tout mettre en œuvre pour l'intégration de mes aînés, sans compter que j'avais démarré ma recherche d'emploi. Je vois déjà la fin de l'après-midi se profiler alors qu'elle ne fait que commencer. Je me penche pour embrasser Arthur tendrement sur le front tandis que ce dernier glisse une main dans celle de notre voisin. Il lui répond d'un large sourire. La complicité naissante entre ces deux-là me touche. À défaut d'avoir fait connaître son vrai grand-père à Arthur, je me dis que celui-ci pourrait être un candidat de substitution idéal.

— Merci, Raymond, je le récupère pour le goûter. Ne faites pas les fous !

Direction le rez-de-chaussée. Je dois d'abord éclaircir la situation avec ma voisine, car son comportement me paraît de plus en plus curieux. Je frappe à sa porte et une petite voix me répond.

— C'est qui ?

— Joanna Baron, votre voisine du deuxième étage.

— Laissez-moi tranquille !

Sa réplique me laisse perplexe. Je tapote de nouveau sur le pan de bois.

— Madame Vidal ? On peut discuter ?

La réponse que je perçois de façon claire, nette et précise me sidère.

— Fichez le camp, espèce de criminelle, sinon j'appelle la police !

Je recule de quelques pas, abasourdie. « Espèce de criminelle » ? Elle a sûrement vu les policiers m'emmener et a dû en déduire que je suis dangereuse. J'ai envie de clamer mon innocence, expliquer que la brigade financière m'accompagnait à un simple interrogatoire, mais un monologue avec une porte ne changerait rien. J'opte donc pour un retour stratégique à mon appartement pour lui écrire un message que je glisserai dans sa boîte aux lettres. Arrivée au premier palier, je découvre en contre-jour une femme au profil asiatique.

— May-Linh ? Mais que faites-vous ici ?

— Je ne suis pas May-Linh ! s'insurge-t-elle.

Aux premières intonations de sa voix, je comprends mon erreur. Elle descend quelques marches pour se mettre à ma hauteur et me lance un regard chargé d'hostilité. Le mal est fait.

— Je m'appelle Hee Young Lee, la locataire de l'appartement onze au premier étage. Mais évidemment, là d'où vous venez, quoi de plus ressemblant à une Asiatique qu'une Asiatique ?

Elle bredouille quelques mots dans une langue que je ne saisis pas. Mortifiée par mon erreur, je baisse la tête et reste muette comme une carpe, ne sachant pas comment m'excuser sincèrement.

En moins de dix minutes dans l'escalier, j'ai rencontré trois voisins et je n'ai pas l'impression d'avoir fait l'unanimité. Il est temps que je retourne dans ma caverne.

19

Le silence qui règne dans l'appartement me ramène au présent : bien trop calme pour que ce soit normal. Une petite visite dans les chambres me confirme que mes ados ont profité de mon bref passage chez Raymond pour prendre la poudre d'escampette. J'attrape mon portable avec la ferme intention de leur expliquer ce que je pense de leur comportement, mais je me ravise. Certes, je suis inquiète de ne pas savoir où ils sont partis, surtout après notre récente mise au point, mais je dois me raisonner. Ils ont sûrement besoin de prendre l'air, comme moi j'ai besoin d'un peu de tranquillité pour réfléchir à un plan d'action pour le futur. Je me mordille la lèvre et, comme pour me convaincre mentalement d'une réalité que je n'admets pas encore totalement, je me répète à plusieurs reprises : « Raymond a dit que le quartier était sûr. » Je commence à m'apaiser, lorsque la cacophonie de plusieurs scooters me sort de ma séance méthode Coué.

C'est pas gagné !

* * *

Raymond et Arthur entament leur deuxième partie et le petit garçon est heureux, car son voisin a un bon sens de la réflexion et lui donne du fil à retordre. C'est même sans doute le partenaire le plus intéressant qu'il ait rencontré depuis ses débuts aux échecs l'année dernière. Tandis que Raymond mûrit son prochain coup, le gamin observe discrètement l'appartement et aperçoit un cadre photo retourné sur le buffet de chêne. Il se lève sans que le retraité réagisse et attrape l'objet.

— C'est la dame du rez-de-chaussée ? demande Arthur.

— Qui t'a dit de toucher à ça ? répond l'homme en se redressant.

Il arrache le cadre des mains de l'enfant et en caresse le contour avant de le reposer sur le meuble.

— Tu l'aimes bien ?

— D'où te vient cette idée ?

— Dans notre maison d'avant, on avait plein de photos et maman disait qu'elle ne mettait que celles des gens qui comptaient pour nous. C'est pour ça qu'il n'y en avait pas de mon papi.

— Ah ? Il est mort ?

— Non, maman ne l'aime pas. Mais toi, tu l'aimes, la dame ?

— Elle s'appelle Yvonne, mon petit. Oui, je l'aime, mais ce n'est pas réciproque.

— Tu lui as dit que tu voulais qu'elle devienne ton amoureuse ?

— Ça ne fonctionne pas comme ça !

— Ben si ! Moi j'ai écrit un poème à Léna qui était dans ma classe et après on était amoureux.

— Pourquoi tu dis « on était » ?

— Parce que je vais changer d'école à cause de Victoire et Valentin qui ont fait des bêtises.

— Ah ! C'est moche !

— C'est pas grave ! Je m'ennuyais là-bas. Je vais sans doute me faire de nouveaux copains.

— Et Léna ?

— Elle aurait fini par me briser le cœur…

— Tu me rappelles ton âge ?

— Sept ans, pourquoi ?

— Elle te donne quoi à manger, ta mère ? interroge Raymond, abasourdi par les remarques de l'enfant.

Perplexe, Arthur se gratte la tête avant de poursuivre la discussion concernant leur voisine.

— Pour Yvonne, je peux t'aider.

Raymond, charmé par l'enthousiasme du petit garçon, se baisse à son niveau et lui caresse les cheveux avant de lui adresser un large sourire.

— Explique-moi ce que tu comptes faire ?

— T'as des magazines, une feuille et des ciseaux ?

* * *

Pendant une heure, Valentin a exploré le quartier. Il a posé une dizaine d'affichettes à des endroits stratégiques pour proposer ses services en tant que dog ou catsitter. Il n'est pas sûr que ça fonctionnera dans ce genre d'endroit, mais il croise les doigts car il est à court de liquidités. Il n'a pas le choix s'il veut pouvoir acheter ses prochaines bombes de peinture. Jusqu'à maintenant, il avait toujours pu s'approvisionner sans avoir à compter, mais aujourd'hui ses finances ne sont plus ce qu'elles étaient et cette histoire de restriction d'argent de poche le contrarie sérieusement. La solution la plus rapide pour renflouer ses caisses reste donc de trouver rapidement un petit boulot. Un T-Max s'approche et s'arrête à sa hauteur. Valentin s'immobilise avec une boule d'appréhension, mais fait face aux deux individus installés sur l'engin. Le conducteur retire son casque. Mâchoire carrée et sourcils épais qui durcissent son visage, l'homme frôle la bonne trentaine. Il interpelle l'adolescent.

— Hé, le Gaulois ! C'est quoi ton matricule ?

— Mon matricule ?

— Ton blaze ! Ton prénom, précise le type devant sa mine interloquée.

— Valentin.

— Ça t'intéresse de te faire un peu de fric ?

— Ça dépend. C'est risqué ? demande le lycéen d'une voix neutre.

— Pas plus que de traverser la route.

L'adolescent ne semble pas saisir l'allusion et le type, agacé, reprend aussitôt.

— Il faut récupérer un paquet à la gare en fin d'aprèm. Un homme t'attendra devant l'entrée principale. Il te donne le colis. Tu dis rien et tu poses pas de questions.

— Y aura quoi dans le paquet ?

— Qu'est-ce que tu n'as pas compris dans « tu poses pas de questions » ? Tu parles pas d'argent avec lui. C'est moi qui gère ça. Tu te contentes de prendre ce qu'il te confie.

Le type n'a pas l'air commode, à la limite de l'excès de virilité, et Valentin ne veut pas montrer à quel point il est impressionné. Visage neutre, il hoche simplement la tête et redresse le torse, histoire d'afficher une certaine assurance.

— Et j'en fais quoi ?

— Tu le planques chez toi et tu attends que je te contacte.

Valentin tique. Il ne se fait pas d'illusions sur le contenu du paquet à récupérer et l'idée de servir de nourrice pour ce type présente quelques risques dont le jeune lycéen a parfaitement conscience. L'homme plonge sa main dans la poche intérieure de sa veste pour en ressortir une liasse de billets. L'attrait d'une rentrée d'argent rapide fait taire sa méfiance.

— Je fais comment pour reconnaître le gars ?

Le motard attrape son téléphone et prend une photo de l'adolescent.

— Je lui envoie ton portrait. Maintenant casse-toi ! lui ordonne-t-il.

Valentin ne demande pas son reste et s'éloigne rapidement tandis que le véhicule ne bouge pas. Le passager enlève son casque et interroge son pote.

— Tu vas vraiment bosser avec ce type ? T'as vu sa gueule de premier de la classe ?

— Il a peut-être une gueule de premier de classe, mais les flics sont déjà passés chez lui pour sa daronne, donc tu crois qu'ils vont y retourner tout de suite ?

— Ouais, je comprends le concept, mais j'aurais préféré qu'on continue de taffer avec mon p'tit vieux. Il fait très bien le job.

— Papi prend de l'âge, faut penser à la relève.

* * *

Cc Victoire, si tu n'es pas en cours,
peux-tu venir garder Hugo 1 h ?

Le SMS est signé Natacha. Victoire a sauté sur l'occasion pour sortir de l'appartement. Sa mère ne lui en voudra pas d'avoir aidé une voisine dans le besoin. Elle l'incite en permanence à prendre des initiatives et des responsabilités. Elle devrait être contente que sa fille écoute enfin ses conseils. De toute façon, si elle y trouve à redire, Victoire saura lui rappeler ses propos.

La jeune fille est ravie de pouvoir gagner un peu d'argent de poche. Non qu'elle en ait vraiment besoin, mais elle ne veut surtout pas être une charge supplémentaire pour sa mère, car elle a bien compris que leur situation n'est pas idéale et qu'ils doivent se serrer la ceinture.

Alors qu'elle s'apprête à monter l'escalier, Victoire s'étonne d'entendre les sonorités d'un piano sur le palier. Le refrain musical lui est familier et son cœur se serre. Pourtant, la lycéenne ne peut s'empêcher de coller son oreille à la porte. Elle entend la voix douce et posée d'une femme qui donne des indications sur le tempo à suivre. Cela lui rappelle l'époque des cours particuliers que Laurent lui payait. Il adorait sa façon de jouer. Avant l'accident. La jeune fille soupire. Le traumatisme reste gravé dans son cœur et l'humiliation également. Elle avait menti à sa mère en prétendant ne plus vouloir pratiquer, alors que l'interdiction lui venait de son beau-père. Une façon de la punir d'avoir fait du mal à son fils, bien que ce fût totalement involontaire de sa part.

La porte de l'appartement s'ouvre et Victoire fait plusieurs pas en arrière sous l'effet de la surprise. Un garçon d'une douzaine d'années en sort.

— Merci, madame Rossignol ! Je donne les flyers à ma mère et elle s'en occupe. Bonne fin de journée et à la semaine prochaine.

— Merci, mon petit Quentin. À la semaine prochaine.

La porte se referme aussitôt sans que l'adolescente ait pu apercevoir le visage de son occupante. En se retournant, le gamin sursaute lorsqu'il découvre Victoire presqu'en face de lui. Le paquet de feuilles dans sa main s'étale sur le sol.

— Oh ! excuse-moi, dit Victoire en s'accroupissant pour l'aider à ramasser. Je ne voulais pas te faire peur.

Elle jette un coup d'œil aux annonces pour des cours de piano et de solfège répandues sur le palier.

— Tu étais avec ta prof de musique ? le questionne-t-elle pour être sûre de ne pas commettre d'impair.

— Euh, oui. Mme Rossignol est une super enseignante.

Victoire détaille le gamin. Pantalon coton bleu marine et chemisette blanche. Pas commun pour son âge. Victoire a aussi noté le langage soutenu. Il a dit « enseignante » et non « prof ». D'où sort-il celui-là ? Pas d'ici, en tout cas.

— Tu viens d'où ?

— Quartier Washington. Tu ne dois pas connaître.

Poli, mais condescendant. La jeune fille est sur le point de lui répondre, mais finalement elle y renonce.

— Pourquoi venir jusqu'ici pour prendre des cours ?

— Mme Rossignol est très réputée. Elle a déménagé ici pour s'occuper de son papa qui était malade et à sa mort elle a décidé de rester. Faut que je file, le chauffeur de mon père doit être arrivé.

Victoire remarque son choix d'emploi pour « papa » et « père ». Encore un qui a des soucis avec son géniteur...

* * *

J'entends avec soulagement claquer la porte d'entrée, un de mes deux fugitifs rentre au bercail. De la cuisine, je tends le cou pour savoir duquel il s'agit et les cheveux de ma fille apparaissent. Je m'apprête à me lancer dans une discussion sur son évasion quand son visage souriant m'arrête. C'est assez rare ces derniers temps pour que je laisse ma mauvaise humeur gâcher l'instant. Je me contente de lui lancer :

— T'as passé un bon moment ?

Et j'écope d'une réponse beaucoup moins avenante :

— Pas toi, apparemment !

Ah ! c'est sûr que gérer un déménagement, une clôture de tous mes comptes, l'arrivée dans un quartier épouvantable, un interrogatoire, et le renvoi du lycée de mes enfants, ça détend l'atmosphère. J'opte pour un silence prudent et respire un grand coup. Une porte claque. La voilà de nouveau terrée dans sa chambre.

Je décide d'aller à la mairie pour essayer d'inscrire Arthur dans une école. Alors que je sors sur le palier, une magnifique blonde fait son apparition dans l'escalier. Sa jupe très courte ne cache rien de ses longues jambes fines et un 100 D garnit un décolleté à peine dissimulé par un top à bretelles. L'intensité de son hâle laisse supposer qu'elle fait appel aux UV. (Moi, je m'expose directement au soleil et je finis toujours rouge comme une écrevisse ; comme quoi, on n'est pas tous égaux...) Elle m'adresse un large sourire artificiellement blanchi, mais du plus bel effet sur sa personne. Je desserre les mâchoires et lui en offre une réplique sûrement trop proche de Jack Nicholson sur l'affiche de *Shining*. Elle accélère aussitôt sa descente des marches. J'ai dû l'effrayer. J'ai l'impression que ça risque d'être le défilé des bombasses, vu le beau gosse qui vit dans cet immeuble. Sympa pour le développement de ma confiance en moi !

20

Malgré un week-end agréable avec des adolescents pleins de bonne volonté et la résolution de quelques soucis, je me réveille ce matin le cerveau embrumé. Même s'il n'y a plus lieu de m'angoisser pour les frais de scolarité de mes enfants, je dois sérieusement me lancer dans une recherche d'emploi. Vendredi soir, Fatou m'avait confié le numéro personnel de la directrice de l'école primaire de Beauregard située à la sortie de la cité. Celle-ci étant une grande amie de ma voisine, elle m'a écoutée avec compassion et m'a promis de faire le nécessaire pour que mon fils puisse intégrer son établissement au plus vite. Laurent m'avait toujours expliqué l'importance d'avoir un réseau, mais dans son cas, le seul avantage qu'il en retirait était d'ordre pécuniaire. Ayant évolué dans ma précédente vie avec l'idée que tout est business, j'avoue être bluffée par la solidarité qui semble lier les habitants de ce quartier.

Aujourd'hui, mes enfants font leurs premiers pas dans leur nouvel établissement. C'est un énième changement brutal dans nos vies et j'en ai déjà un nœud à l'estomac. Ayant connu l'excellence d'une institution privée de haut niveau, je redoute le manque de moyens et les classes surpeuplées. Mes enfants réussiront-ils à trouver leur place dans ce nouvel environnement ? J'ai besoin d'un premier café pour calmer ce flux de questions.

Il est à peine 6 heures et je suis donc debout bien plus tôt que d'habitude ; mais je ne suis pas la seule, car j'entends un flot de bruits monter de la rue. En regardant par la fenêtre, je me rends compte que le quartier est déjà très animé malgré l'heure matinale. Il y a aussi de la lumière dans notre cuisine. Victoire est assise à table, un livre dans une main, un chocolat chaud dans l'autre. Ni son visage ni son attitude ne transpirent une quelconque anxiété, alors pourquoi s'est-elle levée de si bonne heure ?

— Tu es déjà debout ?

— Ouaip.

— Et tu bosses déjà !

Mes commentaires ont dépassé mes pensées et la surprise dans ma voix lui fait hausser un sourcil. Elle me lance un regard mauvais.

— Les études aboutissent en général à un meilleur avenir, réplique-t-elle sur un ton brutal.

Prends ça dans les dents ! Sa remarque me blesse, mais comme je suis la cause de son agacement, je m'abstiens de répondre. De nouveaux bruits au-dessus de notre tête se font entendre.

— C'est quoi ce vacarme ?

— C'est la France qui se lève tôt, ma chère maman. Un peu comme toi qui es tombée du lit.

Je comprends l'allusion et les reproches qui l'accompagnent. À quoi bon répondre ? Surtout avant mon premier arabica. Je n'ai aucune envie d'être agressive et, sans caféine dans le sang, je suis capable du pire. Je me sers un mug et, tandis qu'il réchauffe dans le micro-ondes, j'observe ma fille. Vêtue de noir comme d'habitude, elle semble aussi légèrement maquillée. À quelle heure s'est-elle levée pour être déjà prête ? Les sourcils froncés, elle est très concentrée sur son livre, comme si elle voulait éviter toute discussion. Ce week-end, elle a parlé de choses et d'autres, toutes à l'opposé des questions qui me préoccupent à son sujet. Peut-être qu'en l'éloignant de ses harceleurs, ce changement de lycée sera bénéfique pour elle. Ou au contraire, cela va-t-il recommencer ? L'arrivée de Valentin dans la cuisine interrompt le flot de mes réflexions.

— Tu es déjà debout, mon canard ?

— L'impératrice Victoire en a décidé ainsi ! clame-t-il en pointant sa sœur du doigt.

Je tourne un regard interrogateur vers ma fille, qui, gênée par cette soudaine accusation, bégaie une réponse.

— On avait prévu de prendre le bus pour aller au lycée.

— Ah ! non, je vous accompagne.

— Mais c'est bon, maman, on peut se débrouiller, réplique-t-elle une octave plus haut.

— Non. Fin du débat. De toute façon, je dois emmener Arthur et discuter avec l'équipe pédagogique. On y va en voiture.

— C'est bien ça le souci, murmure Victoire.

Je fais semblant de ne pas entendre le dernier commentaire, mais celui-ci ne me laisse pas indifférente.

* * *

— Bonjour mon bonhomme ! C'est toi, mon petit nouveau ?

L'institutrice doit avoir la trentaine et la fraîcheur de sa beauté méditerranéenne m'hypnotise. Petite, menue, la peau mate, un fin nez droit, de grands yeux marron pétillants et un sourire étincelant. Une véritable version contemporaine de Cléopâtre. Je ne suis pas la seule sous le charme, car Arthur opine timidement. Il est étrangement calme. Est-ce l'appréhension de cette rentrée qui l'a finalement rattrapé ? La surprise me gagne lorsque je vois sa main se tendre vers les longs cheveux noirs de la maîtresse. La jeune femme le laisse les caresser et, alors que je m'apprête à l'interrompre, elle me fait un clin d'œil.

— Mon poussin, interviens-je pour détourner son attention, tu vas suivre les autres et bien écouter la maîtresse. Ils ont l'air tous super gentils et je suis sûre que tu vas vite te faire des copains.

— Et s'ils ne m'aiment pas ? demande-t-il, légèrement inquiet.

Je me penche vers ma bouille d'amour et lui caresse tendrement la joue. Les étoiles qui éveillent en permanence son regard me fascinent. Comment ne pas adorer ce petit bout d'homme ? Avec ses grands yeux bleus hérités de son père et ses boucles blondes, il en fait craquer plus d'une et charme les autres avec son énergie et sa bonne humeur. Je me rassure en me disant que tout devrait bien se passer, même s'il règne dans la cour un joyeux charivari un peu impressionnant.

— Impossible. Tu es le meilleur pour raconter des blagues. Ça va leur plaire.

— OK. Bisous, maman, dit-il avant de m'embrasser et de rejoindre les autres élèves.

Je réfléchis à ma dernière phrase. Était-ce judicieux de suggérer à mon fils de faire rire ses camarades pour s'intégrer ?

* * *

À peine franchi le portail du lycée Pablo-Picasso, Valentin et Victoire découvrent un groupe de bâtiments qui n'est plus de toute première fraîcheur. Des coups de peinture ont été donnés çà et là pour masquer l'absence de rénovation, mais la vétusté exsude de l'ensemble. Sans se concerter, le frère et la sœur ont déjà jeté un œil sur le site Internet de l'établissement : deux mille cinq cents élèves, une équipe pédagogique assez jeune, un enseignement général classique agrémenté de quelques options intéressantes comme chinois ou musiques du monde. Le terme a éveillé la curiosité de Victoire. Ont-ils des instruments de musique ? Un piano peut-être ? Même si elle s'est promis de ne plus toucher un clavier, l'attraction reste toujours très forte. La présentation des événements culturels réalisés par les élèves l'a aussi interpellée mais, lorsqu'elle a tenté d'en parler avec son frère aîné, le regard de poisson mort de Valentin l'en a dissuadée. Ils ne vivent décidément pas sur la même planète et ce nouveau lycée ne va rien changer à leur relation. Le mot d'ordre reste inchangé : chacun pour soi. C'est pourtant ensemble qu'ils avancent dans les allées en direction des bureaux administratifs. Sur leur passage, les jeunes enchaînent messes basses, regards insistants et sourires imbéciles. Valentin s'amuse d'être le nouveau centre d'intérêt des adolescents, contrairement à Victoire, qui marche la tête baissée. La seule chose qui la réjouit, c'est de ne pas être dans la même classe que son frère et de pouvoir enfiler ses nouvelles fringues achetées en cachette des mois auparavant. Direction les toilettes et le tour sera joué.

Les élèves pénètrent dans la salle de cours dans un désordre anarchique, mais Valentin attend patiemment pour entrer le dernier afin de repérer les places disponibles. Pas question de piquer celle de quelqu'un. Sa brève observation dans les couloirs du lycée lui a déjà appris que tout peut être propice à une embrouille. Les premières messes basses fusent alors qu'il vient tout juste de franchir le seuil de la classe. Un certain malaise lui oppresse l'estomac. Blanc-bec, Gaulois : ces sarcasmes lâchés sur son passage laissent Valentin très dubitatif quant à sa future intégration. Même son arrivée dans la cité n'a pas été difficile à ce point. Il jette un regard circulaire dans la pièce. Tous ces yeux braqués sur lui sans aucune once de sympathie lui donnent l'impression d'avoir été jeté dans la cage aux lions. Le professeur de français impose le silence en frappant le bois de son bureau et, d'un signe de tête, désigne à Valentin une place au fond de la classe. Du coup, Valentin hésite un instant : qu'une place à un endroit si stratégique soit disponible lui paraît curieux. L'élève à côté duquel le prof l'a invité à s'asseoir est fringué comme tous ceux de la cité : jogging de marque et grosse chaîne autour du cou. Pourtant, en approchant, Valentin entrevoit tout de suite un élément de compatibilité entre eux. Le jeune métis a devant lui une feuille sur laquelle s'étalent déjà quelques traits au fusain et, lorsqu'il lève la tête vers Valentin, ce dernier comprend aussitôt pourquoi la place est libre. Les taches de rousseur qui envahissent son visage sont impressionnantes, mais beaucoup moins que cet œil blanc qui donne à son regard une dimension horrifique. Masquant sa surprise, l'aîné des Baron lui offre un large sourire et lui tend une main que le garçon observe avec étonnement.

— Salut mec ! Moi, c'est Valentin ! J'adore ce que tu fais, lui dit-il en désignant son esquisse du menton. Le dessin au fusain, c'est grave stylé !

— Euh, merci. Tu dessines ?
— Ouais, et je graffe aussi !
— Mec, on devrait s'entendre alors !

L'heure de la pause déjeuner arrivée, Valentin suit son nouveau compagnon Théo jusqu'à l'entrée du réfectoire, car celui-ci a décrété que Valentin devait rencontrer ses amis. Tandis qu'ils patientent, Valentin aperçoit sa sœur avancer vers le bâtiment sans même le voir. L'espace d'un instant, il est tenté de l'interpeller, mais un détail le fait tiquer. Victoire s'est complètement métamorphosée : teint plus pâle, yeux surchargés de khôl, lèvres noires, elle porte désormais une robe noire mi-longue et des chaussures montantes cloutées. Alors qu'il s'interroge sur la transformation de sa sœur, un groupe de quatre garçons les rejoint en chahutant. Tous habillés comme son nouveau camarade, les casquettes en supplément.

— Eh, Théo, tu nous présentes ta nouvelle copine ? lance l'un d'eux.

— Tu le reconnais pas ? réplique celui qui semble être le meneur.

Tous l'observent comme une bête curieuse et Valentin, interloqué, recule d'un pas lorsque le type tend la main dans sa direction.

— Tu ne me remets sûrement pas, mais c'est super de te voir chez nous. Les mecs, je vous présente Don Posca !

— On se connaît ?

— Je suis venu une fois dans tes quartiers quand vous avez organisé la fresque géante à l'arrière de la médiathèque Albert-Camus.

— Ah ! oui, je me souviens ! Toi, c'est Stilo.

Le visage du tagueur s'illumine.

— Ça fait plaiz que tu te rappelles. Je kiffe ce que tu fais !

— Merci, répond Valentin avec un peu plus d'assurance. À l'occasion, faudra que tu me montres tes réalisations.

— Quand tu veux, mec ! Ce serait cool de graffer avec toi. Je te présente ma team. Moi, c'est Mathieu, *alias* Stilo, donc. Je suis le frère de Théo. Là, c'est Diego et Sofiane, *alias* Man Street et Backfly.

— Et moi, c'est Skwal, intervient un grand black au sourire étincelant.

— Salut tout le monde, ravi de faire votre connaissance !

— Bah, t'as été éduqué, toi ! ironise Skwal.

Valentin bombe le torse pour montrer qu'il ne se laisse pas intimider.

— Doucement, Don Posca, Boubakar ne mord pas. S'il te charrie, c'est que tu l'intéresses. Théo, t'as faim ? demande Mathieu à son frère pour changer de sujet.

* * *

D'un cours à l'autre, la journée a défilé à toute vitesse. Victoire jette un coup d'œil à son emploi du temps : encore une heure après la pause et elle sera libérée. Le dos appuyé contre un mur, elle étudie les élèves qui évoluent dans la cour durant cette dernière récré. La température est très agréable et quelques épaules sont dévoilées, mais peu de jambes. Beaucoup de tenues de sport et de baskets. Elle se sent vidée par la tension de cette première journée passée à observer. L'ambiance dans cet établissement est pourtant beaucoup plus sympa que dans son précédent lycée, mais l'idée d'adopter un camouflage gothique pour se créer un semblant de personnalité n'est pas la meilleure qu'elle ait eue. Personne n'a fait le premier pas et elle se rend bien compte que, si elle ne réussit pas à franchir le cap, elle ne parviendra pas à s'intégrer à un groupe. L'agneau isolé est le premier à être attaqué par les meutes de loups. Et des prédateurs, ou plutôt des prédatrices, elle en a deviné un certain nombre.

Victoire repère quelques filles de sa classe qui chuchotent sans la quitter des yeux. Elle passe devant elles, le regard baissé, et accélère pour disparaître du couloir au plus vite. Direction les toilettes, car elle doit impérativement se démaquiller sous peine de se faire trucider par sa mère. Le miroir lui renvoie le reflet d'une gamine complètement paumée et non celui d'une adolescente sociable qui sait se faire respecter.

Quelques minutes plus tard, la porte s'ouvre et elle voit avec inquiétude les comploteuses se rassembler autour d'elle. Pour les avoir observées un peu en cours, Victoire a vite saisi le rôle de chacune : Sonia, la grande brune, est la meneuse ; Fatia, la petite aux allures de championne d'athlétisme, son bras droit, qui prend le relais quand l'autre n'est pas là ; et les deux fouines dont elle n'a pas retenu les prénoms sont les suiveuses.

— T'as enlevé ton costume de Dracula ? attaque Sonia.

— Tu ressembles presque à quelque chose comme ça, ricane Fatia.

— Fallait pas vous donner la peine de venir me complimenter, lance Victoire, la tête haute, mais la voix mal assurée.

— Ne ramène pas ta tronche de première de la classe, t'es prête à pisser dans ton froc ! réagit Sonia en éclatant de rire.

Victoire tente vainement de montrer qu'elle ne se laisse pas impressionner, mais la peur s'insinue en elle et sa respiration d'animal effarouché ne trompe personne.

— Qu'est-ce que vous voulez ?

— T'as raison, parlons sérieusement ! T'as pas l'air mauvaise en maths ! annonce Sonia.

— Et nous, on a besoin de quelqu'un pour nous aider, précise Fatia.

Victoire se mord l'intérieur de la bouche, regrettant soudain son excès de zèle pendant l'interminable cours de maths. Alors qu'il allait enfin s'achever, l'enseignante avait commis une erreur et Victoire avait vu l'opportunité de la bâcher devant tout le monde, histoire de s'attirer la sympathie des autres élèves. Ils lui avaient porté de l'intérêt, mais pas comme elle l'avait envisagé.

— Je ne suis pas prof ! répond-elle d'une petite voix.

— C'est pas de ça qu'on te parle ! aboie une des fouines.

— Tu vas faire nos devoirs de maths et t'arranger pour qu'on se fasse pas gauler !

— Si je refuse ?

Fatia mime un coup de poing assené contre la paume de son autre main. Victoire recule et se retrouve coincée par le mur. Sonia s'avance alors vers elle et attrape son vêtement. La jeune Baron retient sa respiration et ferme les yeux. Le souffle chaud de cette nana s'insinue dans ses narines, lui donnant la nausée. Au même moment, la porte des toilettes s'ouvre sur une lycéenne. Victoire reconnaît immédiatement la fille de la supérette avec sa boîte de teinture. Est-elle venue porter assistance aux autres ?

— Darla, on est un peu occupées, là ! Si tu peux repasser, demande poliment Fatia.

— T'es en train de me dire que je gêne ?

Pas de bourreau supplémentaire. Un réel soulagement pour Victoire, qui soupire de façon imperceptible.

— Ah ! Darla, je suis contente de te voir ! lance-t-elle dans l'espoir que celle-ci entre dans son jeu.

Le regard suppliant qu'elle lui adresse ne semble pas produire l'effet escompté. La jeune fille se contente d'observer Victoire, sans bouger.

— Tu la connais ? demande Sonia.

— Non, répond sèchement Darla en s'approchant du groupe.

— OK, donc ça ne te dérange pas si on continue nos p'tites affaires ?

— Si, réplique-t-elle en donnant un coup de boule dans le visage de son interlocutrice, qui s'écroule au sol en tenant son nez.

— T'es complètement tarée ! s'insurge Fatia, tandis que ses comparses reculent au fond de la pièce.

Sonia a la lèvre inférieure éclatée, le sang colore déjà son tee-shirt.

— Dégagez tout de suite, ordonne l'assaillante.

Les quatre lycéennes déguerpissent sans demander leur reste. Darla s'approche du miroir puis inspecte son front avant de se masser du bout des doigts et de jeter un coup d'œil à Victoire dans le reflet de la glace. Cette dernière est encore choquée par ce qui vient de se produire.

— Ne dis surtout pas merci !

— Pourquoi as-tu fait ça pour moi ?

— Primo, quand on est populaire, il y a toujours quelqu'un qui essaie de vous descendre pour prendre votre place. Moi, je ne suis pas populaire, je suis dangereuse, donc personne ne cherche à m'emmerder. Secundo, je n'aime pas les petites harceleuses dans leur genre. Maintenant, elles savent que tu es sous ma protection.

— Sous ta protection ? En quel honneur ?

— On est voisines, non ?

— Tu crèches dans notre immeuble ?

— Djibril, ça te dit quelque chose ?

— Euh... oui !

— Ben, primo, c'est mon frère et deuxio, tu squattes dans son appart. Nous, on est au quatrième. Tertio, tu m'es redevable !

— Et tu veux quoi ?

— J'ai cru entendre que t'étais plutôt bonne en maths. J'ai besoin de cours pour rattraper ma moyenne.

— OK, tu peux compter sur moi ! conclut Victoire avant de quitter les toilettes, un large sourire aux lèvres.

* * *

La sortie de l'école est parfaitement anarchique : une armée de parents, des dizaines de poussettes, des bicyclettes, sans parler des véhicules qui sont garés n'importe comment. Tant bien que mal, je réussis à me créer un passage pour récupérer mon petit garçon, tout excité de cette première journée. Installé dans la voiture depuis cinq minutes, il est intarissable. Le récit de ses rencontres avec ses nouveaux copains résonne dans mes oreilles comme un concert du Hellfest. Je dois mon salut à notre arrivée sur le parking en bas de l'immeuble. Pourtant, je suis soulagée de le savoir aussi enthousiaste. J'espère que cette première journée se sera également bien passée pour mes ados.

Je suis dans le hall, mon courrier à la main, quand Raymond approche en sifflotant. Je ne l'avais encore jamais vu joyeux. Surprise, je ne bouge pas et fais semblant de lire une publicité, ce qui ne m'empêche pas d'intercepter le clin d'œil que se lancent le retraité et Arthur. Raymond glisse aussitôt une enveloppe dans la boîte aux lettres d'Yvonne avant de remonter l'escalier en sautillant. *Que trament-ils, ces deux-là ?*

21

Ce soir, j'ai mis les petits plats dans les grands : raviolis au bœuf, accompagnés d'une bouteille de Coca millésimé. Les garçons apprécient l'effort, ma fille beaucoup moins. Depuis notre arrivée ici, j'ai saisi à travers ses remarques que la cuisine de May-Linh lui manquait sérieusement. Ses habitudes alimentaires évoluent également et, depuis qu'elle participe à la liste de courses, je sens un air de révolution vegan souffler dans notre frigo. Seuls les plats de Fatou trouvent grâce à ses yeux. Je la comprends, je connais mes limites culinaires.

Tout le monde est réuni autour de la table, mais côté ambiance, les repas en Ehpad n'ont rien à nous envier. Arthur et Valentin s'empiffrent, tandis que leur sœur s'entraîne à exceller dans sa discipline préférée : le tirage de tronche. Encore une ou deux semaines et elle sera prête pour les JO de Paris 2024. Nous mangeons en silence. Même les portables des enfants, dont le vibreur danse d'habitude frénétiquement, semblent avoir déclaré forfait.

Je prends mon courage à deux mains et lance le redouté :

— Et l'école, ça s'est bien passé ?

Alors qu'Arthur trépigne sur sa chaise en levant la main tel un bon élève, Victoire fixe son assiette sans conviction et Valentin a la fourchette collée au palais. Arthur entame un monologue survitaminé sur sa nouvelle maîtresse qui est plus gentille que l'autre, sur certains enfants qui ont des prénoms bizarres. Il ajoute qu'il y a beaucoup de bruit dans la classe, mais qu'ils rigolent plus. Certains détails m'échappent, car, concentrée sur la morosité de ma fille, je ne l'écoute que d'une oreille. Victoire s'empresse de quitter la table après avoir picoré dans son assiette. Je questionne alors Valentin sur l'ambiance générale de leur lycée. Il bafouille quelques mots sans plus de précisions. Je comprends qu'il a bien mangé, mais ça s'arrête là. Une minute plus tard, nous ne sommes plus que deux et Arthur poursuit son récit.

Moi aussi, j'aurais eu des choses à dire, mais vu l'enthousiasme qui règne autour de cette table, je m'abstiens de leur raconter mon périple à l'agence Pôle emploi. Cela faisait bien longtemps que je n'avais pas mis les pieds dans ce genre d'institution, mais seule devant mon ordinateur à consulter les offres d'emploi, j'ai ressenti le besoin d'une aide plus professionnelle pour compléter mon profil et trouver des arguments censés convaincre les recruteurs. Avant même d'entrer dans le bureau d'un agent administratif, j'ai entendu deux femmes discuter d'une offre d'emploi de maître-chien.

Évidemment, c'est ce poste-là que ma conseillère m'a proposé.

* * *

Qu'est-ce qui m'a pris d'accepter ce job ? À cette heure tardive, je pourrais être au chaud sous ma couette, et me voilà à déambuler entre des entrepôts en pleine zone industrielle, traînée par mon collègue qui répond au charmant nom d'Adolf. Mon patron est sûr que nous devrions bien nous entendre, moi j'en suis beaucoup moins convaincue. Il n'avait pas encore perçu le son de ma voix qu'il me lançait déjà des regards noirs. Pourtant, mon boss José m'a affirmé que c'était une crème ! Protecteur, doux et en permanente demande d'attentions. J'ai un autre avis sur la question, car perso je n'ai absolument pas envie de câliner ce physique de bodybuilder dressé comme une machine de guerre. Sur un seul ordre : « Attaque ! », ce rottweiler de six ans est capable de démembrer son assaillant. José m'a fait la démonstration avec un mannequin avant de me glisser la laisse entre les mains.

Même accompagnée d'un potentiel tueur à quatre pattes, je ne me sens pas rassurée dans ces hangars. José m'a affirmé qu'il ne se passait jamais rien ici. Il y a rarement de la marchandise de valeur et la présence du molosse décourage les rôdeurs. « Jamais » : le mot qu'on ne doit pas prononcer deux fois, parce que, aujourd'hui, c'est mon jour de chance : quatre silhouettes se dessinent à une centaine de mètres de nous. Le chien grogne doucement en fixant les intrus. Les consignes de José s'entrechoquent dans mon esprit et je ne sais plus si je dois lui ôter la muselière ou pas. Je peine sérieusement à retenir Adolf, qui se montre de plus en plus virulent. Mes mains tremblent et la laisse m'échappe. Aussitôt, l'animal se lance à la poursuite des pillards. Tandis que les ténèbres finissent de l'engloutir, ses aboiements me parviennent toujours.

Je me réveille en sursaut dans mon canapé-lit, trempée de sueur et la tête dans un nuage de coton. Je me sens aussi vaseuse qu'un lendemain de cuite entre potes – pour le vague souvenir que j'en ai. Les jappements d'un chien me martèlent encore le crâne. De nouveaux bruits se font entendre. Un canard ? Je me redresse et j'aperçois une lumière vive se refléter sur le mur. En me retournant, je découvre que je me suis endormie la télé allumée et qu'elle diffuse maintenant un documentaire animalier.

22

Déjà une bonne quinzaine de jours que je tente de m'intégrer au mieux, mais je peine toujours à prendre mes repères dans l'immeuble : je n'ai pas encore rencontré la moitié de mes voisins. La seule marquant mon quotidien, c'est la petite vieille du rez-de-chaussée qui m'a traitée de criminelle. L'idée de découvrir si les autres ont la même opinion me met en joie. En attendant, ma vie familiale a sacrément évolué : une fois les cours finis, Victoire passe de plus en plus de temps à l'extérieur. Sans me prévenir, bien sûr, sinon ce ne serait pas drôle. J'ai abdiqué pour éviter tout conflit. Son frère ne démord pas de sa passion pour le graff, mais sans l'argent de poche fourni par Laurent, c'est plus délicat d'acheter des bombes. Il a donc entrepris de chercher un petit boulot. Pour le moment, il a compris une chose : les jobs sympas c'est la quête du Graal, on pense que ça existe, mais on court longtemps avant d'en trouver un. Néanmoins, j'encourage sa persévérance qui motive la mienne. J'arrive presque à la fin de mes réserves financières et il devient impératif de dénicher un travail.

La matinée est passée à une vitesse vertigineuse, mais je suis heureuse d'avoir enfin reçu une réponse de Charly. Elle espère que je ne vis pas trop de difficultés et promet de me contacter à son retour d'un voyage à l'étranger pour les affaires familiales. J'ai le pas plus léger en revenant de l'école avec Arthur. Mon fils me fait remarquer que ça sent bon dans la cage d'escalier. Il a raison. Les parfums culinaires que capte mon nez sont particulièrement enivrants. Non seulement j'ai l'eau à la bouche en rentrant chez moi, mais du coup je m'interroge sur notre menu. En ouvrant la porte du frigo, je prends soudain conscience du calme inhabituel de l'appartement. Valentin et Victoire ne savent pas s'occuper sans écouter de la musique. Je les appelle en vain, avant d'apercevoir un mot posé sur la table de la cuisine :

Invités pour l'anniversaire des jumeaux,
rejoins-nous chez Fatou.

— Arthur, on monte chez la voisine !

Ma phrase est accueillie par un « youpi ! ». Je le soupçonne d'espérer secrètement que les délicieuses odeurs viennent de chez elle. Comme moi ! Il grimpe l'étage avec l'agilité d'un ouistiti, son échiquier portable sous le bras, tandis que je me traîne en mode escargot. Une fillette aux cheveux tressés nous ouvre la porte avant de s'écarter pour nous permettre de passer. Manifestement, elle sait qui nous sommes. J'avance machinalement dans l'appartement, attirée par les fumets alléchants qui me parviennent dans le couloir. La scène que je découvre me laisse sans voix : une bonne douzaine de personnes sont réunies dans ce salon minuscule. La table est recouverte de multiples plats tous aussi appétissants les uns que les autres et le fond musical est comme une invitation à bouger son derrière.

Arthur se précipite pour rejoindre le monsieur du premier assis dans un coin du canapé et installe son jeu d'échecs sur la table basse devant lui. Valentin, tel un pantin désarticulé, s'initie à des pas de danse africaine avec ceux que je devine être les fils aînés de Fatou. Victoire tient un bébé dans les bras en discutant avec une adolescente de son âge. Je contemple la scène, surprise du comportement de mes enfants. Dans cet appartement, ils ont l'air plus vivants que jamais. Fatou me sort de mes pensées en se matérialisant devant moi, un large sourire aux lèvres. Elle m'embrasse chaleureusement sur les deux joues avant de me tendre une assiette contenant un bout de gâteau. Je réprime une grimace. Depuis mon arrivée dans ce quartier, mes habits ne cessent de rétrécir. Je me laisse tenter malgré tout. Un vrai délice ! Envahie par une combinaison harmonieuse de saveurs, je ferme les yeux de ravissement. C'est léger, fondant, au goût de noix de coco. Tandis que je déguste, un rire strident me fait sursauter. Je me retourne et repère la source de cette bruyante hilarité : Djibril et, à son bras, accrochée comme une sangsue, la femme rencontrée quelques jours plus tôt en tenue de soubrette. Aujourd'hui, elle est tout de rose vêtue, perchée sur des talons vertigineux. Je reste bouche bée devant tant d'exubérance et Fatou, qui passe avec un plateau, en profite pour y glisser un autre bout de gâteau, tout aussi succulent. Je ne suis pas la seule à apprécier, puisque j'entends Arthur s'exclamer :

— C'est trop bon ! Faudra que tu donnes la recette à maman !

Je ne bronche pas, mais cette phrase n'est pas tombée dans l'oreille d'une sourde. Mon attention revient à l'ambiance générale. La musique est bonne et la nourriture excellente, pourtant je me sens complètement étrangère aux éclats de rire et aux conversations. Du coin de l'œil, j'observe Djibril. Ses muscles se contractent lorsqu'il se sert au buffet. Il discute ensuite avec chacun des membres de l'assemblée, mais il ne m'adresse pas la moindre parole ni le moindre regard. Je suis un peu vexée. Il pourrait au moins me demander si je me sens bien dans son appartement. Un autre rire, généreux celui-ci, me détourne de mes pensées amères : je me retourne et découvre ma fille en plein fou rire avec sa copine. Je prends soudain conscience qu'elle a le même rire que sa grand-mère. Retour dans le passé, j'ai dix-sept ans et ma mère se marre à gorge déployée aux blagues que je lui fais. Dernier instant de bonheur avec elle. Pourquoi n'ai-je pas les mêmes relations avec ma propre enfant ? Depuis quand cela ne fonctionne-t-il plus entre nous ?

À ma grande surprise, un gobelet apparaît devant moi et, en suivant le prolongement des doigts qui le tiennent, je découvre Djibril. Son visage est si lumineux que je le jalouse une seconde de rayonner à ce point.

— Besoin d'un remontant ?

— Je doute qu'un verre puisse me soulager.

— Si vous ne goûtez pas, vous ne le saurez pas.

Je le regarde d'un air dubitatif, mais il sort une arme de persuasion massive : son sourire Ultra-Brite. J'attrape la boisson qu'il me propose.

— Mais c'est de l'eau votre truc !

— Je ne saoule jamais les femmes au premier rendez-vous, plaisante-t-il en me faisant un clin d'œil.

— En revanche, question humour, va falloir prendre des cours ! lui lancé-je pour masquer le début de sourire qui étire mes lèvres.

— Vous avez des créneaux disponibles ?

Je ne sais pas comment prendre sa remarque : soit il se moque de moi, soit il me drague alors que sa copine est à quelques mètres de nous. Mes sourcils se froncent imperceptiblement, assez toutefois pour que Djibril sente le changement d'atmosphère. Je m'apprête à répliquer quand un couple de jeunes parents se matérialise devant nous.

— Vous êtes Joanna ?

— Oui !

— Nous sommes les Morillon, troisième étage porte trente et un, m'informe la jeune femme d'une voix enjouée. Moi, c'est Natacha, et voici mon mari Benoît !

— C'est fou comme votre fille vous ressemble ! Même regard, même sourire ! me complimente son conjoint.

— Pitié, ne lui dites pas ça, sinon on va finir chez un chirurgien esthétique.

Mon humour ne fait pas mouche, à une exception près : Djibril glousse dans son coin. Je savoure mon petit effet avant d'être rattrapée par le sérieux de mes interlocuteurs.

— Nous voulions vous féliciter pour votre éducation. Victoire est une enfant merveilleuse et je rêve de réussir la même chose avec notre petit Hugo. Nous sommes vraiment heureux que vous soyez arrivés dans notre immeuble. Nous espérons que vous allez vous y plaire.

Je ne comprends rien, mais j'acquiesce et la remercie. Je demanderai des explications à ma fille dès que possible. Ici tout le monde déborde d'attentions, mais je ne me sens pas à ma place. Je file rejoindre Fatou en cuisine et reste quelques secondes interdite sur le seuil. C'est exactement la même cuisine que chez moi, et pourtant... tout paraît différent, comme si Fatou illuminait chaque chose de sa présence. Son boubou multicolore en est la cause principale. Ce mélange de jaune, d'orange et de rouge est un cocktail vitaminé d'énergie vestimentaire. Elle chantonne en faisant la vaisselle et ne s'est pas rendu compte de mon arrivée.

— Tu as besoin d'aide ?

— Non, je te remercie. J'ai presque fini, me répond-elle en se retournant. Tu n'as rien à boire ?

— Euh… non…

— Sers-toi, c'est ma cuvée personnelle, me dit-elle en me désignant une bouteille de vin sur la table.

Elle me tend un verre fraîchement lavé. Je souris à mon tour. Tout semble si simple avec elle. Cette femme est incroyable, une bonne vivante au caractère aussi généreux que ses formes. Elle me fait vivre un moment de partage d'une rare intensité. Elle nous connaît à peine et pourtant elle nous accueille comme de vieux amis pour célébrer un événement de leur vie. Elle attrape son verre de vin pour trinquer.

— Fatou, je voulais te féliciter. Tes plats sont vraiment délicieux. C'est la première fois que je vois Arthur aussi enthousiaste en mangeant !

Ma voisine pose sur moi de grands yeux étonnés et je comprends que mon ton sonne faux. Niveau persuasion, j'ai encore des progrès à faire.

— OK, madame la juge, j'avoue tout. Les pizzas lui font également un effet bœuf. J'essayais juste de te flatter pour récupérer tes recettes ! Je suis une vraie quiche en cuisine et si un de tes plats pouvait m'apporter la gloire auprès de mes enfants, je t'en serais éternellement reconnaissante.

Contre toute attente, elle éclate de rire. Un rire communicatif qui ne tarde pas à m'envahir. Nous sommes toutes les deux en train de glousser comme des baleines, alors que ma réplique ne méritait pas plus qu'un pouce levé.

— Tu es drôle, comme mon Sékou !

— Ton mari ?

Elle secoue la tête, un pli amer naissant au coin de ses lèvres. Lorsqu'une ombre de tristesse vient recouvrir son visage, je comprends qu'elle ne m'a pas tout dit.

— Mon pauvre Sékou est décédé d'un cancer du pancréas quand Bintou avait à peine un an. Cela a été tellement rapide qu'on n'a pas eu le temps de réaliser ce qui nous arrivait, me confie-t-elle.

Je bafouille quelques mots de réconfort à peine audibles. Son chagrin est touchant, voire pénétrant. Elle hésite, mais poursuit sous mon regard encourageant, la voix tremblante d'émotion.

— Il était notre pilier, je m'occupais des enfants et il régissait notre vie. Ça a été compliqué. Les petits pleuraient son absence en permanence et j'ai mis plusieurs années à faire mon deuil... J'avais une famille à nourrir et pas de boulot. Il a fallu apprendre à faire sans lui. Mais la gestion du temps n'est plus du tout la même avec trois emplois et cinq bambins.

Derrière son récit qui me laisse admirative, j'entrevois la force de caractère et l'amour de cette femme pour sa famille. Les larmes me montent aux yeux, comme elle.

— Tu es très courageuse ! parviens-je à lui dire, la gorge serrée.

— Ce n'est pas du courage, mais de la survie. Mes petits avaient perdu leur père, je ne voulais pas bouleverser encore plus leur vie. J'ai pu compter sur ma cousine pour s'occuper d'eux pendant que je travaillais. Aujourd'hui, tout le monde avance et ma grande fierté, c'est l'entrée de mes jumeaux en médecine.

— Et toi ?

— Quoi moi ? répond-elle, surprise.

— Réussis-tu à prendre un peu de temps pour toi ?

— Ce n'est pas le plus important, se referme-t-elle.

— Bien sûr que si. Tu es si généreuse ! Toi aussi, tu mérites d'être heureuse.

— Je suis heureuse ! s'insurge-t-elle avec une fausse intonation de révolte.

— Y a heureuse et heureuse ! lui lancé-je un brin taquine.

— Et il y a passé et passé.

Désarçonnée par sa repartie, j'entreprends d'essuyer la vaisselle en sifflotant, mais mon interlocutrice n'est pas dupe. Je gazouille aussi bien qu'un merle qui aurait trois grammes dans le bec. J'opère donc un changement de sujet.

— Pourquoi la petite dame du rez-de-chaussée n'est pas venue à la fête ?

— Disons que deux délinquants dans la même pièce, ça fait beaucoup pour elle.

Deux délinquants ? Elle doit sûrement faire allusion à Djibril, mais qui est le second ? Son large sourire m'interpelle.

— D'après Mme Vidal, ta fille lui a expliqué que tu avais tué une personne âgée et...

— C'est donc pour ça qu'elle me fuit ! la coupé-je, comprenant enfin la raison de ses esquives incessantes.

— Ce n'est pas bien méchant ! En même temps, ton petit tour en voiture de police n'est pas passé inaperçu.

— Je m'en doute, dis-je en tirant une chaise pour m'asseoir.

— Plus de la moitié du quartier pense que tu es un témoin protégé et qu'on t'a plantée au milieu de notre cité pour mieux te camoufler.

— C'est presque ça..., soupiré-je. Fatou, je vais y aller. J'ai un petit coup de barre.

— Joanna, je comprends. En tout cas, tu seras toujours la bienvenue chez moi, pour un café ou discuter. Entre sans frapper !

23

Arrivée au rez-de-chaussée, je tambourine à la porte de celle qui me prend pour une tueuse de retraités. En quelques secondes apparaissent devant moi un brushing millimétré et une blouse fleurie, le tout assorti de bas de contention. Je manque d'éclater de rire, mais la surprise et la peur que je lis dans son regard m'arrêtent immédiatement. Elle va me claquer la porte au nez. Avec la rapidité d'un Avenger à peine sorti du lit, je bloque le montant. Résultat : un doigt écrasé et deux ongles cassés. Un hurlement de douleur à demi étranglé s'échappe de ma gorge, faisant sursauter ma voisine.

— Vous vous êtes fait mal ? me demande-t-elle, soudainement inquiète.

Un sourire à la mâchoire serrée façon Joker, je force le passage et pars à la recherche d'un robinet. L'appartement étant configuré comme le mien, je trouve immédiatement la cuisine et glisse mon doigt sous l'eau froide.

— Vous voulez de la glace ou de l'arnica ? me questionne la vieille dame.

Avec ma gueule d'écorchée vive, je ne l'effraie plus et on a gentiment franchi le cap des petites attentions. Elle disparaît d'un pas traînant avant de revenir avec un tube de pommade et une lime à ongles. Je suis un peu étonnée d'autant de compassion, mais je la remercie. Elle m'invite à m'installer à table pour me prodiguer les premiers soins. Je pénètre dans la salle à manger et balaie la pièce du regard. Mes yeux sont immédiatement hypnotisés par la bibliothèque qui couvre un pan de mur entier, mais d'autres détails attirent également ma curiosité : le papier peint à grosses fleurs, les statuettes religieuses, la toile cirée et les napperons en dentelle disposés sur chaque meuble. Je remarque aussi des clichés d'une autre époque, mais aucune photo plus récente, pas de sourires d'enfants ou d'adolescents, juste le portrait en noir et blanc d'une jeune femme. Nous nous installons à table.

— Je vous remercie de me recevoir, madame Vidal.

— Appelez-moi Yvonne.

— Moi, c'est Joanna.

— Oui, je suis au courant. Vous ne pensiez quand même pas être arrivée discrètement dans cet immeuble ?

— Pas vraiment…

Je m'abstiens d'ajouter que son accueil chaleureux avait été plutôt superficiel.

— Qu'est-ce que je vous sers à boire ? Du thé ou de l'eau ?

Derrière l'apparente simplicité de cette question à choix multiples, j'entrevois la nécessité de réfléchir précisément. Un thé requiert quelques minutes avant de refroidir tandis que l'eau peut être avalée rapidement en cas de nécessité. J'opte mentalement pour de l'eau au cas où je voudrais déguerpir au plus vite. On ne sait jamais, la vieille a l'air bizarre.

— Vous préférez un thé ? me lance-t-elle avant que je n'ouvre la bouche pour lui faire part de ma décision.

— Un verre d'eau me suffira, merci.

— Je vous apporte un thé aux fruits rouges.

Yvonne ou l'art de recevoir. J'entrevois déjà une certaine autorité.

— Merci, réponds-je sans protestation.

Tandis qu'elle se dirige vers la cuisine, j'en profite pour jeter un œil à l'ouvrage posé sur la table. *Que faire de nos cons ?* Titre prometteur ! Je serais curieuse de savoir comment le sujet est traité.

— Vous étiez chez Fatou pour l'anniversaire des jumeaux ? demande-t-elle en revenant avec de l'eau bouillante.

— Euh... oui ! bafouillé-je.

— Y a bientôt des fêtes tous les mois chez eux, tellement ils sont nombreux. Y a pas idée de faire autant de mouflets. Et les Lee, ils étaient là ?

Je hoche négativement la tête en guise de réponse. Derrière cette face de petite vieille bien sous tous rapports semble se cacher un personnage au caractère beaucoup plus ambigu que je ne l'aurais cru et jamais à court d'un mot gentil pour chacun de ses voisins.

— Ça ne m'étonne pas ! Sont tout le temps en train de bosser, ceux-là.

Je ne réponds pas. De toute façon, je ne les connais pas ! Mon regard se concentre sur ce maudit thé bouillant. À cette allure, je vais rester bloquée au moins dix minutes chez cette femme.

— Vous avez vu le marmot qui pigne sans arrêt ?

Elle doit parler du bébé que Victoire tenait dans ses bras. Il ne m'a pourtant pas laissé l'impression d'être un enfant difficile à vivre. Elle n'attend pas ma réponse pour reprendre :

— Je ne suis pas étonnée qu'ils aient autant de mal à le faire garder.

J'en ai connu des petits vieux acariâtres, mais celle-ci me donnerait presque envie de la pousser dans l'escalier. Manque de bol, elle habite au rez-de-chaussée. Je me perds dans la contemplation de son buffet et de sa décoration hétéroclite.

— C'est ma lampe magique que vous regardez comme ça ?

Je ne réagis pas avant de la repérer : un objet qui ressemble fortement dans mon souvenir à celui qu'Aladdin trouve dans le conte des *Mille et Une Nuits*. Elle a dit « magique » ? Je lorgne le bibelot.

— Elle vient d'où ?

— Marrakech ! Je l'ai dénichée chez un vieux marchand au fond d'un souk.

Vieux marchand, souk ! La piste commence à devenir intéressante, mais Yvonne me coupe l'herbe sous le pied.

— Arrêtez de rêver. Je l'ai déjà astiquée plusieurs fois et il ne s'est rien passé.

Et le juke-box à ragots reprend là où il en était. Yvonne se met à me raconter la vie des uns et des autres. J'en apprends beaucoup sur les habitants de tous les étages, excepté le quatrième. Cette omerta éveille ma curiosité et lorsque j'essaie d'aborder le dossier Djibril, l'expression de son visage se fige d'un coup et elle se referme comme une huître. Pendant ce moment de silence, je suis tentée de la planter sans toucher à ma tasse, mais elle relance la conversation en l'orientant sur ma personne.

— Vous n'êtes pas comme eux.

Je lève la tête, interloquée par sa remarque.

— Qu'est-ce que je dois comprendre ?

— Vous êtes différente des gens de cet immeuble.

— Ah ? rétorqué-je sans chercher à approfondir le sujet.

— D'où venez- vous exactement ? me demande-t-elle en fronçant un sourcil.

— D'ici et ailleurs. J'ai souvent déménagé.

— Père militaire ?

Je reste interdite un instant. Comment a-t-elle ciblé si précisément l'origine de mon existence de nomade ? Le petit sourire au coin de ses lèvres m'indique qu'elle est satisfaite d'avoir vu juste.

— Comment avez-vous… ?

— Je vous l'ai dit, Joanna ! me coupe-t-elle. Vous n'êtes pas comme les autres. Votre posture en dit long.

Hormis le fait que je me tienne toujours droite comme un « i », je ne comprends pas à quoi elle fait allusion. Je l'interroge du regard, espérant qu'elle précise sa pensée.

— Mon père aussi était militaire, mais c'était une autre époque. La discipline avait une tout autre valeur. Il n'y a qu'à constater comment sont éduqués les gamins par ici. Cela fait trente-sept ans que j'habite dans ce quartier. Je les ai tous vus grandir, et on ne peut pas dire que ce soit une réussite.

À mon grand désespoir, elle se lance dans un discours sur la qualité déplorable des repas que l'agence d'aide à la personne lui apporte tous les midis.

— Non seulement, c'est immangeable, mais en plus ça coûte un bras ! Mais je n'ai pas vraiment le choix. Il n'y a plus qu'eux pour accepter de livrer dans le coin.

La voilà qui enchaîne sur les conditions de vie dans les cités et la politique gouvernementale qui ne prend plus en compte les habitants, seulement les délinquants qui y traînent.

— De toute façon, y en a que pour les jeunes ici. Et quels jeunes ? On essaie de se persuader qu'on est encore en France, mais c'est compliqué.

Sa réflexion me choque profondément, un malaise que la vieille femme remarque aussitôt.

— Vous n'avez pas l'air convaincue, pourtant il n'y a que des délinquants dans le quartier. Comment expliquez-vous que l'autre du quatrième soit déjà propriétaire d'autant d'appartements, sinon ?

— Je n'en sais rien et ce n'est pas mon problème, réponds-je en me levant de ma chaise.

— Tous des trafiquants, je vous dis !

J'en ai entendu plus qu'il n'en faut. Je prends enfin mon courage à deux mains pour l'interrompre.

— Madame Yvonne, je ne vais pas vous importuner trop longtemps, je voulais juste lever un quiproquo dû à la mauvaise blague de ma fille. Je n'ai jamais assassiné qui que ce soit, *a fortiori* une personne âgée.

— D'une, vous ne me dérangez pas, et de deux, j'avais compris. Fatou a pris votre défense. En même temps, elle aime tout le monde, celle-là.

— Ce n'est pas le cas de tout l'immeuble, murmuré-je dans ma barbe.

— Vous disiez ?

— Rien.

— On ne vit pas dans une société de Bisounours, surtout ici. Il faut rester prudent et ne pas ouvrir sa porte à n'importe qui. L'autre voyou du quatrième a même installé un digicode à l'entrée du local à poubelles, histoire que ses équipes viennent récupérer leur camelote sans être embêtées.

Je suis abasourdie. Suis-je tombée dans un repaire de dealers ou quelque chose de plus dangereux ?

— Pourquoi ne les dénoncez-vous pas ?

— Pour que mon nom figure sur la liste des personnes à abattre ? Je suis déjà suffisamment en danger.

Ses propos me paraissent exagérés, mais après tout, je ne sais pas où j'ai atterri. Elle dit peut-être vrai. Les traits de son visage se durcissent brusquement et un silence embarrassant s'installe entre nous.

— Joanna, m'interpelle-t-elle alors que mon regard est tourné vers la porte de l'appartement. Il faut que je vous montre quelque chose.

Elle se lève et revient avec une enveloppe qu'elle me tend. J'en sors un morceau de papier sur lequel sont collées des lettres découpées de tailles différentes.

— Je reçois des menaces depuis quelques jours.

Mes yeux font un aller-retour entre elle et le courrier.

— Yvonne, j'ai du mal à vous suivre.

— Vous n'avez pas lu ? Ça parle de la peur qui m'attend et mon corps qui brûle...

Je replonge la tête sur le document et relis attentivement.

> Entendez-vous les oiseaux du bonheur qui vous attendent ?
> Mon cœur brûle d'impatience de vous déclarer sa flamme !

Pour moi, il s'agit du message d'un amoureux transi qui n'ose pas l'affronter. Cela dit, vu le dragon auquel il s'adresse, je comprends que le chevalier servant tremble pour son armure en carton.

— Je crois que vous vous méprenez sur le sens de cette lettre.

— Je sais ce que je lis, quand même ! se rebiffe-t-elle.

Les yeux d'Yvonne se plissent pour me regarder plus profondément et, brusquement, je comprends d'où vient le problème.

— Yvonne, portez-vous des lunettes ?

— Oui, mais depuis quelque temps elles ne sont plus adaptées à ma vue.

Je réprime un sourire : avec ou sans ses mauvaises lunettes, le fait est qu'elle n'y voit rien.

— J'ai rendez-vous chez l'ophtalmologiste demain et personne pour m'emmener.

Nous y voilà ! Elle cherche à m'amadouer, mais ça ne marchera pas. Pourtant, lorsque son visage se transforme en une moue de désolation, je sens ma résistance s'ébrécher. S'ensuivent des sanglots et des étranglements dans la gorge. Partagée entre la culpabilité et les remords, je réponds spontanément :

— Je vais vous emmener.

Les pleurs s'arrêtent instantanément. Quelle comédienne !

— C'est vrai que vous n'avez pas grand-chose d'autre à faire en ce moment...

Peau de vache !

24

Leur mère étant partie sans prévenir, les enfants Baron-Meyer s'organisent pour la fin de l'après-midi. Victoire est montée rejoindre Darla chez elle après avoir laissé Arthur et sa boîte à mots aux bons soins de M. Raymond, tandis que Valentin est sorti faire le tour du quartier. Il analyse les graffitis dessinés à la sauvette sur quelques immeubles. Des voix enfantines attirent son attention et, quelques mètres plus loin, il découvre une aire de jeux entourée de conteneurs entièrement tagués. Sans prêter plus d'intérêt aux jeunes en plein match de basket, il se dirige vers les dessins. L'ensemble, qui représente un tableau de la route 66, est de qualité, surtout la Corvette dont les détails sont très harmonieux. La signature de Stilo arrache un petit sourire à Valentin. L'ado est talentueux et il sait qu'ils feront de belles choses ensemble.

Un coup de Klaxon lui fait tourner la tête et une Porsche grise s'arrête à sa hauteur. Malgré les lunettes noires, il reconnaît immédiatement le type qui lui a confié une mission.

— Comment t'as fait pour me retrouver ?

— On peut te suivre à la trace, t'as mis ton numéro de portable sur tes affichettes et t'es assez con pour laisser ta géolocalisation allumée.

Le jeune garçon attrape son téléphone et s'empresse de rectifier son erreur.

— Je suis au courant que tu as bien récupéré le paquet, mais tu l'as planqué où ?

Valentin sort un petit objet de son sac à dos et le lui tend.

— Mais range-moi ça, abruti ! s'insurge le type en jetant un coup d'œil tout autour de lui. Il y en a pour un max de thune là ! T'as jamais pensé que tu pouvais te faire braquer ?

L'adolescent ne répond pas, mais ses yeux interloqués en disent long sur sa naïveté.

— Je pensais qu'il fallait que je te le donne.

— Faut vraiment tout t'expliquer ! T'es devenu ma nourrice, donc magne-toi de rentrer chez toi pour camoufler ça.

— Je ne peux le mettre que dans ma chambre.

— Bah voilà, c'est bien, mais t'évites de le cacher sous ton oreiller !

— Oui ! Ma mère pourrait tomber dessus...

— Mais c'est pas vrai, t'as vraiment un QI de poule ! Je parlais des keufs ! Tu me trouves un système pour planquer correctement ma came. À part ça, tu vas jouer les grands et interdire à ta mère de pénétrer dans ton royaume.

Le type observe les alentours avant de descendre de son véhicule et de s'appuyer sur la portière.

— Je vais te confier mon chien. Une fois devant ta porte, personne n'entrera, sauf avec un bras en moins.

L'homme semble fier de ses arguments. L'adolescent déglutit.

— J'ai un petit frère de sept ans..., lance-t-il avec beaucoup d'hésitation.

— Et ? Il ne va pas le bouffer ! Sauf s'il s'approche de ta porte. Tu cherchais un job, je t'en propose un. Ça pourrait aider ta mère...

— Effectivement ! C'est payé combien ?

— Cent cinquante euros la semaine.

— Ah ! oui, quand même ! Le budget croquettes en plus ?

— Évidemment.

— Comment je suis réglé ?

— Tu me files un RIB et je te fais un virement.

— Ah ! cool.

Valentin hésite à faire un pas en arrière lorsque le gars s'approche de lui en retirant ses lunettes de soleil d'un geste brusque. Il est visiblement très agacé et ses mâchoires se contractent à intervalles réguliers.

— Mais t'es con, ma parole ! s'énerve le caïd. En fraîche, abruti ! Retourne à ton immeuble et attends en bas. Dans dix minutes, quelqu'un va t'amener Narkos.

— C'est le nom du chien ? questionne Valentin, un léger sourire aux lèvres. On ne peut pas faire ça demain ? Faudrait que je prévienne ma mère qu'on va avoir un invité.

— Tu ne veux pas lui demander l'autorisation non plus ? grogne-t-il en lui mettant une petite claque sur la tempe.

Surpris par ce geste, Valentin sursaute.

— T'as encore pas compris pour qui tu bossais, garçon ! crache-t-il avant de remonter dans son bolide et de s'éloigner en faisant crisser les pneus.

* * *

J'ai laissé mes enfants deux heures au grand maximum sans m'inquiéter de ce qu'ils pouvaient bien faire. C'est une première pour moi comme pour eux. Cent vingt minutes durant lesquelles ni la police ni les pompiers ne sont intervenus dans l'immeuble. De quoi être rassurée, et pourtant, lorsque je rentre chez moi, je les découvre tous les trois accroupis en arc de cercle devant le canapé, en proie à un enthousiasme débordant. Du seuil, je ne distingue pas l'origine de cette animation jusqu'à apercevoir une patte recouverte de poils courts et brillants. Puis apparaît une oreille haute, taillée en pointe. S'ensuit une tête imposante qui se tourne vers moi. Deux yeux sombres m'observent tandis que je reste obnubilée par cette large mâchoire à quelques centimètres du visage de mon petit Arthur.

— Qu'est-ce que c'est que ça ? lancé-je en pénétrant dans la pièce à vivre.

J'entrevois alors la robe gris satin d'un animal taillé comme un athlète de haut niveau. La bestiole n'est pas grande, mais il se dégage de ce corps musclé et charpenté une sensation de puissance qui me met mal à l'aise.

— Ben, c'est un chien, maman ! Tu poses des questions bizarres quand même, s'étonne Arthur.

La réponse emplie de naïveté de mon petit dernier me donnerait presque envie de rigoler, s'il n'y avait mon grand dadais et son regard collé à ses baskets. Qu'a-t-il encore inventé ? Victoire passe devant moi, un sourire narquois au coin des lèvres.

— Je vous laisse discuter entre mère et fils.

— Les rats quittent le navire, lance Valentin d'un air maussade.

— Valentin, tu m'expliques ? balancé-je sèchement.

— Tu m'as dit de chercher un job et c'est ce que j'ai fait.

— Je ne comprends pas le principe. En quoi ce chien est un travail ?

Au ton de ma voix un peu plus brutal, l'animal dresse les oreilles avant de me fixer d'un air mauvais.

— Je suis dogsitter et Narkos est mon premier pensionnaire !

— Narkos, c'est quoi ce nom à dormir dehors ?

Je sursaute. La bête vient de grogner de façon ostensible. Ce genre de chien serait-il doté de la même susceptibilité que les humains ?

— Gentil toutou ! lui souffle Arthur en lui caressant le haut du crâne. Elle ne pense pas ce qu'elle dit.

— Arthur, tu devrais peut-être t'éloigner un peu.

— Pourquoi ? Il est gentil, Narkos ! répond l'enfant en grattant le dessus du museau du chien.

Je n'ose pas insister, car j'ai peur que l'animal ne perçoive mes craintes à son égard.

— Et tu le gardes combien de temps ?

— Deux semaines tout au plus…

Je remarque sans la relever l'hésitation de Valentin. Je sais bien qu'il ne me dit pas tout, mais je ne veux rien savoir de plus pour ce soir.

— Tu aurais dû m'en parler avant d'accepter.

— Tu m'as dit de me débrouiller. Tu devrais être fière que je prenne des initiatives, assène-t-il pour enfoncer le clou.

Touchée.

— Je le suis, mais tu as conscience que ton invité va avoir quelques répercussions sur notre vie.

— Comment ça ?

— Tu es en cours toute la journée et...

— Narkos est propre et il sait patienter, me coupe-t-il. Il ne fera pas de dégâts à l'intérieur, si c'est ça qui te fait peur. Je serai responsable de lui...

Je m'accroche à l'espoir de dénicher un contre-argument dans le règlement intérieur de l'immeuble, mais hormis la laisse dans les parties communes, je ne trouve pas ce qui pourrait empêcher Valentin de garder ce chien, d'autant qu'il me paraît avoir préparé ses réponses.

Coulée.

— Par contre, je n'ai pas encore eu le temps d'aller chercher les croquettes. Tu pourrais en acheter au magasin des Lee ?

— Pourquoi pas à la supérette ?

— Consigne de son maître, m'informe Valentin en me tendant deux billets de cinquante euros.

D'où sort-il tout cet argent ? Mon interrogation doit être palpable, car mon ado répond immédiatement.

— Il m'a fait une avance sur salaire. Tu prends un sac et tu demandes bien le ticket.

Premier petit couac qui me donne envie de critiquer le côté aléatoire de son sens de la responsabilité, mais un cri d'enthousiasme d'Arthur me fait ravaler les reproches que je m'apprête à faire à son frère :

— Oh ! regardez ! Il sourit.

Je jette un coup d'œil rapide à la bestiole et je me rends compte qu'il ne s'agit pas du tout d'un sourire. Ce chien est en train de me narguer. Il a compris qu'il va squatter notre appart et que je n'ai aucun argument pour éviter ça, surtout face à la joie de mon petit dernier.

J'arrive devant la boutique des Lee et j'analyse l'affichette des horaires : 7 heures-21 heures. Je comprends mieux les propos d'Yvonne : effectivement, ils ne font pas semblant de travailler. Une clochette tinte au-dessus de ma tête quand je franchis le seuil du magasin et de multiples senteurs envahissent mes narines. Huiles aromatiques, bougies parfumées et paquets d'encens encombrent une bonne partie des premières étagères que je distingue. Derrière la caisse, une jeune fille discute avec un grand black. À ma vue, l'adolescente disparaît instantanément sous un rideau de perles, pour être aussitôt remplacée par Mme Lee. Lorsque celle-ci pose son regard sur moi, j'y décèle une ombre de colère. Elle engage la conversation avec le client et demande des nouvelles de sa mère fraîchement sortie de l'hôpital. Ça s'éternise.

J'en profite pour jeter un coup d'œil autour de moi. La boutique est approvisionnée comme une supérette classique, le bazar vient en supplément. On trouve presque de tout dans ce magasin : articles de la vie quotidienne, cosmétiques, épicerie sucrée et salée, produits secs. Hormis les traditionnelles bananes, je ne reconnais aucun des fruits et légumes présentés sur les étals. À plusieurs reprises, je pense leur échange terminé, mais chacun prolonge la discussion à tour de rôle. Agacée, je commence à tapoter du pied. Aussitôt, Mme Lee et son client se retournent vers moi et me lancent un regard noir, offusqués de tant d'impolitesse.

— Vous passerez régler à la fin du mois, comme d'habitude, lui dit la gérante.

— Merci, madame Lee.

Alors que l'homme sort avec un gros sac de jute – contenant de la farine de manioc, d'après l'inscription qui y figure – et une cagette de légumes exotiques, j'avise une pancarte sous la caisse, sur laquelle je lis :

Cherche vendeuse polyvalente.

Je relève les yeux vers Mme Lee qui m'observe d'un œil mauvais :

— Qu'est-ce que vous voulez ?

— Des croquettes ! dis-je, décidée à ne pas y aller par quatre chemins.

La femme repousse par-dessus son épaule ses longs cheveux noirs et plisse les yeux. Ma demande semble avoir soulevé une certaine tension chez elle.

— J'ai cru comprendre que je pouvais acheter d'excellentes croquettes chez vous.

— Pour chien ? demande-t-elle.

— Oui.

— De toute façon, on n'a que ça.

— Vous n'aimez pas les chats ?

— Si, mais bien cuits et avec un peu de sel. D'autres questions ?

Un sourire sarcastique s'étire sur ses lèvres. Elle se moque ouvertement de moi.

— Pourriez-vous m'indiquer où sont rangés les sacs ?

— Je vais vous chercher ça, réplique-t-elle en retournant dans son réduit.

Elle revient, un paquet de douze kilos posé sur son épaule.

— Soixante-dix euros, annonce-t-elle en posant le colis sur le comptoir.

— Ah ! oui, quand même !

— Vous pouvez le nourrir pendant un mois et demi avec ça.

— Ça dépend peut-être de la taille et du poids ?

— Quarante-cinq jours, je vous dis ! C'est bien un American Bully ?

L'animal est chez moi depuis moins de deux heures et elle est déjà au courant. Pas besoin de système de sécurité dans mon immeuble. Avec des voisins comme ça, on n'est pas près de se faire cambrioler.

— Oui, c'est ça. Mais comment le saviez-vous ?

— Je ne nourris qu'un seul chien dans le quartier ; deux cent soixante-dix grammes par jour, pas plus.

Je sens bien que cette conversation la gêne, mais je n'en cerne pas la raison. Soudain, elle me tend une coupelle remplie de petits sachets couleur rouge et or.

— Prenez un Fortune Cookie !

— C'est quoi ?

Excédée, elle lève les yeux au ciel et marmonne une phrase inaudible avant de poursuivre :

— Un biscuit avec un message d'avenir à l'intérieur.

J'attrape un gâteau en lui donnant l'argent que m'a confié Valentin, je déchire l'emballage et lis le papier à voix haute :

Ce que vous cherchez est peut-être sous votre nez.

La gérante éclate de rire. La pancarte d'offre d'emploi est juste devant moi et, comme tout le quartier, elle doit savoir que je suis au chômage. Je lance un « au revoir » un peu sec et sors du magasin, encombrée par mon chargement.

25

D'un coup d'œil dans le rétroviseur de la Clio, j'aperçois la mine contrariée de Valentin. Quelques minutes avant notre départ pour l'école, je suis entrée dans sa chambre sans frapper et son soubresaut m'a étonnée. Que faisait-il ? Je n'en sais strictement rien, car il était de dos, Narkos sagement assis à côté de lui. Depuis quelque temps, mon fils paraît encore plus nerveux que d'habitude. Il me cache quelque chose, c'est sûr. Mais ce n'est pas le moment de mener l'enquête puisque, depuis plusieurs minutes que je tente de faire démarrer ma bagnole, le moteur refuse obstinément de se mettre en route. Je me rappelle les mots de l'avocat : « Sans véhicule, quitter votre futur quartier requiert une certaine logistique. » Ma montre m'indique qu'il me reste encore un peu de temps avant que les enfants ne soient vraiment en retard. Que faire ? Après une énième tentative, un toc-toc sur ma vitre me fait sursauter. Je découvre Djibril derrière la portière, un large sourire aux lèvres. Est-ce ma voiture récalcitrante qui l'amuse ? Je fronce les sourcils en sortant de la Clio.

— Qu'est-ce qui vous arrive ?

— Elle refuse de démarrer, répliqué-je en croisant les bras.

— Je peux regarder.

— Vous êtes également mécano ?

— Non, pas vraiment. C'est juste pour aider.

— On va s'abstenir, dans ce cas. Chacun son métier et les vaches seront bien gardées, grogné-je.

— Vous emmeniez la petite troupe à l'école ?

— On ne peut rien vous cacher.

— Je peux les déposer si vous le souhaitez, propose-t-il en montrant du doigt sa voiture de kéké.

Je tourne la tête vers l'intérieur de l'habitacle. Le regard rivé sur la vitre opposée, Victoire feint de ne rien suivre de la conversation, alors que le visage de Valentin affiche une réelle exaltation. Quant à Arthur, il tape dans ses mains comme pour applaudir. Je comprends que la possibilité de débarquer à l'école en coupé sport provoque un enthousiasme certain chez les garçons, mais cette optique ne m'enchante guère.

— Merci, mais vous n'avez pas de siège auto !

— Y a assez de place dans le coffre, suggère-t-il.

Sa remarque manque de m'arracher un rire, mais je m'efforce de rester stoïque.

— Il suffit de prendre le vôtre, ajoute-t-il.

— Et en plus, il était présent à la distribution des neurones !

Contrairement à moi, il sourit à ma tentative d'humour.

— Je dépose le petit en premier et les ados ensuite, comme ça vous êtes sûre que je ne séquestre pas un des trois, madame la Baronne.

— Comment m'avez-vous appelée ?

— Je vous taquine.

— Sois pas relou ! lance Valentin.

— Pardon ?

— Maman, détends-toi ! Il n'a rien dit de mal. C'est même plutôt sympa, dit mon aîné.

Quel traître celui-là ! Il vendrait sa mère pour pouvoir frimer dans cette bagnole. Je jette un coup d'œil à Victoire, qui reste silencieuse. Question soutien, je ne peux pas compter sur elle. J'hésite à laisser mes enfants partir avec cet homme dont je ne sais rien.

— Vous préférez les emmener vous-même ? réagit Djibril en me tendant les clefs.

— Non, merci, ça ira. Je ne veux pas risquer d'endommager votre carrosse.

Je prononce « carrosse », mais je pense « aspirateur à nanas ». Hein, Djibril, combien en as-tu déjà dragué avec ça ? Eh bien, moi, tu ne m'auras pas !

— Donnez-moi votre numéro, me lance-t-il.

Je le regarde avec suspicion.

— Je vous enverrai une preuve de leur arrivée.

— Mouais... Vous ne l'avez pas noté avec le contrat ?

— Quel contrat ? demande-t-il.

— Celui de l'appartem..., répliqué-je avant de saisir la subtilité de son petit sourire.

OK. Pas de contrat. Je comprends alors que le règlement de mes loyers a été effectué en liquide. Au cas où, pas de trace de la famille Baron. Je lui dicte mon numéro.

— Vous voilà enregistrée dans mes contacts. Je vous envoie une photo dès que je les ai déposés.

En attendant, si mes gamins sont vus avec Djibril, peut-être que cela leur évitera quelques soucis avec les jeunes du quartier. Et si mes trois lutins viennent à disparaître, on pourra au moins remonter la piste jusqu'à lui. Les enfants s'engouffrent dans la voiture, qui s'évanouit au coin de la rue en quelques secondes.

* * *

De retour à l'immeuble, je songe à ma Clio venue s'ajouter à la liste des problèmes qui me pourrissent déjà la vie. Je suis assurée au tiers sans assistance et je n'ai vraiment pas les moyens de la faire remorquer. Une boule d'angoisse désormais familière s'est formée au creux de mon estomac. Mes maigres économies fondent comme neige au soleil et, pour le moment, les services de recherche d'emploi n'ont pas été en mesure de me proposer un job correct. Avec la sensation effroyable de me noyer dans un verre d'eau je me dis que, hormis Anne-Charlotte, personne ne pourrait me venir en aide. Mais je ne me sens pas de lui demander de me dépanner. Comment vais-je me sortir de cette impasse ? Je m'apprête à monter l'escalier quand la porte du rez-de-chaussée s'ouvre.

— Joanna ?

— Oui, Yvonne ?

— Je vous attends pour m'accompagner chez l'ophtalmo.

Je l'avais oubliée celle-là !

— Le rendez-vous est à 10 heures, me rappelle-t-elle.

— Ça va être compliqué car ma voiture est en panne ! annoncé-je.

— Venez me chercher à 9 h 30.

Soit elle est sourde, soit mon argument ne l'interpelle pas du tout.

— Je ne peux pas. La voiture ne démarre pas.

— Demandez à Djibril de vous prêter la sienne !

J'ai la confirmation qu'elle nous espionnait derrière son rideau et qu'elle a bien compris ce qui se tramait sur le parking.

— Hors de question ! En revanche, il pourrait peut-être vous emmener, rétorqué-je en dissimulant péniblement mon agacement.

— Hors de question !

Match nul, balle au centre.

— Vous vous êtes engagée, Joanna.

Mon cerveau carbure à mille à l'heure. Je jongle avec les différentes possibilités pour résoudre ce problème de façon acceptable pour chacune d'entre nous. Rien ne vient.

— Je rentre chez moi quelques minutes et je reviens avec une solution.

Laquelle ? Je ne sais pas encore, mais ma proposition semble convenir à Yvonne. En arrivant chez moi, je reçois deux MMS de Djibril avec la mention :

Les colis sont déposés.

Quelle rapidité ! J'observe les deux clichés : sur le premier, Arthur se tient sur le seuil de sa classe, son cartable devant lui et un pouce levé. Son petit visage rayonne de gaieté. Mes ados ne sont pas en reste sur la photo suivante. Je les découvre bras dessus, bras dessous avec de larges sourires. Les larmes me montent aux yeux. Depuis combien de temps ne les avais-je pas vus si complices ? Que s'est-il passé dans cette voiture pour rendre mes gamins si joyeux ?

Ce cliché me rappelle la nervosité de mon fils avant de partir en cours. Je décide donc de jeter un petit coup d'œil dans sa chambre ; mais à l'autre bout du couloir, Narkos est assis devant la porte, les oreilles dressées. Il m'observe tandis que je m'approche sans faire de mouvements brusques. Il me reste un mètre à parcourir quand le chien se met à grogner. Je recule spontanément. Cet animal me fait peur et il le sent. Pourtant je réitère et progresse de quelques pas. Même résultat. La mission « fouille en règle » est reportée. Je ne pourrai pas entrer dans cette chambre tant qu'il surveillera la porte de son maître de substitution. En attendant, cela ne résout pas mon problème avec ma voisine. La sonnette de mon appartement retentit et je découvre Djibril, qui me tend un trousseau de clefs.

— J'ai cru comprendre que vous aviez besoin d'un véhicule pour emmener Yvonne à son rendez-vous.

— Comment êtes-vous au courant ?

— Je viens d'arriver et Raymond m'en a parlé.

— Et comment il le sait, lui ?

— Il descendait quand il vous a entendues discuter.

Sa réponse me sidère. Ce bâtiment est encore mieux équipé qu'un quartier général du KGB, les micros en moins ! Du moins, je l'espère.

— Prenez ma voiture, reprend-il. Ce sera plus pratique.

— Vous ne pouvez pas l'emmener, vous ?

— Ah ! non, désolé. J'ai du boulot qui m'attend. Vous avez peur de quoi en acceptant ? Que je vous réclame un service à mon tour ?

Je n'ose pas répondre oui, mais mon visage me trahit.

— Je ne vous demanderai rien. Vous n'avez rien à m'offrir !

Prends-toi ça dans les dents ! J'attrape les clefs du bolide d'un geste rageur.

— Merci, répliqué-je, la mâchoire crispée.

Djibril semble étonné de ma réaction. Encore un homme qui ne se soucie pas de la sensibilité féminine. À mon tour d'ébrécher sa susceptibilité masculine en lui claquant la porte au nez.

* * *

Confortablement installée au volant du carrosse, je démarre la voiture et sursaute lorsqu'un bruit sourd s'échappe du pot. Yvonne n'a pas bronché. Peut-être est-elle non seulement miro, mais sourde aussi. Je mets plusieurs minutes à maîtriser la bête. Quelques coups d'accélérateur intempestifs et des freinages mal placés lors desquels mon nez se rapproche dangereusement du volant provoquent chez Yvonne quelques gloussements qu'elle tente à peine de dissimuler. Je l'observe à la dérobée et me rends compte que ses yeux plissés de plaisir illuminent son visage. Sa soudaine gaieté devient contagieuse et un sourire étire furtivement mes lèvres. Peut-être allons-nous finalement passer un bon moment ensemble ! Mais j'ai omis trop vite son côté « tatie Danielle ». Pendant tout le trajet, elle déblatère sur le voisinage. Sa bouche s'anime, mais mon cerveau est sur *off*. Je retiens juste que cette grande amoureuse de la lecture était bien embêtée de ne plus pouvoir s'adonner à sa passion depuis plusieurs semaines.

Une heure et demie plus tard, nous rentrons dans le silence le plus complet. Le verdict est tombé : cataracte. Les deux yeux sont à opérer. Je comprends mieux la confusion concernant les lettres qu'elle reçoit.

En arrivant dans le quartier sous le regard sidéré des habitants, je suis prise d'une envie de faire un cadeau à Djibril pour le remercier des services qu'il m'a rendus aujourd'hui. Mon idée n'enthousiasme nullement Yvonne, néanmoins elle me conseille d'aller chez les Lee.

— Il adore les bâtons d'encens qui viennent de chez eux, me renseigne-t-elle d'un air dédaigneux.

Surprise de cette révélation, je m'empresse de l'interroger et la réponse ne m'étonne pas plus que ça.

— Ça pue en permanence là-haut.

Après avoir garé la voiture devant notre immeuble, j'abandonne ma passagère à l'orée de son paillasson. La boutique n'étant pas loin, je vais y aller à pied. En pénétrant dans l'appartement, je découvre une feuille glissée sous la porte. À y regarder de près, il s'agit du règlement intérieur de l'immeuble. La rubrique « RESPECT ET TRANQUILLITÉ » est soulignée en rouge, ainsi que certains paragraphes :

> Les animaux domestiques doivent être tenus en laisse à l'extérieur des logements [...]
> Les propriétaires des animaux doivent veiller à ne pas troubler la copropriété (aboiements, odeurs...) [...]
> Toutes dégradations ou accidents causés par eux resteront à la pleine charge et responsabilité de leurs propriétaires [...]

Quelqu'un a décidé de m'attaquer, mais pas frontalement. Je peux déjà éliminer le suspect Yvonne, puisqu'elle avait un alibi tout ce qu'il y a de plus valable : moi. Peut-être Djibril ? Il a sûrement entrevu Narkos lorsque je lui ai ouvert. J'habite dans son appartement, il serait en droit de me rappeler quelques consignes. Je peux aussi soupçonner Mme Lee qui est au courant de la présence du chien. Je l'imagine déjà glisser ce papier sous ma porte avec un petit sourire narquois. Elle a le mobile et l'opportunité. Me manquent encore des indices ou des témoins. Sans preuve, pas de méfait.

Le plus simple est d'interroger les suspects.

26

Dans les allées, je ne cherche pas à croiser les regards, mais je sais que beaucoup me dévisagent. Je traverse différentes rues et m'apprête à rejoindre la boutique des Lee lorsque je perçois un sifflement sur ma droite. En tournant la tête, j'aperçois quatre types qui viennent à ma rencontre : un gars pas très grand en costume rayé entouré de trois colosses équipés de blousons de cuir et de lunettes de soleil. Le magasin n'est plus qu'à quelques mètres de moi et j'hésite à m'y précipiter en courant, car le large sourire étirant les lèvres du petit bonhomme ne me dit rien qui vaille. Pourtant je reste clouée sur place, en tentant de me persuader que l'angoisse qui monte en moi est complètement irrationnelle.

— C'est vous qui gardez le chien ? me demande-t-il avec un accent du Sud.

— Euh, oui. De façon temporaire. Le propriétaire l'a confié à mon fils, qui est dogsitter.

Les quatre gars éclatent de rire et je n'ai sincèrement pas envie de découvrir la raison de leur hilarité.

L'ambiance change d'un coup. L'homme me barre toujours le passage et le rictus qui lui servait de sourire disparaît. Ses yeux sombres me dévisagent avec une arrogance inquiétante.

— Si vous avez besoin de ses compétences, on est complet pour le moment, parviens-je à articuler en essayant de ne pas me laisser impressionner. Bonne journée, messieurs, ajouté-je pour clôturer notre conversation.

Je le contourne, mais il me rattrape par le coude. Un vent de panique me parcourt. Je jette un regard affolé autour de moi. Personne dans les environs pour me porter secours.

— Vous me faites mal, lâchez-moi !

— Sinon, tu vas faire quoi ? me demande-t-il, le visage à une inquiétante proximité du mien.

— J'appellerai la police, crie une voix derrière moi.

La pression sur mon bras s'estompe instantanément. L'homme recule d'un pas. Je me retourne et découvre Mme Lee sur le seuil de son magasin.

— Vous n'avez rien à faire ici, braille la gérante.

— Madame Lee, nous sommes déjà partis ! répond le type en faisant marche arrière, suivi de ses acolytes.

Je me précipite dans la boutique.

— Merci ! Merci beaucoup. Vous m'avez sauvé la vie.

— Faut peut-être pas exagérer, maugrée la commerçante.

— Au contraire !

— En même temps, vous auriez un boulot, vous ne les auriez pas croisés.

Je ne relève pas, mais son ton condescendant me pique à vif.

— Qui étaient ces individus ? bredouillé-je entre mes dents serrées, encore sous le choc de cette agression.

J'aimerais bien comprendre ce que me voulaient ces hommes. Ses yeux s'écarquillent comme si elle ne s'attendait pas à cette question. Elle se mordille la lèvre inférieure. Elle sait quelque chose, mais hésite avant de répondre.

— Des gens qui se sont trompés de quartier...

Je ne saisis pas ce qu'elle sous-entend. Son visage se referme. Je comprends qu'elle ne m'en dira pas plus et décide de respecter sa décision. La sonnerie de mon téléphone arrive à point nommé : un SMS de Djibril.

Où êtes-vous ? J'ai besoin de ma voiture.

Le poids dans ma poche me rappelle que je ne lui ai pas rendu ses clefs.

— Vous savez quel encens M. Cerruti achète chez vous ?

Elle m'observe d'un air suspicieux en me tendant l'objet en question. Cinq minutes plus tard, de retour dans l'immeuble, je m'élance dans l'escalier, les clefs de Djibril dans une main et mon cadeau dans l'autre. Des bribes de conversation m'interpellent avant de m'interrompre dans ma progression. Cela provient du dernier étage. Djibril discute de façon animée avec une femme. Intriguée, je tente de monter discrètement les marches pour mieux entendre, mais malgré mes efforts, je ne reconnais pas la voix.

— C'est la première fois que tu fais ça !

— Les habitudes sont faites pour être changées, répond Djibril.

— Je ne sais pas ce que tu as dans la tête, mais je suis déjà sûre que c'est une mauvaise idée !

— Que tu dis ! Mais moi, je reste persuadé que certaines opportunités doivent être saisies quand elles se présentent.

— Tu parles d'une opportunité ! Si tu ne veux pas écouter mes conseils, ne viens pas te plaindre ensuite...

— J'entends tes conseils, mais j'ai envie de tenter ma chance !

Mon téléphone décide d'interrompre ma session d'espionnage. La sonnerie de notification s'est fait entendre jusque là-haut, car leur conversation s'interrompt brusquement. Je les imagine tous les deux l'oreille tendue quand je comprends que l'un d'eux commence à descendre les marches. Avec la grâce d'un éléphant dans un magasin de porcelaine, je rebrousse chemin le plus rapidement et silencieusement possible, tout en veillant à ne pas me vautrer dans l'escalier. Trois missions en une qui me paraissent d'emblée impossibles. En désespoir de cause, je m'agrippe à la poignée de la porte de Fatou. Je m'engouffre à l'intérieur de son appartement et, juste avant de refermer la porte, j'ai le temps de reconnaître les chaussures de Djibril sur les marches supérieures. Je reste immobile quelques secondes pour tenter de calmer mon cœur qui bat à toute vitesse. En me retournant, je fais face à Fatou qui se tient sur le seuil de la cuisine et me dévisage d'un air interrogateur :

— Joanna ? Qu'est-ce que tu fais là ? me demande-t-elle tout en enfilant une veste.

— Désolée de débarquer comme ça, mais je me sentais seule, mens-je.

— Pas de souci. Je t'ai dit que tu pouvais venir sans invitation, donc tu as bien fait.

— Merci, Fatou. Tu sors ?

— Je vais au marché faire des courses. Tu veux m'accompagner ?

— Oui, pourquoi pas !

— J'ai aussi besoin d'un commis, ça t'intéresse ?

— Je suis ton apprentie.

Fatou éclate de rire. Un rire franc et généreux qui soulève mon enthousiasme.

— Blague à part, qu'as-tu l'intention de cuisiner ?

— Le centre social prépare un dîner pour une douzaine d'aînés isolés dans le quartier et...

— Et c'est toi qui t'y colles, la coupé-je.

— On ne peut rien te cacher.

— Mais tu es de repos.

— Comment tu sais ça ?

— De toute la semaine, tu n'étais jamais là à cette heure-là. J'en déduis que tu ne travailles pas aujourd'hui.

— Quelle réflexion ! Tu m'épates. Je reprends à 19 heures, réplique-t-elle en ouvrant la porte d'entrée. Si madame l'inspectrice veut bien se donner la peine.

Je jette un coup d'œil dans la cage d'escalier avant de sortir. Des pas résonnent encore aux étages inférieurs.

* * *

Je dépose les clefs de Djibril dans la boîte aux lettres et, tandis que Fatou me parle des différentes associations qui se partagent un local avec le centre de loisirs et le club des aînés, nous parcourons plusieurs centaines de mètres avant de déboucher sur une large place, point névralgique d'une activité commerciale exceptionnelle. Les gens vont, viennent et se bousculent dans une marée humaine et je découvre la mixité culturelle dans toute sa splendeur. Mes yeux s'émerveillent devant cette foule bigarrée qui discute en diverses langues. J'en prends également plein les narines avec le charivari d'odeurs qui émanent des étals. Tout a l'air si appétissant ! Rien d'étonnant à ce que le marché attire autant de gens qui viennent même de loin pour ne pas manquer ce rendez-vous où se côtoient les classes aisées comme populaires.

Nous nous arrêtons devant une marchande qui propose un large choix de légumes. Bien qu'elle soit déjà très occupée à servir des clients, elle lève la main pour saluer Fatou. Manifestement, elle a ses habitudes ici. Tout comme la dame devant nous, mais celle-ci ignore la longue file d'attente qui s'est formée à sa suite. Fatou patiente sans s'agacer alors que je ronge mon frein derrière cette cliente dont les manières me hérissent le poil.

— Vous avez les plus beaux ananas qu'on puisse rêver trouver sur un marché, ma petite Maombi. Tout cela vaut bien les quelques kilomètres que je fais pour venir jusqu'à vous. Mettez-moi aussi trois délicieuses bananes plantains de votre pays et deux piments rouges.

La condescendance de cette femme me donne envie de la gifler et, lorsqu'elle commence à chercher des petites pièces de monnaie au fond de son sac pour faire l'appoint, je m'agace sérieusement. La commerçante patiente calmement tandis que je me mords les lèvres pour empêcher les grossièretés de franchir ma bouche. Je constate, étonnée, que je suis la seule à être exaspérée par cette situation. Les autres clients restent parfaitement stoïques. Je tente alors de ronchonner, mais Fatou me rappelle à l'ordre avec un bon coup de coude dans les côtes.

— Aïe ! Je n'ai rien fait, moi, lancé-je en insistant sur le dernier mot.

— C'est déjà trop. Tiens-toi bien.

— Mais tu ne lui dis rien, à elle ?

— Elle, je la rencontre toutes les semaines. Et ça lui fait du bien de croire à ce qu'elle raconte. Où est le mal ?

— Mais elle a insulté la commerçante.

— Tu l'as entendue proférer la moindre injure ?

— Non, mais elle a…

— ... dit que les fruits du pays d'origine de Maombi étaient les meilleurs. J'étais là aussi. Si Maombi s'était appelée Cécile et qu'elle venait de Menton, lui reprocherais-tu qu'elle dise que les citrons de cette ville sont les meilleurs d'Europe ?

— Euh… non.

— Ben voilà. Tu es la seule choquée, alors on arrête cette discussion.

J'observe Fatou à la dérobée. Loin de son sourire habituel, elle arbore un visage grave. Notre échange semble l'avoir troublée. Son raisonnement tient la route, mais je ne peux m'empêcher de voir dans l'attitude de cette femme une tentative d'imposer une prétendue supériorité, ce qui me perturbe. Est-ce dû au déséquilibre notoire de la répartition des richesses ou à l'acceptation tacite de la situation par ces habitants ? Dans mon ancien cadre de vie, je ne m'étais jamais posé ce genre de questions. Je vivais avec un homme qui ne manquait pas d'argent et, de ce fait, je me sentais protégée, ou tout du moins prémunie contre la pauvreté et les difficultés qu'elle engendre. Je prends conscience de cette nouvelle fragilité que je partage avec d'autres personnes, mais celles-ci souffrent en silence et gardent malgré tout la tête haute, contrairement à moi.

Sur le chemin du retour, de nouveau souriante, Fatou m'annonce le nom du plat qu'elle a l'intention de préparer. J'imagine une recette terriblement complexe à réaliser pour une ceinture noire de cuillère à spaghettis comme moi. Fatou me rassure immédiatement : je ne serai que son commis. Elle m'observe un instant et je lis dans son regard pétillant qu'elle a foi en moi. Je sais qu'elle a tort, mais elle ne le sait pas encore ! Elle va vite découvrir que lorsqu'il s'agit de cuisiner, j'ai deux mains gauches. La preuve est faite lorsqu'elle débite quatre courgettes avec précision et rapidité, alors qu'il me faut cinq bonnes minutes pour tailler deux tomates en rondelles. Je suis impressionnée par sa dextérité. Elle découpe, frit et assaisonne en un tournemain. Ses gestes semblent inspirés par l'amour de ce qu'elle fait et son visage tout entier respire le bien-être. Je ne peux pas en dire autant de moi. Je n'ai jamais apprécié faire la tambouille et, lorsque je me vois confier le découpage des oignons, je regrette sincèrement de ne pas m'être coupé un doigt deux tomates plus tôt. Pourtant, tout au long de ces préparations, je me laisse porter par la bonne humeur contagieuse de ma cheffe cuistot d'un jour. Son enthousiasme est communicatif et j'envie cette passion qui anime chacun de ses gestes.

Moins d'une heure plus tard, elle se penche au-dessus de la casserole et un large sourire illumine sa figure, faisant ainsi disparaître la fatigue de ses traits. Et moi, je me shoote aux parfums alléchants qui ont envahi la cuisine. La magie Fatou.

— Je suis claquée, déclare-t-elle en posant la spatule.

— En tout cas, tu rayonnes de bonheur ! Tu n'as jamais pensé à en faire ton métier ?

— Ce serait vraiment le summum, répond-elle, le visage de nouveau éclairé par l'engouement.

— À cœur vaillant, rien d'impossible ! lui soufflé-je avec un large sourire.

— Ce n'est pas le courage qui me manque, mais avec mes trois postes à temps partiel, je cours un peu.

— Je n'en doute pas.

— Et toi ? lance-t-elle en me regardant d'un air interrogateur.

— Moi quoi ?

— Tu comptes donner un nouveau tournant à ta vie ? Tu rêves de quoi ?

J'hésite à lui répondre. Ce n'est pas le moment pour les grands idéaux de carrière, alors que je n'y ai pas réfléchi quand Laurent m'entretenait et que j'avais le temps d'y penser. J'ai été à l'abri de la vraie vie pendant presque huit ans et désormais j'ai tout à reconstruire. Je dois remonter la pente et protéger mes enfants. C'est tout ce qui m'importe pour le moment. Aujourd'hui, je me ranime et, au lieu d'un tendre baiser, j'ai reçu une grande claque dans la figure. Ça secoue un peu.

À la lueur de cette réflexion, je prends conscience que je vais devoir m'armer pour montrer ma valeur et ne plus subir. Fatou me regarde avec tendresse. Je poursuis, mais ma phrase se perd dans un murmure.

— Mes réserves financières ne sont pas lourdes, je dois vite trouver un travail pour nourrir les enfants.

— Si ça devient trop compliqué, tu peux toujours te présenter à l'épicerie solidaire. J'y travaille certains matins, je pourrai t'inscrire.

Un signe de tête et un sourire forcé, il n'en faut pas plus pour qu'elle comprenne mon remerciement silencieux. Je ne pensais pas en arriver à ces extrêmes. Ma situation est précaire et je dois rebondir sans attendre. Le visage de Fatou exhale la sérénité et je lis dans son regard la confiance qu'elle place en moi. Elle m'a écoutée sans me juger et, maintenant, elle me transmet son énergie de lionne. Fatou, la femme guerrière qui se bat pour construire le royaume de sa famille. Un modèle de bravoure contemporaine qu'il me faut prendre en exemple.

Je suis plongée dans mes pensées quand je me souviens que mon téléphone a sonné dans l'escalier. Je m'excuse auprès de Fatou et m'empresse d'écouter le message. Une voix chaude et suave me chatouille le creux de l'oreille comme un coton-tige imbibé de miel : Tiffany. Elle m'informe que j'ai obtenu un droit de visite en détention provisoire le lendemain à 10 heures.

— Rien de grave ? m'interroge ma voisine.

— Non, je réponds après avoir marqué un temps de réflexion.

Comme un bonheur n'arrive jamais seul, cette opportunité se présente alors que ma voiture est en panne et que les enfants n'ont pas cours en raison d'une grève dans l'Éducation nationale. Avant de renoncer à cette visite pour raison technique, je pèse le pour et le contre : sans bagnole, je dois compter sur mon sens de l'orientation et sur mes capacités à maîtriser les transports en commun. Il faut également faire garder Arthur, et... C'est tout. Rien d'insurmontable. Pourtant, une boule se forme au creux de mon estomac. Je mesure la pertinence d'un tête-à-tête avec le père de mon fils. Je pourrai lui exposer ma façon de penser après avoir découvert l'ampleur de son mensonge, mais cela m'apportera-t-il quelque chose ? Le visage de mon petit garçon m'apparaît à ce moment-là. Et si j'y allais afin d'obtenir des réponses concernant ses intentions vis-à-vis d'Arthur ?

Les bras chargés de petits plats, j'accompagne ma voisine au centre social où sont regroupés le club des aînés, la banque alimentaire et d'autres associations. Le bâtiment est quelque peu défraîchi et les graffs qui couvrent les murs sont affreux. Je pense immédiatement aux créations de Valentin. Elles masqueraient parfaitement ces dessins hideux, et je suis sûre qu'avec d'autres gamins, il pourrait améliorer significativement l'esthétique des lieux. Je me surprends à chercher un nom ou un slogan pour cette idée :

La vie en couleurs...
Mets de la couleur dans notre vie...
La couleur en barre...

Je suis persuadée que cette initiative insufflerait un certain dynamisme au sein du quartier.

27

J'ai prévenu les enfants de mon absence sans leur en donner la raison. J'ai aussi précisé que, si je ne suis pas de retour pour le déjeuner, il y a tout ce qu'il faut dans le frigo. Direction la prison et Laurent. Après un trajet en bus interminable et les formalités pénitentiaires obligatoires, je me retrouve face au prévenu Meyer. Je suis arrivée ici pleine de rancœur et mue par la ferme volonté d'obtenir des réponses aux questions laissées en suspens à la suite de son arrestation, mais l'homme assis de l'autre côté de la vitre en plexiglas m'inspire de la compassion. Je remarque tout de suite qu'il a maigri et qu'il se tient légèrement voûté. Son teint blafard et les larges cernes sous ses yeux le vieillissent de dix ans. Je n'ai pas encore ouvert la bouche qu'il aboie froidement quelques mots qui me scotchent littéralement sur place.

— Qu'est-ce que tu veux ?

— Merci pour l'accueil ! Je ne m'attendais pas à une danse de la joie, mais là tu ne fais pas dans la dentelle. Tes nouveaux colocs font ton éducation ? répliqué-je du tac au tac.

— À ce que je vois, tu as travaillé ton humour. Pourquoi es-tu venue ?

Je l'observe sans répondre, pourtant toute une série de questions se bousculent dans ma bouche. Depuis les révélations de la police, je n'ai plus aucun doute sur son passé d'escroc. Mais cette tentative de fuite avant son arrestation m'interpelle plus que tout le reste. Avait-il vraiment prévu de partir sans Arthur, ou son plan était-il plus complexe que cela ? Serait-il venu le récupérer plus tard ou, pire, avait-il l'intention de le kidnapper ? Laurent me fixe d'un air mauvais, ce qu'il n'avait jamais fait avant cette arrestation. Est-ce sa véritable personnalité qui s'exprime maintenant ? Une facette de lui qu'il m'aurait toujours cachée car, après tout, je ne sais rien de lui... Quoi que je lui demande, qu'est-ce qui l'empêcherait de me mentir ?

Cette soudaine prise de conscience est un peu tardive, mais elle change tout. Désormais, le mieux que je puisse faire pour nous, c'est de le sortir définitivement de nos vies, et savoir qu'il va rester derrière les barreaux me rassure. C'est juste un escroc et il devra payer pour ce qu'il a fait aux autres.

— J'avais besoin de réponses, mais je crois que j'ai perdu mon temps.

— Bravo ! Tu comprends vite, mais il faut t'expliquer longtemps, réplique-t-il en applaudissant.

Je n'ai pas la force d'insister et me lève en silence. Lui et moi n'avons plus rien à nous dire.

— Attends, me demande-t-il d'une voix subitement fébrile. Comment va Arthur ?

Une sensation étrange de sécheresse m'envahit la gorge. Toujours assis, Laurent s'est redressé et ses mains sont posées à plat sur le plexi qui nous sépare. La porte n'est qu'à quelques mètres. Je pourrais très bien sortir sans lui répondre. Je l'observe un instant. Ses traits sont plus tendus qu'à mon arrivée. Même superficiel, son intérêt pour Arthur est palpable. Je ne lui ferai donc pas le plaisir de lui donner des nouvelles de mon enfant.

— Bien, dis-je en avalant ma salive.

— Il n'a pas posé de questions ?

— Non.

— Il m'a réclamé ?

— Non.

— Il n'apporte pas son doudou à l'école ?

— Non.

— Tu es sûre qu'il ne prend pas son Papa Ours à l'école ?

— Oui !

— Allez, c'est bon, casse-toi ! Je vois bien que tu ne me diras rien, lance-t-il en donnant un coup sur le plexi.

Je sursaute et fais un pas en arrière.

— Tu comprends vite, mais il faut t'expliquer longtemps.

Et toc ! Mon cœur tambourine et mes oreilles bourdonnent. C'est la première fois que je lui tiens tête de la sorte. Une sorte de fierté m'envahit, une peur profonde me tétanise aussi. Aujourd'hui sonne le début de ma brutale émancipation. Je tente, malgré mes jambes fébriles, de garder une certaine dignité en me dirigeant vers la sortie.

* * *

11 h 30 : les enfants Baron sont déjà sur le palier, prêts à aller se restaurer à l'extérieur, mais la garde du plus jeune pose un léger souci.

— On le laisse à Raymond, suggère Valentin.

— Non, il n'est pas là. J'avais aussi envisagé cette possibilité, lui répond Victoire en se rongeant un ongle comme à chaque fois qu'elle ne trouve pas une solution à un problème.

— Tu le gardes avec toi.

— Et pourquoi pas toi ?

— J'ai déjà le chien, je ne peux pas surveiller le nain en plus.

— T'as intérêt à être sage, sinon je t'enferme dans un placard, menace Victoire, interrompue par l'arrivée d'un SMS. Prends ta boîte à mots, on monte chez Darla.

La lycéenne accueille Victoire et son frère avec un large sourire. Sa mère étant en train de travailler dans le salon, elle les conduit dans sa chambre. La configuration de la pièce est identique à la leur, à un détail près : Darla vivant seule avec sa mère, elle a plus d'espace et surtout plus d'intimité que les enfants Baron-Meyer. La décoration est assez sobre : quelques posters de champions de karaté, des étagères sur lesquelles s'entassent des peluches et des poupées en porcelaine. On est loin de l'image qu'elle diffuse au lycée.

— T'as pas fait ton lit ? remarque Arthur en toute innocence.

— Arthur !

— Rhoo, ton frangin est vraiment trop mignon, s'exclame Darla en ébouriffant la chevelure du petit garçon.

— Il n'a surtout pas appris à tourner sa langue dans sa bouche avant de parler, répond Victoire en faisant les gros yeux à l'enfant.

— Maman répète toujours qu'il faut dire les choses, sinon on est frustré après, réplique-t-il d'un air très sérieux.

— Tu sais ce que ça veut dire, « frustré » ? s'étonne Darla.

— Non, mais ça fait mal au ventre !

— T'inquiète, trésor. Tu comprendras en grandissant, dit Darla en pouffant de rire. J'ai une faim de loup. Vous avez mangé ?

— Non, pas encore.

— Je peux vous proposer de grignoter un bout ici. Le frigo est plein.

— Ce sera toujours meilleur que ce que maman a préparé, affirme le garçonnet.

— Et c'est quoi ? questionne Darla.

— Pancakes épinards-gruyère avec du saumon, répond Victoire.

— Ah ! oui, quand même !

— À croire qu'elle s'achète une conscience culinaire, poursuit l'adolescente.

— Bougez pas, je vais chercher un plateau. On va pique-niquer dans ma chambre, et après ça, je m'occupe de ta tête, lance Darla en agitant une boîte attrapée sous son lit.

Victoire reconnaît immédiatement la teinture que la jeune fille tenait lors de leur première rencontre à la supérette.

28

Il est l'heure de déjeuner et la porte de notre appartement est fermée. Personne ne réagit, ni à la sonnette ni aux deux téléphones portables qui font office d'assistants numériques pour mes adolescents. Mes efforts culinaires n'ont pas dû rencontrer le succès escompté. Mais où sont-ils ? Je m'assois sur les marches pour réfléchir et, lorsque je réussis enfin à maîtriser mon inquiétude, c'est mon estomac qui crie famine. Je n'ai absolument pas envie de solliciter Djibril ni de courir après les doubles de clefs de chez moi qui traînent dans le quartier. Faute de pouvoir rentrer, mes borborygmes me poussent à monter chez Fatou. Personne non plus. C'est décidément mon jour de chance. Je lui envoie un SMS et elle me répond dans la foulée. Son fils Abdoulaye va m'ouvrir et je pourrai me servir dans son frigo en attendant son retour.

Il y a de quoi nourrir un régiment. Tous les Tupperwares recèlent une extraordinaire variété de mets. Des odeurs alléchantes s'échappent des boîtes, même refroidies. Je peine à choisir et finis par piocher au hasard. Mon futur déjeuner dans le micro-ondes, je piétine d'impatience devant l'appareil. Cinq minutes plus tard, alors que je me lèche les doigts, une idée me traverse l'esprit. Je récupère quelques plats et descends au rez-de-chaussée.

Yvonne m'ouvre la porte sans hésiter et j'entre avec mon chargement qui pèse une tonne.

— Faites comme chez vous !

— Bonjour, Yvonne. Vous avez déjà mangé ?

— Non, toujours pas. Le livreur est en retard.

— Installez-vous alors ! J'ai quelque chose à vous faire goûter.

La vieille dame m'obéit pour une fois sans broncher. En entrant dans la cuisine, je repère le micro-ondes et déballe le contenu de mon sac. J'ouvre quelques tiroirs et extirpe quatre assiettes dans lesquelles je verse une bonne cuillerée de chaque préparation.

— Pas d'allergies alimentaires ? l'interrogé-je.

— Pas que je sache, mais…

— OK, merci. Attention les yeux, j'arrive !

Incapable de reconnaître les plats que je viens de réchauffer, je les photographie pour en discuter plus tard avec Fatou. La pièce embaume, mais Yvonne demeure impassible lorsque les assiettes apparaissent sous son nez.

— Ne touchez à rien pour le moment !

Sous les yeux étonnés de la vieille femme, j'attrape la lampe posée sur le buffet et la frotte vigoureusement. Je réfléchis aux trois vœux qui changeraient ma vie, juste au cas où un génie viendrait à jaillir. Faut pas se louper, trois souhaits, c'est un peu court, surtout quand on hésite déjà le matin sur les chaussettes à enfiler.

— Vous faites quoi exactement ? m'interroge ma voisine d'un air suspicieux.

— Si on vous le demande, vous dites que vous ne savez pas. Mangez maintenant, ça va refroidir !

Yvonne fronce les sourcils et attrape sa fourchette. Je ne manque rien du mouvement du couvert jusqu'à ses lèvres. Cette première bouchée est capitale, car elle viendra déterminer tout le reste. Les quelques minutes passées chez Fatou à l'heure du repas m'ont donné une idée et l'implication d'Yvonne dans sa concrétisation me paraît plus qu'évidente. Elle est la candidate idéale : troisième âge, casse-pieds et exigeante. Le panel de consommateurs les plus difficiles à satisfaire. Elle ne laisse rien transparaître et prend le temps de tout savourer en piochant dans les différentes assiettes. Je soupire de soulagement lorsqu'une esquisse de sourire éclaire son visage.

— Ne me dites pas que c'est vous qui avez cuisiné ces délices ?

— Merci pour le compliment ! Effectivement, ce n'est pas moi qui les ai préparés, répliqué-je gaiement.

Objectif atteint, le poisson est ferré. Je jubile intérieurement.

— Ça vous plairait de manger comme ça tous les jours ?

— Demandez à un aveugle s'il veut voir ! Ce serait nettement meilleur que la bouffe infâme qu'on me livre et ça pourrait intéresser quelques copines.

Le mot « copine » dans la bouche d'Yvonne m'interpelle.

— Je fais partie d'un club de bridge…

Je réfléchis déjà au réel potentiel d'une amicale d'aînés et mes calculs me poussent à lui poser d'autres questions.

— Vous êtes combien ?

— Trente-deux.

— Ah ! oui, quand même !

— Les mois pairs.

Je n'ose pas lui demander les raisons de cette précision alors qu'elle poursuit.

— Bien manger mettrait un peu de gaieté dans nos vies car nous souffrons toutes du syndrome MJC et on va en crever.

— Traduction ?

— Syndrome de la Momie qui Joue aux Cartes.

Je manque d'éclater de rire, mais le sérieux du visage d'Yvonne m'en dissuade.

29

Pendant ce temps, Valentin arpente les rues du quartier, le chien en laisse. Alors qu'il s'apprête à retourner chez lui, l'adolescent aperçoit la silhouette de ses potes. Il tente de les interpeller, mais un sifflement anémique sort de sa bouche.

— Stilo ! finit-il par crier.

Les jeunes reviennent sur leurs pas. Mathieu s'approche de lui, sac à dos sur l'épaule et un skate sous l'autre bras.

— Salut frangin, qu'est-ce que tu fais ? lui demande-t-il en faisant un check.

— Je glande un peu. Vous allez graffer ?

— Ouais, ça te tente de venir avec nous ?

Le dogsitter opine tout en analysant l'équipée : Boubakar, Sofiane, Diego et Théo sont là, mais il y a aussi un nouveau visage. Ses traits sont camouflés par la capuche d'un sweat et son corps est emmitouflé dans des vêtements très amples.

— Alors magne-toi de ramener le chien chez toi, on bouge, répond Mathieu.

Une fois dans le logement, Valentin libère Narkos de son harnais et attrape un sac caché au fond de son armoire derrière une pile de vêtements. Il l'ouvre et vérifie son contenu : une demi-douzaine de bombes de coloris différents, des gants et un masque. Le sac sur l'épaule, il jette un coup d'œil dans le miroir avant de sortir. Le nouveau Valentin qu'il découvre lui plaît, surtout habillé de son jogging blanc, qu'il a acheté à l'insu de sa mère et qu'il n'a pas encore porté. Exit les codes vestimentaires des petits bourges de son ancien lycée. Ici, la cité lui offre la possibilité d'être plus en adéquation avec ce qu'il est au plus profond de lui. Ici, il va se révéler à lui-même et développer son art. De retour auprès de ses nouveaux potes, Valentin arbore un large sourire.

Le trajet se fait dans un silence quasi religieux. Après une vingtaine de minutes, le petit groupe dépasse une zone commerciale peu animée et continue sa route à travers champs. Alors qu'ils bifurquent sur un chemin de terre et marchent deux par deux, Valentin tente d'apercevoir l'inconnu qui ferme le convoi en duo avec Diego, mais le reste de la bande lui masque la vue.

— On arrive bientôt ? demande l'adolescent en croisant le regard de Mathieu.

— T'inquiète, tu vas en avoir pour ton argent, intervient une voix féminine.

Valentin s'immobilise de surprise, entraînant l'arrêt de la troupe entière. Il se retourne et tout le monde s'écarte pour lui permettre de découvrir l'auteur de ces mots. Le lycéen n'en revient pas. Capuche baissée, la fille se tient devant lui, large sourire aux lèvres, regard de braise et teint délicieusement mat. Il n'en faut pas plus à Valentin pour tomber sous le charme. La bouche ouverte, l'adolescent ne réagit pas au petit signe de main qu'elle lui fait. Les autres éclatent de rire.

— Valentin, je te présente Mélissa, ma cousine, dit Sofiane. Cousine qui est censée être actuellement chez mes parents avec ma sœur, reprend-il en fronçant les sourcils à l'intention de la jeune fille.

Les salutations faites, ils reprennent leur marche et arrivent dix minutes plus tard aux abords d'une série de hangars qui semblent désaffectés. Chacun prépare ses affaires, mais lorsque Valentin ouvre son sac, tout le monde vient contempler son matériel. Les bombes sont entassées les unes contre les autres et le visage de Mélissa s'illumine d'émerveillement quand elle les découvre. Il en profite pour mémoriser chacun de ses traits : des lèvres fines, des yeux de biche et un petit nez retroussé, tout est harmonie chez cette fille. Une idée est en train de germer dans son esprit.

— Téma, les frérots ! Le babtou nous sort son trésor de guerre, ironise Skwal.

— Petit-bourgeois ! lance Diego.

Le jeune Baron feint de ne pas entendre, mais ne peut s'empêcher de sourire. Dans son ancien établissement, on l'aurait traité de cassos. Ici, c'est plutôt l'inverse. Changement de quartier, changement de statut. Les doigts de Mélissa traînent sur la bombe couleur or. Valentin l'attrape et la lui tend. Elle le remercie d'un large sourire.

— Tu graffes depuis longtemps ? lui demande-t-il.

— Quelques mois, mais j'avais déjà les bases du dessin, répond-elle en se redressant avec fierté. Je n'ai pas spécialement beaucoup le droit de sortir, mais les gars m'ont prise sous leur aile et je m'entraîne avec eux.

Mathieu les interrompt.

— Allez les gars, on n'est pas là pour enfiler des perles ! Le changement de vigile, c'est dans deux heures.

— Y a un gardien ? s'alarme Valentin.

— T'inquiète pas, il dort en permanence. C'est un vieil alcoolique et ce n'est pas lui qui va venir nous déloger.

Valentin se met au travail sans perdre de temps et, une heure et demie plus tard, son œuvre orne le métal du hangar. Il s'est appliqué à retranscrire avec finesse le visage de Mélissa. Il y met un point final, sa signature en noir et rouge. Il dépose son matériel et fait quelques pas vers Théo qui termine son dessin floral.

— T'assures grave, mec !

— C'est clair que pour un borgne, j'ai mon style.

— Ce n'est pas ce que j'ai voulu dire.

— Je te charrie !

— Ça t'est arrivé comment ?

— Un glaucome. C'est une maladie du nerf optique. Un cas exceptionnel pour mon âge, mais je le vis bien. J'ai juste un peu moins la cote avec les filles. Contrairement à toi, mec, je crois que t'as une touche avec ton portrait.

Tandis que Mélissa s'approche de Valentin d'un pas félin, le jeune graffeur est hypnotisé par le regard de l'adolescente. Elle s'arrête si près de lui qu'il perçoit la chaleur de son corps.

— Ton graff est vraiment magnifique ! Je suis flattée. Personne n'a jamais dessiné mon portrait avant toi.

Valentin rougit.

— C'est un des plus beaux que j'aie jamais vus, poursuit-elle.

— En même temps, le modèle est superbe ! déclare-t-il d'une petite voix.

— C'est gentil ! T'es pas mal non plus, mais je ne suis pas aussi douée que toi.

— Tu rigoles ? Le tien est super chouette. Le trait de tes étoiles est vraiment délicat. Tu te débrouilles carrément bien, bégaie-t-il.

— Merci. Je vais l'appeler « Changer de ciel pour mieux voir les étoiles ».

— Pourquoi ce nom ?

— Des envies d'ailleurs…

— Pourquoi ? Tu habites où ?

— À Renaissance, comme toi.

Valentin la dévisage d'un air intrigué. Mélissa l'observe également, une étincelle taquine dans le regard. La jeune fille manipule une mèche de cheveux entre ses doigts et se mordille la lèvre inférieure. Son sourire et ses fossettes sont craquants et ses yeux tellement pétillants que le lycéen se sent fondre de plaisir en sa compagnie.

— Ça t'étonne que je sache ça ? Tu es une véritable attraction dans le quartier. Le nouveau dogsitter de Narkos.

— Tu connais Narkos ?

— Bien sûr ! C'est le chien de mon frère !

Cette dernière remarque résonne dans la tête de Valentin comme une alarme. Est-elle au courant que son frangin lui a confié une autre mission que celle de garder le clebs ? L'esprit de Valentin est perdu dans ses réflexions quand Mélissa dépose un baiser léger sur sa joue. La décharge électrique qui le parcourt à cet instant le laisse sans voix. Valentin a envie de sauter en l'air en criant de joie, mais il se contente d'afficher un sourire béat. Au même moment, des bruits de gravier foulé se font entendre. Une bouffée d'adrénaline traverse le corps de chaque participant.

Lorsque des silhouettes apparaissent dans leur champ de vision, Mathieu hurle sur sa troupe :

— Les flics ! On se disperse !

Valentin n'a pas le temps de réaliser, mais il obéit et emprunte une direction différente de celle des autres. Il court à en perdre haleine pendant cinq bonnes minutes avant de rejoindre une route de campagne. Ses jambes ne le portent plus et il s'écroule sur le dos pour tenter de reprendre son souffle. Le court moment de stress qu'il vient de vivre commence à s'évaporer, mais son cœur cogne contre sa poitrine et ses oreilles bourdonnent. Il peine à retrouver ses esprits. Tout s'est passé si vite. Il réfléchit à la façon de rentrer au quartier, quand il entend une voiture s'arrêter à proximité. Un uniforme bleu en descend. Puis un autre...

30

Un déjeuner sur le pouce et une teinture plus tard, Darla et Victoire décident de se rendre au centre commercial. Victoire s'est débarrassée de son colis encombrant en lui donnant une consigne : s'il se tient sage tout l'après-midi et qu'il ne dit rien à personne, il aura droit à une glace et un paquet de bonbons.

Alors qu'elles patientent à l'arrêt de bus, le duo de choc croise une fille en talons hauts, veste et mini-jupe cuir. Elle se déhanche en marchant et Victoire la détaille sous tous les angles tandis qu'elle s'éloigne. Darla remarque immédiatement que sa copine est hypnotisée par cette présence.

— Elle t'intéresse ?

— Non, j'aimerais juste être aussi jolie qu'elle, déclare Victoire.

— D'une, t'as une meilleure tronche avec ta nouvelle couleur, ironise Darla. Et de deux, elle est vulgaire habillée comme ça. Tu mérites mieux.

L'adolescente jette un coup d'œil à son reflet dans la vitre de l'Abribus et passe une main dans ses cheveux. Darla n'a raison que sur un point : cette transformation modifie déjà le regard que la jeune fille porte sur elle-même. Elle sourit un bref instant avant de se refermer.

— Je ne suis pas un canon de beauté et j'ai au moins cinq kilos en trop. Va falloir que je brûle quelques calories, ajoute-t-elle.

— Oui, c'est vrai qu'on a déjà vu des baleines plus minces que toi.

Interloquée, Victoire regarde sa camarade dont le visage se fend d'un large sourire.

— Arrête, t'es belle comme un cœur. Le seul truc que tu dois brûler, c'est ta panoplie de Dracula.

La cadette des Baron baisse la tête pour se concentrer sur ses chaussures. Il est vrai que cet épisode n'est pas le plus glorieux de son existence. C'était la première fois qu'elle sortait ces vêtements ; ils sont dorénavant rangés sous son lit dans une valise et ne sont pas près d'en ressortir.

Darla consulte les horaires avant d'annoncer quelques minutes d'attente. Le programme est simple : gagner le centre commercial pour faire du lèche-vitrine et déterminer un style vestimentaire pour Victoire. Les ambitions de la lycéenne sont tout à fait louables, mais Victoire ne se sent pas prête à assumer une autre métamorphose. Son amie, déjà très fière d'être à l'origine de cette nouvelle couleur, ne cesse d'exposer ses maigres connaissances en matière de mode. Ce rôle lui plaît plus qu'elle ne s'y attendait. Victoire change de conversation pour apaiser la tension qu'elle sent monter en elle.

— Mme Rossignol, la prof de musique qui habite dans l'immeuble, elle bosse aussi au bahut ?

— Oui, mais elle fait cours aux secondes.

— Tu l'as eue ?

— Ouaip.

— Et elle est comment ?

— Plutôt sympa. Elle s'ambiance plus que toi !

— Pourquoi tu dis ça ?

— Bah, tu ne frôles pas le fou rire tous les jours, répond Darla sur un ton ironique.

— Désolée, y avait plus de clown au p'tit déj, se défend Victoire d'un air crispé.

— T'es marrante quand tu veux, s'esclaffe Darla.

La lycéenne plante ses yeux dans ceux de Victoire et son petit nez mutin parsemé de taches de rousseur se plisse. L'espace d'un instant, elle donne l'impression de vouloir dire quelque chose, mais elle se ravise. Le bus entame sa manœuvre pour se garer et les deux filles prennent place à l'arrière, accompagnées du silence qui s'est installé entre elles. Victoire se colle près de la vitre et laisse son regard se perdre dans le paysage urbain. Darla sort des écouteurs Bluetooth et Victoire ne s'en offusque pas. Habituée à la solitude et à l'absence de partage avec les individus de son âge, elle s'étonne même que l'adolescente ne l'ait pas fait plus tôt. Mais lorsque Darla lui en tend un après avoir glissé l'autre dans son oreille gauche, sa surprise est palpable.

— C'est quoi ?

— De la musique sophro. Vu l'état de stress que tu te traînes en permanence, je pense que ça ne te fera pas de mal !

La jeune Baron accueille cette remarque sans broncher, consciente que Darla l'a percée à jour derrière les murs de faux-semblants qu'elle a érigés autour d'elle. Un chagrin venu du plus profond d'elle-même la submerge et, sans qu'elle ait le temps de la retenir, une larme roule sur sa joue. Personne n'avait jamais cherché à la comprendre à ce point. Personne ne s'était jamais autant soucié d'elle. D'une main, Darla essuie le visage de sa camarade et dépose un baiser délicat sur ses cheveux. Elle interroge Victoire sur son ancienne vie. Hormis ses déboires avec Garance, Victoire ne lui cache rien. Après quinze minutes de discussion, sa voisine revient sur le sujet Mme Rossignol.

— Pourquoi tu posais des questions sur la prof de musique ?

— Je me remettrais bien à la musique.

— Tu joues de quel instrument ?

— Piano. Ça me plairait de reprendre. Faut que je voie combien coûteraient des cours particuliers. Je fais un peu de baby-sitting, ça pourrait faire la jonction.

— T'es comme ton frère ?

— Comment ça ?

— Prête à faire n'importe quoi pour gagner de la thune !

— Le baby-sitting, c'est pas n'importe quoi et c'est moins pénible que de garder un clebs.

— Sauf qu'Amir paie super bien quand il te confie un taf. C'est le caïd du coin.

— T'as déjà bossé pour lui ?

— Oh ! non ! Il est loin d'être clean et Djibril me tuerait si je faisais ça. Il n'est pas connu pour être un philanthrope. C'est une grande gueule qui frappe facilement.

— Valentin ne fait que garder un chien. Je ne vois pas en quoi ça pose problème !

— Ton frère ne fait pas que ça. Il joue les nourrices pour lui.

— Comment ça ?

— Les mecs qui dealent ont tout un système de planques dans les quartiers qu'ils appellent des nourrices.

Le visage de Victoire se ferme. Consternée par ces révélations, elle ne répond pas. Les décisions de son frère lui paraissent impénétrables. Elle a beau savoir que Valentin est impulsif et que sa passion du graff le tient aux tripes, elle aimerait quand même qu'il parvienne à conserver un minimum de jugeote, car ce ne serait pas la première fois que ce grand crétin se jetterait en toute inconscience dans les ennuis. Fréquenter Garance en était sans conteste un exemple des plus flagrants. Elle secoue la tête comme pour chasser ces idées de son esprit.

Une fois arrivées, elles déambulent dans les allées et s'arrêtent devant les différentes boutiques. Après plusieurs minutes d'inspection, Darla choisit un magasin de trois étages vendant des habits et des bijoux.

— T'es prête pour faire du shopping ? demande-t-elle en se frottant les mains.

Victoire se dirige d'emblée vers le rayon vêtements. En passant en revue les allées, elle se rend compte que sa maigre garde-robe est loin d'être tendance. La lycéenne n'a jamais prêté une véritable attention à son style vestimentaire, mais brusquement elle semble y voir un début d'explication sur l'exclusion qu'elle a subie depuis son entrée au lycée. Sa nouvelle couleur de cheveux est sans doute l'occasion d'évoluer vers quelque chose de différent. Il est peut-être temps de changer, finalement, se dit Victoire en choisissant un tee-shirt que sa copine lui fait reposer aussitôt.

Darla sélectionne des articles et invite sa camarade à la suivre dans les cabines d'essayage. Pas convaincue par les vêtements dont les bras de sa camarade sont chargés, Victoire acquiesce malgré tout et passe en revue les tenues choisies par sa comparse. Elle finit par enfiler un tricot de lin et un minishort en simili cuir. Même constat que d'habitude : hanches trop larges, cuisses trop grosses et petit ventre qui refuse de voir le dernier bouton se fermer. Avant d'affronter l'épreuve de la glace, elle ferme les yeux, se concentre sur sa respiration et pose une main sur son abdomen. À quelques pas derrière le rideau, son pire ennemi se trouve là, face au miroir. Depuis des années, son reflet la met mal à l'aise, mais cette fois, devant l'insistance de Darla, elle se regarde avec plus d'attention et se surprend à trouver que ça ne lui va pas si mal.

— La bombasse !

— Va chez l'ophtalmo, Darla ! Je ne suis pas assez bien gaulée pour m'habiller comme ça.

— Tu ne devrais pas laisser un bout de tissu te dicter ce que tu penses de ton corps.

— Un peu quand même.

— J'ai bien compris que tu ne t'aimais pas physiquement, mais faut que tu te dises que certaines coupes ne vont pas à tout le monde. Perso, je trouve que celui-ci te met bien en valeur... Tu devrais me croire !

— Tu prends combien pour la thérapie ? Parce qu'entre toi et les vêtements, je n'aurai pas assez pour payer !

— Avec toi, les séances sont gratuites et pareil pour le reste, répond Darla en arrachant discrètement les étiquettes des articles.

Victoire écarquille les yeux tandis que sa copine coupe avec un ciseau les antivols avant de glisser les habits dans son sac.

— Tiens, c'est cadeau !

— On va se faire gauler, balance Victoire en observant les alentours à la recherche d'un vigile.

— Panique pas, c'est la relève ! Ils prennent le thé à cette heure-là. Balise pas comme ça, t'as jamais tiré des trucs ?

— T'as cru que j'étais une débutante ?

Une réponse qui sonne faux, mais pas question de décevoir Darla. Si c'est le prix à payer pour briller à ses yeux et s'en faire une amie, elle est prête à ce sacrifice, même si l'idée la stresse au plus haut point.

Inquiète, elle remarque des mouvements au sein de l'équipe de sécurité. Ils échangent dans leurs talkies tout en avançant dans leur direction. Persuadée qu'ils parlent d'elles, Victoire lance un regard paniqué à Darla. Les lèvres de la jeune fille bougent, mais les battements de son cœur résonnent si fort dans sa tête que Victoire n'entend pas ce qu'elle dit. L'angoisse lui coupe la respiration et de grosses gouttes de sueur perlent sur son front. L'espace commence à tourner autour d'elle et ses jambes donnent l'impression de vouloir se dérober. Darla, qui s'est rendu compte de son malaise, l'attrape par le bras et la tire en avant.

— Viens, on dégage !

Un léger haut-le-cœur secoue Victoire quand elles passent les portiques de sécurité. Elles se fondent aussitôt dans la foule, disparaissant aux yeux des vigiles. Darla entraîne sa camarade au bout de la galerie et s'enferme avec elle dans les toilettes réservées aux handicapés pour lui donner le temps de souffler et de reprendre quelques couleurs.

— Ça va ? Tu m'as fait flipper, ma vieille ! s'exclame-t-elle.

— J'ai eu tellement peur ! Je ne veux plus de ça, répond Victoire en tapant la porte du poing. J'en ai tellement marre d'être toujours terrifiée. Je ne veux plus être cette fille. Celle qu'on pointe du doigt en rigolant. Celle qu'on méprise sans raison, poursuit-elle alors que les larmes coulent sur son visage. Celle qu'on pousse contre les casiers quand on la croise, histoire de faire rire les autres. Celle qui mange seule tous les midis, car personne ne veut être vu en sa compagnie. Je ne veux plus avancer le regard baissé. Je ne veux plus être le souffre-douleur de qui que ce soit et je ne veux plus avoir peur de quoi que ce soit, proclame-t-elle d'une voix vibrante.

Darla l'observe, intriguée. En l'espace de vingt minutes, Victoire s'est littéralement métamorphosée. Drapée d'une nouvelle cape de confiance, elle vient d'énumérer une liste de certitudes qui sonne comme un hymne à un courage inédit.

— Je veux marcher la tête haute et le pas assuré, conclut-elle en sortant des toilettes pour se diriger vers un nouveau magasin sans attendre sa copine.

31

Je croise Fatou en bas de l'immeuble et lorsqu'elle me propose de rencontrer sa cousine, je n'ose décliner devant son sourire radieux. L'intégration, c'est maintenant ! Nous passons devant de jeunes garçons qui réparent des vélos sur le trottoir. Surpris par mon duo avec ma voisine, ils s'interrompent pour nous observer. Rien de méchant, mais je suis tout de même gênée. J'ai la désagréable impression d'être une bête de foire qu'on scrute sous tous les angles. Quelques mètres plus loin, les haut-parleurs d'une Golf garée crachent les basses sourdes d'une playlist de rap. Deux jeunes sont assis sur le capot. Un autre est appuyé sur la portière arrière et les deux derniers sont installés à l'intérieur du véhicule. Ils nous fixent tandis que nous avançons. Fatou les salue alors que je baisse le regard, intimidée. Au premier abord, ils ont l'air beaucoup moins sympathiques que ceux que nous avons aperçus auparavant. Les secondes qui suivent me donnent raison : un sifflement dans notre dos m'invite à me retourner et je vois deux des garçons agitant leur langue à mon attention. Les autres lascars s'esclaffent. Cela ne dure que quelques secondes, mais c'est déjà trop long pour que Fatou ne s'en rende pas compte. Elle fait demi-tour dans ses babouches et fonce sur le groupe comme un épervier sur une proie.

— Karim, Zachary, Johnny, Ruben, Noah ! Vous n'avez pas honte de manquer de respect à mon amie ? aboie-t-elle en pointant un index menaçant dans leur direction.

Impressionnée par le ton autoritaire de Fatou, j'observe la scène les yeux écarquillés. Les deux types à l'intérieur de la voiture s'en extraient tandis que leurs collègues se redressent. Je prends alors conscience du danger. Ma voisine a l'air d'un gnome à côté de ces géants, pourtant elle ne recule pas. Mon cœur s'emballe et une vague de peur me tétanise. Je n'ai pas le tiers du courage de cette femme et, à sa place, j'aurais laissé couler. Je crains le pire. Ils vont la frapper et je vais rester figée sans pouvoir l'aider. Pourtant, la tête rentrée dans les épaules, ils répondent en chœur.

— Pardon, mama Dioma.

— C'est ça que vos mères vous ont appris ?

— Non, mama Dioma !

— Vous mériteriez que je vous botte l'arrière-train, ajoute-t-elle avec un accent africain plus prononcé qu'à la normale. Allez faire du bruit ailleurs !

Alors que les jeunes s'engouffrent à l'arrière de la voiture qui démarre sur les chapeaux de roues, Fatou me regarde d'un air intrigué.

— Qu'est-ce qui t'arrive ? Tu es toute pâle.

— J'ai cru qu'ils allaient s'en prendre à toi parce que tu leur tenais tête.

— Ils ne sont pas méchants. Ce sont juste des gamins.

— Oui, mais quand même !

— Tu regardes trop le journal télévisé, ma pauvre. Tous les jeunes de la cité ne sont pas des délinquants.

— Tu vas bientôt me dire qu'il n'y a aucun trafic, aucune violence dans les quartiers ?

— Bien sûr que non ! Il y a des caïds dans le coin, mais il ne faut pas les confondre avec les gamins qui traînent dans les rues. La plupart du temps, ces mômes s'ennuient et étant donné qu'ils ne peuvent pas se réunir dans les logements trop petits, ils font des bêtises dehors.

Devant mon air peu convaincu, elle poursuit son argumentaire.

— J'ai vu grandir la plupart des enfants de ce quartier. Ils se donnent un genre. Ils parlent fort et imitent les caïds pour imposer le respect. Mais ils causent surtout des problèmes de voisinage et exaspèrent les habitants.

Elle n'insiste pas face à mon silence et nous poursuivons notre chemin. Quelques rues seulement me séparent de mon appartement et pourtant j'ai la sensation d'être dans un quartier complètement différent. Pour preuve, une carcasse de voiture brûlée traîne au milieu du paysage d'ordures qui s'entassent devant les conteneurs. Fatou m'indique du doigt l'endroit où nous devons nous rendre. J'aperçois Djibril sortir de l'immeuble voisin et faire signe à un jeune vautré sur son scooter. Celui-ci descend de son engin et approche d'une démarche chaloupée en jetant des coups d'œil à droite et à gauche. Mon proprio lui confie une enveloppe d'une épaisseur conséquente. Le gars siffle son acolyte qui guette l'horizon et ils enfourchent le deux-roues avant de disparaître en quelques secondes. Djibril s'adresse ensuite à deux autres types, qui le saluent d'un respectueux signe de tête. Il tapote sur son smartphone et curieusement le mien sonne quelques secondes plus tard.

Merci pour les clefs dans la boîte aux lettres,
mais vous auriez pu monter...

À plusieurs mètres de distance, je devine qu'il étudie ma réaction et j'imagine déjà la lueur d'amusement qui doit enflammer ses pupilles. Que ce type m'énerve ! Je n'ai pas la tête à me retrouver seule avec lui. Pour le cadeau, on verra un peu plus tard. Je m'engouffre dans l'immeuble à la suite de Fatou et savoure la chance que nous avons eue de ne pas atterrir dans un bâtiment comme celui-ci. Faudra que je pense à envoyer une carte de remerciements à maître Van Offen. Nous grimpons quelques marches supplémentaires dans cette cage d'escalier aux graffitis hideux et ma voisine appuie sur une sonnette. Lorsque la porte s'entrouvre, des notes de musique africaine ainsi que des odeurs aussi alléchantes que chez Fatou s'échappent de l'appartement. Je fixe la jeune femme qui se tient dans l'entrebâillement. La trentaine, la peau d'ébène, de longs cheveux tressés, une fine silhouette parée de vêtements très colorés. Les cernes qui soulignent son regard traduisent une profonde fatigue, pourtant sa mine joviale est engageante.

— Ah ! cousine Fatou ! Entre, je t'attendais.

— Cousine Philomène, je suis venue avec une voisine.

— Entrez toutes les deux, répète-t-elle en s'écartant. Harry, baisse la musique ! On ne s'entend pas parler.

Je suis Fatou à la semelle et en pénétrant dans l'espace salon-salle à manger, j'en prends plein les yeux : sur tous les murs, un patchwork aussi bariolé que les habits de la locataire, des statuettes et des masques si nombreux qu'on se croirait dans une exposition d'art africain, et un large canapé capable d'accueillir la famille Jackson au grand complet. Elle m'invite à m'y installer quand une ribambelle de gamins font irruption dans la pièce – voilà qui m'éclaire sur les raisons du surmenage de Philomène.

— Les enfants, on a de la visite, annonce celle-ci. Soyez gentils et ne faites pas trop de bruit.

— Bonjour, madame, s'exclament les bambins en chœur.

— Vous voulez boire quelque chose ? me demande l'aîné qui ne doit pas avoir plus de douze ans.

— Euh, oui merci ! Un café, s'il te plaît.

— C'est moi qui le prépare ! lance une fillette coiffée de deux nattes comme la petite dernière de Fatou.

Une voix se manifeste, puis une autre, et voilà que tous les enfants se disputent l'honneur de me concocter cette boisson. Tant d'agitation me donne le tournis. Philomène met un terme à cette chamaillerie en précisant qu'elle sera la seule à toucher la machine à expresso. La troupe est renvoyée dans la partie nuit du logement et brusquement le niveau sonore descend de quelques décibels, au grand soulagement de mes tympans. C'est alors que je la remarque : une vieille dame, tout de noir vêtue. Elle est installée dans un large fauteuil derrière la table de la salle à manger et me dévisage. Ses traits ressemblent à ceux d'une momie. Quel âge peut-elle bien avoir ? Philomène revient avec un plateau garni de boissons et de quelques gourmandises et dépose le tout devant nous. Fatou désigne l'aïeule du menton et demande de ses nouvelles à Philomène. La vieille n'a toujours pas bougé d'un pouce. Ses yeux posés sur moi, sans cligner des paupières, me mettent mal à l'aise. L'espace d'un instant, j'ai même l'impression qu'elle est morte. Les deux mères entament une discussion la concernant et je comprends alors qu'elle est non seulement aveugle, mais aussi atteinte d'une forme sévère de rhumatismes. Brusquement, un râle s'échappe de sa gorge et me fait sursauter. Philomène pose une main sur mon épaule comme pour me rassurer.

— Ne t'inquiète pas, elle veut juste attirer l'attention pour qu'on s'occupe d'elle.

Elle prononce quelques mots dans une langue étrangère et la vieille femme cligne lentement des yeux pour montrer qu'elle a saisi. Philomène se tourne vers sa cousine avec gravité.

— Tu lui en as parlé ? lui demande-t-elle.

— Non, ce n'est pas à moi de lui expliquer.

Le début de cette conversation m'interpelle, puisque je comprends que je fais partie de l'équation.

— Je présume que c'est à moi que vous devez expliquer quelque chose ?

— On ne peut rien te cacher ! rétorque Fatou malicieusement.

Ce changement d'atmosphère me souffle que nous passons aux choses sérieuses.

— Philomène a quelques soucis et elle n'ose pas se faire aider.

Soucis, aide, impression de quémander : un cercle vicieux qui me rappelle ma propre situation. Je prends une grande inspiration et me tourne vers la jeune femme.

— Si je peux t'assister de quelque manière que ce soit, je le ferai. Faut juste pas me demander de l'argent, parce que je suis un peu ric-rac en ce moment.

— Comme nous tous ! rigole Fatou.

— Loin de moi cette pensée. J'ai reçu une lettre ce matin et je ne comprends pas de quoi ils parlent.

— Ça vient de qui ?

— Je ne sais..., commence Philomène en baissant les yeux.

— Tu peux lui dire, elle ne va pas te juger, la rassure Fatou avec douceur.

Ma tête oscille entre ma voisine et sa cousine.

— Eh, les filles, vous commencez à me faire peur ! Que se passe-t-il ?

— Ce que Philomène hésite à te dire, c'est qu'elle...

— Je ne sais pas lire, intervient celle-ci en redressant timidement le visage, et mon mari non plus. Ce sont les enfants qui nous aident dans la vie de tous les jours.

— Oh ! lâché-je, surprise.

Cette confidence a dû demander un effort à cette jeune femme honteuse de son analphabétisme. Fatou pose une main sur son avant-bras et la caresse doucement. Les barrières tombent et je me rends compte que je suis comme elle, une mère en souffrance qui tente de faire au mieux pour sa famille, avec des loupés plus ou moins acceptables ou des conditions aggravantes.

— Ne t'inquiète pas, dis-je. Chacun a son parcours de vie et je suis mal placée pour te juger. Comment puis-je t'aider ?

Elle se lève et attrape une enveloppe.

— Nous avons eu des soucis financiers quand mon mari a été au chômage et, tous les mois, nous versons un montant pour régler notre dette. Hier, j'ai reçu cette lettre, dit-elle en me tendant deux feuilles.

Nous ne comprenons pas et je n'ose pas appeler. J'ai tellement peur que ce soit une somme qu'on nous réclame, conclut-elle en ravalant un sanglot qui s'est invité dans sa gorge.

Je ne réponds rien et me plonge dans la lecture du papier émanant du tribunal de proximité. Je conçois le désarroi de Philomène, car ce n'est absolument pas clair. Le titre mentionne : « État de répartition », des chiffres y sont notés sans aucune explication. Le texte de loi qui figure en bas de page est obscur ; il y est précisé que l'acte peut être contesté dans un délai de quinze jours à compter de la date de sa notification. Je sens que les deux femmes attendent un décryptage de ma part, mais n'ayant rien compris moi-même, je n'ose pas relever la tête.

— T'en penses quoi ? me demande Fatou alors que je suis en train de me gratter le front.

J'hésite un instant, puis je prends une grande inspiration avant de soupirer :

— Pas grand-chose à vrai dire ! Je crois que le plus simple est que je passe un coup de fil au tribunal. On sera plus vite renseignées, tenté-je de rassurer mon hôtesse dont les yeux commencent déjà à s'humidifier.

Fatou acquiesce. Je sens que la partie ne va pas être simple, j'espère juste que ça sera plus facile que l'obtention du laisser-passer A38 dans la maison qui rend fou des *Douze Travaux d'Astérix*. J'attrape mon portable et compose le numéro sans plus attendre. Une dizaine de sonneries plus tard, quelqu'un décroche. Une voix féminine pleine d'entrain. J'expose le cas à mon interlocutrice et, à ma grande surprise, elle me transfère à une personne qui m'explique immédiatement. Tandis que je l'écoute, je remarque l'anxiété croissante de Philomène : ses pieds ne cessent de bouger et elle se tord nerveusement les mains. Je lui adresse un petit signe avec le pouce pour lui faire comprendre que ça se passe bien. Je m'empresse de raccrocher pour rassurer la jeune mère de famille :

— Tout va bien. Ce document n'a aucune incidence.

Face aux yeux écarquillés de Fatou et sa cousine, je reformule mes propos.

— Ce papier n'est pas une menace. Il s'agit juste d'un relevé qui comptabilise tous les versements que vous faites mensuellement.

— C'est la première fois que j'en vois un.

— C'est ce que m'a expliqué l'employée. Leur nouvelle collègue fait du zèle depuis son arrivée il y a deux mois et elle adresse ce relevé à toutes les personnes qui versent de l'argent à un créancier dans le cadre d'une procédure judi...

Je n'ai pas le temps de poursuivre ma phrase : Philomène se met à pleurer de soulagement. Elle se lève et me serre tellement fort dans ses bras que j'étouffe presque. Je suis heureuse d'avoir pu être utile à cette famille, mais cet élan me met mal à l'aise car mon côté tactile se limite essentiellement à mes proches. Je n'ose pas poser mes mains sur elle. Quand elle finit par me lâcher, la vieille émet un grognement d'outre-tombe qui me fait sursauter.

— Oui, mama. On va s'occuper de toi ! Bonheur, Monique, faites chauffer de l'eau.

Les enfants obéissent sans broncher. D'un coup, j'ai l'impression d'être passée à côté de quelque chose dans l'éducation des miens. Je devrais les lui laisser en stage, qu'ils apprennent la bienveillance et le don de soi ! J'observe le ballet des gosses : le garçon récupère la bassine d'eau dans laquelle les pieds de la vieille femme reposaient tandis que la fillette, d'une dizaine d'années, essuie les jambes de sa grand-mère.

L'organisation de ces deux gamins m'impressionne et me fait penser qu'il serait temps que je m'inquiète de ce que les miens sont en train de faire. Je bondis de mon fauteuil sous l'œil surpris de Fatou, mais mon mouvement est tellement soudain que je perds l'équilibre et percute le fils de Philomène. La bassine d'eau qu'il tient se renverse entièrement sur moi. Le garçon se répand en excuses pendant que je me débats avec mes vêtements trempés.

— Oh ! je suis désolée, s'exclame Philomène. Bonheur, va chercher des serviettes !

— Enlève vite ta tenue, intervient Fatou.

— Je ne peux pas me déshabiller comme ça !

— Il y avait un produit dans l'eau…

Je retire aussitôt mon haut et entreprends de me défaire de mon pantalon. Lorsque Bonheur revient avec des serviettes, Fatou se place devant moi pour me cacher à sa vue et me tend de quoi m'essuyer.

— Il faut qu'elle se douche ! lance Philomène.

— Ce n'est pas nécessaire, dis-je.

— Je crois que si, au contraire. Ce produit est censé ronger les petites peaux. Il ne faut pas prendre de risques.

Je ne suis pas persuadée d'avoir réellement envie de défiler dans l'appartement en sous-vêtements, mais les deux femmes ne me laissent pas le choix et me traînent jusqu'à la salle de bains. Dix minutes plus tard, entièrement rincée, je me glisse dans les vêtements que Philomène a déposés à mon intention : les motifs wax de carrés jaunes sur fond zébré ne siéent pas à mon teint et, malgré les compliments qui fusent, je quitte la pièce en ayant l'impression d'être complètement ridicule. La sonnerie de mon téléphone retentit dans mon sac à main et j'espère fortement que ce soit un de mes enfants.

32

Il aura suffi d'un mascara et d'un rouge à lèvres pour que Victoire soit interpellée par les vigiles du magasin. Les vêtements retrouvés dans son sac ont complété la liste pour un aller simple au commissariat. Darla a eu la chance d'éviter la honte d'être accompagnée par une escorte policière en dehors du centre commercial. En revanche, elle a assisté à toute la scène, puisqu'elle attendait sa copine à la sortie de la boutique.

La policière invite la jeune fille à entrer dans une petite pièce. Elle y découvre un bureau, cinq chaises et... son frère. Qu'a-t-il fait pour atterrir ici lui aussi ? Elle le considère comme si elle le voyait pour la première fois. Son survêtement blanc et ses baskets bleues lui donnent l'air d'une petite racaille. Manque plus que la casquette à l'envers. Sous le regard inquisiteur de Valentin, Victoire prend place à côté de lui face au bureau.

— Depuis quand tu as les cheveux rouges ? lui lance-t-il.

— Depuis quand tu traînes en jogging ? rétorque-t-elle.

— T'es pas la seule à avoir des fringues mystères, répond-il en croisant les bras.

— T'as fait quoi pour te retrouver ici ? lui demande-t-elle d'une voix plus posée.

— J'étais en train de taguer avec mon groupe et je me suis fait gauler.

— Avec de la drogue ? chuchote-t-elle.

Le jeune homme ne répond pas. Un silence que sa sœur interprète comme un oui.

— Mais merde, Valentin ! Tu as déjà eu des soucis et ça ne te freine pas ! T'es mineur, garçon, je te rappelle. C'est maman qui va trinquer pour ton bordel. T'as pensé à Arthur ?

— Quoi, Arthur ?

— T'as envie qu'on lui en retire la garde parce que son grand frère s'illustre dans le trafic de drogue ?

— Je deale pas, je te signale ! Et toi ? Tu t'es vue, sœur Teresa ? C'est pas en offrant des biscuits aux pauvres que t'es arrivée ici.

La mâchoire serrée, elle fusille son aîné du regard et s'apprête à lui répondre lorsqu'un officier entre dans la pièce et s'assoit en face d'eux.

— Dans la famille Baron, je voudrais le frère et la sœur ! Bonne pioche, ironise-t-il. Je demande maintenant la mère.

Il se relève, jette un coup d'œil à sa montre et se dirige vers la porte.

— Elle ne devrait pas tarder ! Je vais me chercher un café. Pas de bêtises en attendant, les enfants !

Victoire se met à ronger nerveusement l'ongle de son pouce. Ses années d'enfant sage ont brusquement été balayées par quelques heures de rébellion adolescente : une teinture de cheveux et un vol dans un magasin. Comment sa mère va-t-elle réagir ? Elle va sûrement la haïr d'aggraver ses problèmes.

La jeune fille suppose qu'elle la privera de sorties jusqu'à sa majorité et confisquera son portable, comme elle l'avait déjà fait avec Valentin. Victoire sent le début de la fin de sa toute nouvelle vie sociale. Pourquoi a-t-elle fait ça ? Elle jette un coup d'œil à son frère qui ne semble pas nerveux pour un sou. Cet idiot n'a pas l'air de se rendre compte de la gravité de la situation. Heureux les simples d'esprit. Elle contemple le sang qui perle le long de son ongle rongé jusqu'à la chair. Une fois de plus. Elle sort un mouchoir en papier de sa poche et enroule son doigt dedans. Manquerait plus qu'elle tache ses vêtements. Une larme roule sur son visage et, au même moment, Valentin passe un bras autour du cou de sa sœur pour l'attirer contre lui. Attendrie, elle l'embrasse sur la joue et lui souffle :

— Je t'aime, grand frère !

* * *

Il ne s'agissait pas d'un, mais de mes deux adolescents. Une femme m'a prévenue qu'ils avaient été arrêtés. Elle n'a pas voulu me donner les motifs au téléphone. Lorsque j'ai annoncé la nouvelle à Fatou et à sa cousine, un bunker de compassion et d'humanité s'est mis en place autour de moi en quelques secondes. Elles m'ont d'abord laissée pleurer avant d'essuyer mes larmes et d'apaiser mes inquiétudes. Philomène a contacté son beau-frère Magloire, chauffeur de taxi. En cinq minutes, il était en bas de l'immeuble et je devenais sa course la plus sérieuse de la journée. J'ai quitté le bâtiment, vêtue du boubou africain, et me suis engouffrée dans son véhicule sous le regard intrigué des voisins et autres passants dans la rue. Encore de quoi égayer leur quotidien.

Magloire essaie de détendre l'atmosphère, mais je suis rongée par l'inquiétude et complètement hermétique à ses tentatives de discussion. Arrivée à destination, j'attrape mon portefeuille pour le payer, mais il refuse.

— Les amis de la famille, c'est un peu la famille.

— Merci, murmuré-je, au bord des larmes.

Abasourdie par une telle sollicitude, je suis incapable d'en dire plus, mais je lis dans son regard qu'il comprend mon désarroi. J'ai du mal à respirer normalement tant les sanglots s'accumulent au creux de ma gorge. Il quitte sa place, fait le tour de son véhicule pour m'ouvrir la porte et me tend la main pour m'aider à descendre. Ce geste qui en dit long sur l'homme et son sens des valeurs m'émeut profondément. Trois Africaines vêtues de tenues traditionnelles me jettent un coup d'œil amusé alors que j'entre dans le commissariat. En d'autres circonstances, j'aurais ri avec elles de la situation, mais à cet instant mon sens de l'humour est aux abonnés absents.

La file d'attente devant le bureau d'accueil est importante. Quelques personnes se retournent sur moi dès que je m'approche. Les mines sont blasées et les regards éteints. Je remarque que mon arrivée n'a pas laissé les officiers indifférents. Une jeune femme en uniforme vient à ma rencontre d'un pas hésitant.

— Madame Baron ?

— Oui, réponds-je en faisant abstraction des visages tournés vers nous.

— Suivez-moi, s'il vous plaît.

— Où sont mes enfants ?

— Suivez-moi.

— Ils vont bien ?

— Oui, ne vous inquiétez pas.

Je la talonne sans insister. Les questions se mélangent dans mon esprit. Qu'ont-ils bien pu faire pour qu'on m'accueille avec autant d'empressement ? Au premier étage, le commissariat est en pleine effervescence. J'espère que mes enfants n'en sont pas la cause. La policière me fait pénétrer dans une pièce et ils sont là. En face d'eux, un autre agent de police. J'essaie d'accrocher leur regard, mais leurs yeux demeurent obstinément baissés. Je suis stupéfaite de découvrir la tenue de mon fils ainsi que les cheveux rouges de ma fille. Mes mains sont moites et tremblent légèrement. L'officier me désigne la troisième chaise. C'est alors que je remarque la présence d'une autre personne dans la pièce et je reconnais immédiatement l'homme qui est adossé contre une armoire métallique, les bras croisés : Lewinski.

— Qu'est-ce que vous faites ici ? lui lancé-je sans ménagement.

— Ravi de vous revoir également ! répond-il en souriant. Tout le commissariat est au courant qu'il faut me tenir informé quand les Baron entrent en scène. Et là, poursuit-il en se frottant les mains, je ne suis pas déçu du spectacle. Le délinquant vêtu de blanc comme la Vierge Marie, la rebelle aux cheveux rouges – soit dit en passant, un grand classique chez Disney ; et vous, articule-t-il en insistant sur les deux derniers mots. Vous, parfait modèle d'intégration ! Le portrait de la famille idyllique. Où est le petit Arthur ?

Mon cœur s'emballe. Qu'ont-ils fait de leur petit frère ? La pression est en train de monter et j'ai terriblement chaud.

— Chez un voisin, m'entends-je répondre sans faillir.

— OK, dit-il en prenant place près de son collègue.

Les deux hommes nous regardent. J'ai la mâchoire contractée par l'angoisse. Je voudrais déjà être dehors pour retrouver Arthur, mais je sens que la discussion risque d'être assez longue. Les hostilités ne vont pas tarder à démarrer et je préfère être la première.

— Pouvez-vous m'expliquer pourquoi mes enfants sont ici ? Ça n'a rien à voir avec le trafic de Laurent ?

— On commence par qui ? Victoire ou Valentin ? demande Lewinski.

Il semble s'amuser de mon désarroi tandis que son collègue m'observe en silence. Je m'efforce de ne pas m'emporter. Le temps joue contre moi. Ne sachant pas où se trouve mon petit dernier, je dois sortir au plus vite.

— Victoire, déclare-t-il d'un ton sec.

Elle sursaute à l'annonce de son prénom. Lewinski, d'un air nonchalant, croise les mains devant lui tandis qu'elle le regarde fixement, les yeux grands ouverts. Il attrape des feuilles posées sur le bureau et semble réfléchir. Que va-t-il m'annoncer ?

— Votre fille a été arrêtée à la sortie d'un magasin sans être passée par la caisse, entame-t-il.

— Mon Dieu !

— Il ne peut rien faire pour elle dans ce cas.

Je feins de ne pas l'avoir entendu et m'adresse directement à Victoire.

— Et tu as piqué quoi ?

Elle ne me répond pas et se perd dans la contemplation de ses ongles.

— Du maquillage et des fringues, reprend-il. Un joli magot, d'ailleurs.

Je soupire. Le comportement de ma fille me surprend complètement. Elle n'a jamais été une fashionista, alors pourquoi voler des vêtements ?

— Une chance pour vous, les magasins s'engagent à ne pas porter plainte si vous payez la totalité de la note.

— Et il y en a pour combien ? demandé-je en comprenant la possibilité de m'en tirer la tête haute.

— Cent quarante euros.

— Ah ! oui, quand même !

— Je dois aussi vous informer que ce délit est potentiellement punissable de trois ans d'emprisonnement et de 45 000 euros d'amende. Après, c'est à vous de choisir.

— Je vais payer, dit Victoire d'une petite voix.

La surprise est visible dans chacun des regards qui ont convergé vers elle. Son visage s'empourpre.

— J'ai un peu d'argent de côté.

— D'où sort-il ?

— Je fais du baby-sitting.

— OK, on en reparlera. Mais en attendant, tu peux m'expliquer pourquoi tu voles ce que tu as les moyens d'acheter ?

Nouveau silence. Elle baisse un peu plus la tête et se tord les doigts plus vivement.

— Bon, premier dossier résolu.

— On passe au suivant ou vous avez une petite réflexion à faire sur mes principes d'éducation ? demandé-je d'une voix agressive.

— Je sais que vous traversez une période compliquée. Je n'émets pas de jugement de valeur, réplique Lewinski, les sourcils froncés.

Je reste interdite, presque choquée par la douceur de ses tonalités. Je ne m'attendais pas à un semblant de compassion de sa part.

— On passe au cas Valentin, histoire de ne pas coucher ici.

— Je tenais juste à dire que les hommes de la préhistoire faisaient la même chose dans les grottes de Lascaux et que personne ne leur disait rien !

De quoi parle-t-il ?

— Bien essayé, Valentin ! Mais aujourd'hui, la notion de propriété privée est juridiquement protégée.

— Quelqu'un peut m'éclairer ? questionné-je, la voix vibrante d'inquiétude.

— Dégradation de biens appartenant à autrui.

— Mais c'est pas vrai ! T'as tagué quoi cette fois ?

— Les locaux d'une grosse entreprise de pétrochimie, intervient Lewinski.

— C'était pas censé être risqué, sinon je ne l'aurais jamais fait.

— Oui, sauf que le vieux gardien est en congé maladie et que son remplaçant est plus à cheval sur les principes.

— Oh ! le crevard !

— Valentin ! hurlé-je dans la pièce.

— Ta mère a raison, ce n'est pas très classe. Même punition que ta sœur. La société ne portera pas plainte si tu t'engages à tout nettoyer. Tu pourras demander à tes potes de venir t'aider.

— Parce qu'il n'était pas tout seul ?

— Sûrement pas, mais c'est le seul qu'on a coincé !

Trente interminables minutes plus tard, ce qui m'a semblé un véritable calvaire prend fin. Je me sens vidée et fragilisée. Une sensation d'insécurité qui revient un peu trop à mon goût ces derniers temps. Dès que nous franchissons les portes du commissariat, je me transforme en harpie.

— Où est Arthur ?

— Je n'en sais rien, se défend immédiatement Valentin. Demande à ta fille !

— Je l'ai laissé à la bibliothèque.

Paniquée, j'attrape mon téléphone. Je cherche rapidement les coordonnées de l'établissement et compose le numéro. Personne ne décroche. Il est 18 heures passées et la bibliothèque est sûrement fermée. Qu'est-il advenu de mon petit garçon ? Mon cœur cogne si fort dans ma cage thoracique que je suis persuadée que la crise cardiaque est proche. Il faut que je trouve un moyen de me rendre sur place. Au même moment, le taxi de Magloire réapparaît comme par magie et je soupire de soulagement. Je me précipite sur la voiture et j'enfourne mes ados à l'arrière.

— Magloire, vous êtes un ange tombé du ciel !

— Si ma femme pouvait vous entendre ! répond-il en rigolant.

— Je dois aller à la bibliothèque, vous savez où elle se trouve ?

— Bien sûr.

— OK, super. Pouvez-vous m'amener là-bas et reconduire ensuite les ados chez nous ?

— Et vous ?

— Je me débrouillerai...

— Mais si Arthur n'y est pas ? me demande Victoire qui a bien compris le souci en me voyant regarder ma montre.

— Fallait peut-être y penser avant de le laisser là-bas, lui craché-je.

Ma réponse est cinglante, mais je veux qu'elle prenne conscience de son acte. Comment a-t-elle pu imaginer que son petit frère serait à l'abri dans un lieu fréquenté en permanence par du public ? Tandis que Magloire traverse les rues à toute allure, je compte les secondes qui me séparent de mon fils.

33

Magloire me dépose à l'angle de la rue et je cours vers la bibliothèque. Sans surprise, je découvre qu'elle est fermée. La panique me plombe l'estomac. Où est mon fils ? Au même moment, je reçois un SMS d'un numéro inconnu : « Retrouvez-nous au café en face. » Je me retourne vers le bâtiment et traverse sans me poser plus de questions. La terrasse est bondée. Les gens profitent de la douceur extérieure. Je pénètre dans l'établissement en examinant les clients quand une voix enfantine m'interpelle.

— Maman !

Mon regard est attiré vers le fond de la salle et l'angoisse laisse place au soulagement quand j'aperçois Arthur assis à côté d'une femme. Je suis surprise de reconnaître sa maîtresse. Je me dépêche de les rejoindre et lorsque mon fils s'accroche à mon cou, mon cœur se gonfle d'amour. L'institutrice, installée devant un thé glacé, me fixe quelques secondes avant de me saluer. Je prends place sur la chaise vacante qui lui fait face. Elle sort un carnet de son sac à main ainsi qu'une pochette de crayons de couleur.

— Arthur, va t'asseoir sur la table d'à côté, je dois parler avec ta maman, lui ordonne-t-elle en lui tendant son attirail.

Mon garçon obéit sans broncher et entreprend de dessiner, me laissant en tête à tête avec son institutrice dont le regard sévère en dit long sur son état d'esprit.

— Je vous présente toutes mes excuses pour ce qui vient de se passer. Ma fille devait garder Arthur et...

— Vous avez eu beaucoup de chance, madame Baron, me coupe-t-elle, que la bibliothécaire soit une amie et qu'elle ait compris qu'Arthur était un de mes élèves.

Elle ne m'a même pas laissé le temps de m'expliquer. Mais je comprends son agressivité. Confrontée à un cas similaire, j'aurais eu la même réaction. Que se serait-il passé si la bibliothécaire et l'institutrice ne se connaissaient pas ? Cette question en suspens me donne des frissons dans le dos et je coupe court aux hypothèses qui tentent de se former dans mon esprit. Les sourcils froncés de mon interlocutrice m'incitent à penser qu'elle n'a pas la meilleure opinion de moi à l'instant présent.

— Oui, je suis désolée...

— Désolée ou pas, ça ne change rien, réplique-t-elle en se penchant vers moi pour être plus discrète. C'est grave, ce qui s'est passé aujourd'hui ! Excusez-moi l'expression, mais vous auriez pu vous retrouver avec les services sociaux au cul !

Une nouvelle angoisse se loge au creux de mon estomac. Va-t-elle signaler cet incident ?

— J'en ai conscience.

— L'incident est clos, mais il y a certains points à résoudre.

Elle sort une feuille de son sac et la glisse sur la table à mon attention. Il s'agit d'une liste sur laquelle sont notés les titres d'une douzaine de livres.

— C'est quoi ? demandé-je, curieuse de comprendre.

— Des ouvrages qu'il faudra fournir à la bibliothèque avant deux semaines.

— Pardon ?

— Arthur a détérioré ces livres et la bibliothécaire accepte de ne pas vous les facturer tout de suite.

J'attrape le papier et dénombre douze ouvrages. Je ne comprends pas pourquoi mon petit garçon, d'ordinaire si soigneux avec ses affaires, a abîmé ces livres. Le mystère reste entier pour le moment. Ne sachant pas quoi dire, je pose un doigt sur mes lèvres.

— Arthur a déchiré certaines pages pour les mettre dans son sac. Je l'ai interrogé sur ses motivations et il m'a répondu qu'il aidait un vieux monsieur à écrire des lettres d'amour. Ça vous évoque quelque chose ?

— Euh, non, pas vraiment. Le seul vieux monsieur qu'il côtoie, c'est notre voisin Raymond. Ils jouent aux échecs ensemble.

— Aux échecs ? Tiens donc ! Madame Baron, je dois vous parler sincèrement.

— Vous m'inquiétez.

— Votre fils est singulier.

— Qu'entendez-vous par là ?

— Vous n'avez jamais rien remarqué dans l'attitude d'Arthur ?

— Dans quel sens ?

— Les termes qu'il emploie, ses questions innombrables. Il sait dire bonjour dans près de trente langues, ajoute-t-elle en insistant bien sur les deux derniers mots.

— Je ne saisis toujours pas.

La femme se gratte le cuir chevelu avant de jeter un coup d'œil autour d'elle. Je la sens hésiter sur la poursuite de cette discussion. Les mains posées à plat et les yeux rivés sur la table, elle reprend.

— Excusez-moi de vous parler aussi brutalement, mais votre fils ne s'exprime pas comme un enfant de son âge.

— Arthur est très mûr.

— J'ai cru comprendre qu'il avait un frère et une sœur plus âgés.

— Oui, c'est le petit dernier, mais où voulez-vous en venir ?

— Et les aînés ont des prédispositions comme lui ?

— Je ne vois toujours pas...

— La sensibilité d'Arthur ainsi que sa rapidité et sa pertinence d'analyse le placent bien au-dessus des autres dans différents domaines. Il faudrait le faire tester, mais je n'ai aucun doute sur le fait qu'il soit HPI.

HPI, prédispositions, les mots résonnent dans mon esprit, me laissant perplexe. Comment ai-je pu passer à côté de ça ? Pour ma défense, l'attitude d'Arthur ressemble tellement à celle de sa sœur, avide de savoir et tout aussi perspicace au même âge, que son comportement ne m'a pas paru anormal. Bien qu'au-dessus de la moyenne dans son ancienne classe, ses performances scolaires n'ont jamais interpellé qui que ce soit – à moins que son père, qui s'occupait des relations avec l'école, ait oublié de m'en parler. Face à mon mutisme, l'institutrice reprend la parole.

— Madame Baron, savez-vous ce que votre fils veut faire plus tard ? Je lui ai posé la question et la réponse est surprenante.

Je secoue négativement la tête tandis qu'un sentiment de malaise m'envahit. Une inconnue va me parler des aspirations professionnelles de mon benjamin. Quel type de mère suis-je pour ne pas être la première au courant ? À quel moment ai-je oublié de m'investir et de m'intéresser aux projets de mes enfants comme l'avait fait ma mère avec moi ? « Joanna voudrait être journaliste », répétait-elle à chaque réunion de famille avant même que je quitte la maternelle. Cette femme va-t-elle m'apprendre que mon petit garçon partage la même envie que moi jadis ?

— Arthur souhaite devenir cryptozoologue.

L'annonce fait son effet. Je reste bouche bée, car la signification m'échappe complètement.

— Vous non plus, vous ne savez pas de quoi il s'agit, poursuit la maîtresse. J'ai dû regarder dans le dictionnaire. C'est un zoologue spécialisé dans l'étude des animaux mythiques tels que le yéti ou encore le monstre du loch Ness.

Ce complément d'information me laisse pantoise. Arthur est un enfant discret qui n'a jamais fait parler de lui dans son ancienne école. A-t-il déjà abordé le sujet avec sa précédente institutrice ? D'où lui vient cette envie ? Pourquoi n'en avons-nous jamais discuté ? Le regard baissé, je garde le silence. Je jette un coup d'œil vers mon fils qui continue de dessiner et une larme commence à dévaler ma joue.

— Madame Baron, ne soyez pas trop dure avec vous-même. C'est mon travail que de m'intéresser aux enfants qui me sont confiés. Et Arthur est plus que captivant.

Je lui adresse un sourire timide et me retourne de nouveau pour regarder mon garçon. Je pousse un petit cri et bondis de mon siège en constatant qu'il a disparu. L'institutrice se lève à son tour et le repère en un quart de seconde. Il est installé à côté d'un gamin et colorie une feuille avec lui. Une femme les observe d'un œil attendri. Je m'apprête à les rejoindre quand la maîtresse me retient par l'épaule.

— Ne vous inquiétez pas pour votre fils ! Issa est un de ses petits camarades. Arthur fait preuve d'une capacité d'adaptation extraordinaire et c'est très bon signe.

34

En approchant de notre immeuble avec Arthur, je découvre Valentin en pleine discussion avec un individu dont les traits sont dissimulés par sa casquette. Ils ne nous ont pas encore remarqués, mais j'accélère le pas car cette scène ne m'inspire rien qui vaille. Le gars s'agite nerveusement devant mon fils, pourtant celui-ci fait preuve d'une assurance que je ne lui connais pas. Sa posture est différente : il ne se tient pas courbé comme d'habitude, son menton est un peu relevé comme s'il toisait le type, les bras croisés sur son torse. Alors que j'arrive à leur hauteur, la dernière phrase de Valentin me parvient.

— C'est Djibril qui a récupéré votre paquet, annonce-t-il d'une voix qui claque comme un fouet.

— Ça va, Valentin ? demandé-je, inquiète.

Lorsqu'ils se tournent vers moi, je découvre le visage fermé de mon aîné et je comprends que l'insouciance de l'enfance vient de laisser place à l'ombre de ses premières inquiétudes d'adulte. Mon bébé est en train de devenir un homme et il affirme cette nouvelle virilité. Ce constat me plombe l'estomac. La voix de son problème du moment m'interrompt dans mes pensées.

— Bonsoir, madame la Baronne, siffle-t-il d'un ton menaçant.

Je n'hésite pas à répliquer avec autorité, façon Fatou.

— Madame Baron, ça suffira.

— C'est qu'elle mordrait presque, ironise-t-il.

Je m'apprête à rétorquer lorsque Valentin m'agrippe l'avant-bras.

— Maman, on rentre.

Son regard sévère m'interpelle. Je ne sais rien de ce qui s'est tramé ici avant mon arrivée, mais je saisis bien que la discussion doit s'arrêter là. Il prend son petit frère dans ses bras et se dirige vers le hall, laissant son interlocuteur en plan. En entrant dans l'appartement, je découvre Victoire recroquevillée sur le canapé, un plaid entourant ses épaules. Elle se redresse lorsque nous pénétrons dans la pièce et accueille Arthur les bras ouverts. Je décèle de l'amertume dans le regard qu'elle me lance tandis qu'elle cajole son jeune frère et je ne sais comment y répondre. Valentin s'est installé à côté d'elle et, la figure tournée vers la fenêtre, il semble ailleurs. Étant donné tous les événements qui se sont déroulés en cette seule journée, une discussion s'impose.

— Faut qu'on parle ! lancé-je sans préambule.

— On t'écoute, lâche Valentin d'un ton glacial sans détourner le visage.

— Je voudrais revenir sur votre arrestation en binôme. Valentin, qu'est-ce qui t'a pris d'aller peinturlurer les bâtiments d'une entreprise ? Tu sais que ça aurait pu nous coûter cher, des bêtises comme ça !

— C'est bon, j'ai compris. J'ai fait une connerie et je te demande pardon.

— C'est un peu facile de s'excuser comme ça. On efface tout et on recommence ?

— Ben non, justement ! On ne recommence pas. De toute façon, j'abandonne le graff.

— Mais quelle idée ! bredouillé-je.

Sa déclaration me déstabilise tellement que je tire une chaise et m'installe en face d'eux.

— À quoi bon continuer, puisqu'on est susceptible d'être arrêté à chaque fois qu'on sort une bombe de peinture.

— Tu ne vas pas taguer n'importe où non plus ! Il doit bien exister des murs d'expression libre.

— Sauf qu'on ne peut pas recouvrir le dessin d'un mec sans risquer de se faire casser la gueule.

— En parlant de ça, c'était qui le type en bas de l'immeuble ? Qu'est-ce qu'il te voulait ?

— J'ai récupéré un paquet pour un autre gars et...

— Un paquet de quoi ? l'interromps-je en haussant le ton.

— Je ne sais pas, me répond-il la tête baissée.

— Valentin ! insisté-je.

— Je te dis que je ne sais pas. J'avais besoin d'un peu de fric rapidos pour ne pas t'en demander. Je devais juste prendre le colis et le planquer quelques jours, mais Djibril me l'a confisqué.

Je suis assommée. Son explication laisse entendre qu'il n'a pas pris conscience de la portée de ses actes, et ça me rend malade.

— Est-ce que tu as une idée de ce que je comprends ?

Il secoue la tête négativement en prenant un air renfrogné.

— Que tu as traficoté avec des dealers sous mon nez et caché de la drogue chez nous sans même te soucier des conséquences graves que ton inconscience pouvait nous faire subir ! Tu n'as pas non plus eu de considération pour ta propre sécurité. Ces types auraient pu te faire du mal.

La confusion et la honte s'affichent tour à tour sur les traits de mon aîné, qui commence enfin à mesurer la gravité de ses actes.

— Entre toi qui joues les nourrices et ta sœur qui vole dans les magasins, qu'est-ce que j'ai fait pour mériter des enfants pareils ? Ce n'est pas comme ça que je vous ai éduqués !

— Toi, toi, toi, il n'y en a toujours que pour toi ! Et nous, qu'est-ce qu'on a fait pour avoir une mère comme toi ? Parlons-en, de comment tu nous as élevés ! lâche Victoire en levant un œil mauvais vers moi.

Ses mots me poignardent et me laissent sans voix. Je sens mon cœur se remplir de chagrin. Ma fille ouvre la bouche et la referme, les lèvres tremblantes. Son regard indique qu'elle est également prête à pleurer, mais elle serre les dents. Ses sourcils froncés me font craindre qu'elle n'en a pas fini avec moi. C'est ce moment précis que Valentin choisit pour quitter la pièce avec son petit frère. Serait-il au courant de la teneur des reproches dont je vais être agonie dans quelques secondes ? Parce qu'il s'agit bien de cela : ma fille va me cracher tout son fiel.

— Tu te lamentes toujours sur ton sort et ta pauvre petite vie, mais il y a des gens qui sont dix mille fois plus malheureux que toi et qui ne se plaignent jamais. À commencer par tes propres enfants. Tu ne t'es jamais demandé si nous étions heureux ? Valentin se maque avec la première venue, histoire de recevoir un peu d'attention et d'affection. Autant te dire que la dernière en date n'était pas une merveille, mais tu n'en savais rien. Pareil pour le graff. Arthur se débat tant bien que mal avec ses capacités hors normes et toi, l'as-tu au moins remarqué ? Ton fils collectionne des mots dans une boîte pour faire de beaux textes. Je l'ai même aidé à glisser ses feuilles dans les boîtes aux lettres de notre ancien quartier. Mais ça, tu n'en sais rien. Tu n'as jamais compris qu'Arthur avait un quotient intellectuel supérieur aux autres. Et moi ? Tu as toujours cru que la mélancolie était une seconde nature chez moi et que mes maux de ventre venaient de la pression que je m'imposais pour réussir à l'école, alors que j'étais malheureuse comme les pierres parce que j'étais harcelée en permanence. Tu n'as même jamais remarqué que j'étais réglée depuis quelques mois et qu'au passage j'avais un problème avec mon image. Que sais-tu vraiment de nous ? Je comprends bien qu'avant, tu étais seule et trop prise par ton boulot pour faire bouillir la marmite, mais après ? Qu'est-ce qui s'est passé, après ? Tu étais trop occupée au golf et à courir les soirées mondaines pour satisfaire les exigences d'un mec qui n'en avait rien à foutre de toi. Tu es restée avec lui pour nous mettre à l'abri du besoin, mais ça ne nous a pas rendus heureux pour autant. Et maintenant, quand vas-tu te décider à t'intéresser à nous ?

Elle se tient debout devant moi et paraît aussi essoufflée qu'après un sprint. La moindre parcelle de mon corps est sous tension, tandis que mon cerveau tente d'analyser des années de vie commune et tant de défaillances de ma part. Jamais je n'aurais imaginé passer à côté d'autant de souffrances chez eux. J'ai conscience de ne pas avoir été la mère la plus présente, mais je ne souhaite qu'une chose, c'est de m'améliorer. Plaider ma cause à cet instant ne servirait à rien. Je ne sais que trop bien que dans ce genre de disputes, les réactions en chaîne conduisent à prononcer des mots irréparables et je ne veux pas de ça avec ma fille. Elle vide son sac et je dois l'entendre. Je me lève pour la prendre dans mes bras, mais elle recule d'un pas.

— Je suis désolée d'avoir été si peu présente...

— C'est clair que tu aurais mieux fait de nous laisser avec notre père !

La claque verbale que je reçois me fait l'effet d'un uppercut auquel je réplique physiquement. Une trace rouge ne tarde pas à apparaître sur sa joue. Nous nous tenons face à face, aussi choquées l'une que l'autre de mon geste. Je ne réalise pas encore que j'ai frappé ma fille.

— Je suis vraiment désolée, mon chaton ! Je ne voulais pas...

— Je ne suis plus ton chaton, lance-t-elle en sortant de la pièce.

Cette repartie me fait l'impression d'un couteau planté dans le cœur. À quel moment ne me suis-je pas rendu compte que mes adolescents quittaient doucement les terrains de jeux de l'enfance ? Je me sens subitement vide comme une coquille abandonnée par un poussin parti faire le grand saut dans la vie. La tête entre les mains, je me laisse choir sur le canapé. Mon cerveau fourmille de réflexions. Sa détresse me crucifie. Comment le quotidien a-t-il pu m'empêcher de me concentrer sur l'essentiel – mes enfants ? Pourquoi ma vie n'a-t-elle pas suivi cette logique ? Comment ai-je pu leur laisser cette impression de les avoir négligés, alors qu'ils ont toujours été ma priorité ? J'aperçois soudain Arthur entrer subrepticement dans le salon et me tendre un mouchoir en papier.

— Faut pas lui en vouloir ! Les émotions débordent, mais elle t'aime quand même...

— Tu prends combien pour une psychanalyse ? demandé-je à mon benjamin en essuyant mes yeux.

Mon garçon incline la tête en m'observant l'air intrigué. Il n'a pas compris la blague et cela me rassure. Il reste encore une part d'enfant dans ce corps poltergeisté par Einstein. Sans un mot, je passe une main dans ses boucles blondes et me penche pour l'embrasser tendrement sur le front. Il se colle à moi et je le serre dans mes bras. Dix minutes plus tard, nous sommes toujours dans cette position, quand les ados apparaissent sur le seuil de la pièce. Victoire est blottie contre son frère. Tous les deux ont les yeux brouillés par les larmes. Mon cœur se soulève.

— Je suis vraiment désolée, mes loulous ! On peut dire que je n'ai pas été à la hauteur...

Je n'ai pas le temps de finir ma phrase que Victoire se jette dans mes bras et me serre à m'étouffer. Je me perds dans ses cheveux et le contact avec la peau de son cou. L'odeur de mon bébé est encore là. Elle a juste grandi. De nouvelles pressions viennent s'accumuler dans mon dos. Une autre paire de mains s'est jointe au câlin.

— Ça n'aurait jamais dû se passer comme ça, mais ensemble, on va s'en sortir !

35

La nuit a été courte. Je me lève avec l'impression qu'un bulldozer m'est passé dessus. La conversation de la veille m'a retourné l'estomac et certains mots résonnent encore dans ma boîte crânienne. Pourtant notre conversation s'est achevée sur une note positive. Nous avons beaucoup discuté de mes manquements, de leurs attentes, de leurs désirs et de leurs craintes – sans omettre les miennes. J'ai fait de mon mieux pour les rassurer, mais certaines questions restent en suspens et je n'ai pas la force de leur répondre pour le moment.

Ce matin, je suis plus sereine et beaucoup moins inquiète de savoir qu'ils sont sortis pour partager ce samedi ensemble. Une belle façon de me dire qu'ils me laissent respirer un peu. Une absence qui sonne comme une opportunité de mieux réfléchir. Je dois clarifier certaines choses et prendre notre destin en main.

Je démarre les festivités avec Raymond. Je glisse sous sa porte un message lui expliquant que sa complicité naissante avec Arthur me fait chaud au cœur, que je suis ravie que mon fils ait participé à ce beau projet de lettres d'amour anonymes, mais que s'il aime vraiment Yvonne, il doit le lui dire sans plus tarder, car ils ne sont plus tout jeunes et leur temps est précieux. Je l'invite à proposer des lectures à la vieille dame qui s'ennuie fermement chez elle, puisque lui aussi aime tellement lire. D'un pas décidé, je monte au dernier étage pour improviser une entrevue avec Djibril. Les révélations de Valentin m'ont appris que mon proprio a joué un rôle dans cette histoire sans jamais m'en informer. Une mise au point entre quatre yeux s'impose. Il n'est pas chez lui ; je me dis que j'ai une chance de le trouver au café du quartier et je m'y rends aussitôt.

Lorsque je pénètre dans l'établissement, je suis rassurée de constater que mon arrivée n'intéresse désormais plus personne. Djibril est assis au même endroit que la première fois – sans doute sa place attitrée. En face de lui est installée une très jolie fille qui aimante les regards de tous les mâles alentour. Au fur et à mesure que je m'approche d'eux, les détails se précisent : chignon tiré à quatre épingles, fond de teint, poudre légère, fard à paupières, mascara, eye-liner et gloss brillant. Toute la trousse de maquillage y est passée, mais c'est fait avec goût. Elle porte un large tailleur-pantalon rose avec un chemisier blanc dont le décolleté laisse apparaître la naissance d'une poitrine survitaminée au silicone. À côté d'elle, j'ai le sex-appeal d'une bonne sœur.

Je m'arrête à un mètre d'eux. Djibril comprend immédiatement qu'il se joue quelque chose dans son dos puisque les yeux de la fille font des allers-retours entre lui et moi. Pourtant je ne décèle aucune surprise sur son visage lorsqu'il se retourne et découvre que je suis là.

— J'ai besoin de vous parler.

— Je termine mon entretien et je suis à vous dans quelques minutes.

— Tout de suite, assené-je sur un ton qui n'admet pas de réplique.

Djibril me fusille de ses prunelles vert clair et prie la jeune femme de bien vouloir l'excuser en s'engageant à la recontacter. Il referme le cahier posé devant lui tandis qu'elle libère la chaise. Le visage de Djibril est stoïque, aux antipodes de l'homme souriant d'hier. Je me sens subitement mal à l'aise. Je prends place en camouflant ma nervosité, mais sous la table je gratte la peau de mon pouce à m'en faire saigner. Je tente de me concentrer sur mon objectif : il a récupéré sa drogue, il doit laisser Valentin tranquille. Il faut faire court et rester ferme.

— Hier soir, un de vos employés est venu voir mon fils.

— Un de mes employés ? demande-t-il alors que son corps tout entier s'est contracté dans une espèce de sursaut.

— Oui, ne faites pas semblant de ne pas comprendre. Je sais qui vous êtes, prononcé-je d'un ton plus bas.

— Ah ? Et qui suis-je donc ? me demande-t-il soudain amusé, en se penchant vers moi.

Son regard se plonge dans le mien de façon intense. J'ai même l'impression qu'il tente de me scruter au plus profond de moi. J'essaie de masquer mon trouble, mais le début de ma phrase manque de conviction.

— Je, je…

— Vous ? reprend-il sur un ton ironique.

Je tourne la tête vers les clients installés à proximité comme pour vérifier que personne ne nous écoute.

— Je sais que vous gérez le quartier ainsi que tous les trafics qui y prospèrent.

— Ah ! OK ! Si vous le dites, réplique-t-il en conservant ce calme olympien qui me donne envie de l'étrangler.

— Atterrir ici est un accident de parcours pour moi et ma famille. Nous partirons dès que j'aurais trouvé un travail et...

— En quoi votre futur départ me concerne-t-il ? me coupe-t-il d'un ton tranchant.

Ses mâchoires se contractent à plusieurs reprises. Il est agacé. Je lui montre que je le suis aussi en fronçant les sourcils plus sévèrement.

— En rien, peut-être, mais je voulais vous prévenir que je ferai tout pour protéger ma famille d'un individu de votre genre.

— Je n'en attendais pas moins de vous. Bonne journée, madame la Baronne.

Ce sobriquet a tendance à me hérisser le poil, mais je me retiens de pester en public. Il se lève, pose un trousseau sur la table et se dirige vers la sortie en silence. Mon regard reste fixé sur le triskèle en argent.

Je quitte le café, perplexe. Je n'ai pas eu le temps de m'occuper de ma voiture depuis qu'elle a refusé de démarrer. Mais pourquoi mes clefs étaient-elles en sa possession ? J'avance tête baissée sur le trottoir avant de me rendre compte qu'il pleut. Un crachin désagréable. Un homme âgé se fait traîner par un caniche qui semble vouloir en finir avec sa promenade. Tout le monde est pressé. J'accélère le pas pour rentrer. En arrivant devant mon immeuble, je fais un détour jusqu'à ma Clio, endormie depuis quelques jours. J'attrape les clefs dans ma poche et, à ma grande surprise, la voiture démarre au quart de tour.

Estomaquée, je comprends que Djibril est derrière ce petit miracle. Le type qui est à l'origine des ennuis de Valentin m'a donc rendu le service de réparer ma voiture. Ce comportement paradoxal me plonge dans la plus profonde perplexité.

* * *

En m'extirpant de la Clio, j'aperçois Fatou avancer d'un pas pressé dans ma direction. Elle se plante à quelques centimètres de moi, les mains posées sur les hanches. Je la connais peu, mais suffisamment pour savoir que cette position ne présage rien de bon.

— Bonjour, Joanna ! Je voulais te voir. Yvonne m'est tombée dessus tout à l'heure pour me parler en long, en large et en travers de ton nouveau projet culinaire. Elle ne tarit pas d'éloges sur ce qu'elle a mangé et veut savoir quand la distribution va démarrer ! Tu m'expliques ?

— Pas maintenant, s'il te plaît. Je dois réfléchir pour éviter de faire une nouvelle erreur. Surtout avec toi !

Elle se détend et se gratte le haut du front, comme si elle avait soudain perçu ma détresse et s'en inquiétait.

— Ça ne va pas ? me demande-t-elle.

— Non, pas vraiment. Je pensais que tout ne pouvait que s'améliorer depuis notre arrivée, mais ça part de nouveau en cacahuète.

— Penses-tu faire les efforts nécessaires ?

— Vous êtes tous ligués contre moi aujourd'hui ?

— Qui est l'autre adversaire de la journée ?

— Djibril ! lâché-je d'un ton sec.

— Je me demande bien ce que tu lui reproches. C'est un gars bien ! répond Fatou en se frottant le menton.

— C'est un tombeur, oui !

— Là, c'est moi qui ne te suis plus !

— Je vois pas mal de nanas lui tourner autour, et il y a cette bimbo qui vit chez lui.

— Miss Coco ?

— Oui, la reine de Saba, ajouté-je en roulant des hanches pour imiter une danse du ventre.

Fatou éclate de rire.

— Alors là, tu es complètement à côté de la plaque, ma chérie ! Miss Coco s'appelle Corinne et elle a cinquante ans...

— Je me doutais bien que c'était une cougar ! déclaré-je sur un ton faussement victorieux.

— Mais Joanna, arrête de juger les gens comme ça ! C'est sa mère !

— Oups !

— Oui, comme tu dis !

— Je ne pouvais pas savoir.

— Non, c'est vrai ! Elle l'a eu assez jeune. Mais tu t'es tout de suite fait des idées.

— En même temps, tu avoueras que la trouver à moitié nue chez lui, ça peut prêter à confusion, dis-je, gênée par ce quiproquo.

— Elle habite l'appartement d'en face et deux fois par semaine, elle fait le ménage chez lui en petite tenue. C'est pour ça qu'il traîne au PMU dans ces moments-là.

— Ah ! OK. Mais cette tenue… ?

— Elle est influenceuse sur les réseaux, d'où son surnom, « Miss Coco ».

— Bon, le dossier « Polygamie » est classé, reste celui de son business.

— Son business ? En quoi ça te regarde ? Il a un boulot, c'est déjà mieux que la moyenne ici.

— Tu appelles ça un travail ?

— Écoute, Joanna, je ne juge pas les affaires des autres ! lance Fatou d'une voix autoritaire. Au moins, lui a une activité, tout le monde ne peut pas en dire autant !

Elle s'interrompt, cherchant visiblement comment finir sa phrase.

— Tu n'as entendu personne avoir une remarque déplaisante sur ta situation. Alors tu devrais faire pareil si tu veux vivre en bonne harmonie avec ton entourage.

Elle tourne les talons en me laissant abasourdie sur le trottoir. Ses commentaires me font l'effet d'une gifle, sans doute parce qu'elle a raison. Je suis arrivée dans cette cité avec mes casseroles au derrière et on ne m'a pas jugée, alors que je suis toujours empêtrée dans mes idées préconçues. Les propos de Fatou me rappellent que ce n'est pas elle qui m'a mise dans le pétrin. Elle m'accueille juste comme elle peut.

* * *

Je me dirige vers la boutique des Lee avec la ferme intention de briguer le poste de vendeuse, mais ma bonne volonté vacille lorsque les fous rires que j'entendais de l'extérieur s'arrêtent spontanément à mon arrivée. J'ai une nouvelle fois l'impression d'interrompre quelque chose, d'être l'étrangère qui dérange les habitudes. Les quelques clients présents s'éparpillent dans les allées tandis que Mme Lee retourne derrière son comptoir. Ses traits sont sévères et sa mâchoire ne se décrispe pas. Je sens que cela va être une véritable partie de plaisir de discuter avec elle et je lance la première offensive.

— Bonjour. Le poste est-il toujours disponible ?

— Non, vous voyez bien qu'il n'y a plus le panneau. Vous cherchez toujours un emploi ?

— On ne peut rien vous cacher.

— Vous n'avez qu'à voir avec Djibril ! Il a besoin de personnel.

Cette annonce me laisse bouche bée. Il me revient en tête qu'il a utilisé le mot « entretien » lorsque je suis allée lui parler. Quel type d'emploi peut-il leur proposer ? Vu les bombasses que j'ai croisées, j'espère qu'il ne s'agit pas d'escort girls ou autre chose dans ce genre.

— Il cherche une secrétaire, ajoute-t-elle.

— Toutes ces filles ressemblent à des top models !

— Il y a beaucoup de jolies demoiselles dans le quartier. C'est sûr que vous ne faites pas le poids face à elles...

Un ange passe. Et ma batte de base-ball est prête à lui casser les ailes au passage.

— Son commerce fonctionne plutôt bien s'il a besoin d'une assistante, répliqué-je.

— Il s'est constitué un bon réseau et travaille avec de nombreux indépendants dans le secteur.

Je suis étonnée de la candeur de ses révélations. À croire que les conséquences du trafic de drogue n'ont pas la même portée en fonction de l'endroit où il se pratique.

— Nous nous approvisionnons essentiellement chez lui, poursuit-elle avec un nouvel entrain.

— Parce que vous aussi, vous êtes dans le business ?

— Qu'est-ce que vous pensez qu'on fait ici ?

— Dans ce local ? Vous n'avez pas peur de la police ? demandé-je, abasourdie.

— C'est sûr que vous en connaissez un rayon en matière d'arrestation ! me lance-t-elle avec mordant.

— Pardon ? Moi, je ne vends pas de drogue !

— De quoi parlez-vous ?

— De votre trafic avec Djibril !

— Mais enfin, il ne s'agit pas de drogue ! Il fait du commerce de fruits et légumes.

Mon cerveau décrypte chacune des syllabes qu'elle vient de prononcer et je la dévisage, incrédule, pendant que je mesure l'ampleur de ma méprise. Fatou m'a arrêtée dans mon discours sur Djibril sans me contredire ouvertement et je me suis entêtée dans mon idée, incapable de regarder les choses autrement. À mesure que je retrace tous les événements sous ce nouveau jour, mes joues s'empourprent de honte. « Un individu de votre genre », voilà ce que je lui ai craché au visage. Je me rends compte à quel point mes dernières paroles ont sonné comme une insulte. J'ai jugé Djibril en n'écoutant que ma propre vérité. Les éléments étaient sous mes yeux, mais j'ai choisi de les interpréter en le condamnant d'office. Ses tenues, ses contacts avec les jeunes de la cité et les mystérieuses enveloppes, il ne pouvait qu'être dealer... Je ne lui ai même pas laissé le bénéfice du doute.

Le temps des excuses est arrivé. Je quitte le magasin avec une demi-douzaine de boîtes d'encens.

36

Lorsque Djibril ouvre la porte, je le découvre vêtu d'un ample pantalon noir et d'un débardeur moulant le haut de son corps comme une seconde peau. Je n'apprécie pas spécialement le bodybuilding, mais j'avoue que ses pectoraux me laissent un instant rêveuse. Ce qui ne lui échappe pas, car il simule une petite toux pour me ramener à la réalité.

— Qu'est-ce que tu veux ? demande-t-il d'une voix sèche.

Je note qu'il est passé au tutoiement. Est-ce le changement de territoire ? C'est vrai que je suis chez lui, comme dans tout l'immeuble d'ailleurs. Les fruits et légumes, ça rapporte.

— Te parler.

— Je croyais qu'on s'était tout dit, non ?

Je remarque que son regard accroche ma bouche une seconde, avant de revenir sur mes yeux. Serait-il troublé par ma présence ? Je me dandine d'un pied sur l'autre, mal à l'aise.

— Je souhaitais te remercier pour la voiture, lui dis-je en tendant mes sachets d'encens. Il paraît que tu aimes bien ça.

— Tu as tes sources.

— Oui, c'est plus efficace que les idées que je me fais des gens !

— Ça veut dire quoi ?

— Que j'ai été recalée à l'examen de Sherlock Holmes ! J'ai imaginé tout un tas de choses sur toi avant d'entendre parler de ton véritable business. Je te demande pardon pour ma méprise.

— OK. J'apprécie l'effort.

Quelques mots simples, aucune effusion ! Qu'est-ce que j'espérais ? Qu'il me prenne dans ses bras pour me faire un câlin ? Mes épaules s'affaissent et je baisse les yeux vers le sol tandis qu'il me fixe.

— Tu entres ou on reste sur le palier ?

Je relève la tête, un sourire éclairant mon visage, tandis qu'il s'écarte pour me laisser passer. J'ai les mains moites et j'avance timidement. Son appartement est agencé comme le mien, pourtant, je ne peux réprimer un « wow ! » de stupéfaction. Le mobilier et la décoration font toute la différence. Le noir laqué des meubles du séjour tranche en toute élégance avec les murs blancs ornés de tableaux d'art. Dans la salle à manger, de larges étagères chargées de livres et de trophées remplissent l'espace. Mon regard se promène sur l'ensemble de la pièce avant de revenir sur Djibril qui me fait signe de prendre place dans un des fauteuils Chesterfield en cuir marron.

— C'est super beau chez toi ! le complimenté-je en ôtant ma veste.

— Tu t'attendais à quoi ? Une caverne mal rangée au sol jonché de cartons à pizzas ?

— Euh, non, mais pas à ça non plus.

— Tu dois être déçue de ne pas trouver de laboratoire de transformation ! ironise-t-il. Je suis loin d'être un enfant de chœur, mais je ne suis pas celui que tu crois non plus !

— Je suis tellement désolée de t'avoir si mal jugé. La première fois qu'on s'est rencontrés, tu parlais de chiffre d'affaires, de tournées, tu avais une grosse voiture et des gamins qui la surveillaient.

— Et j'étais en survêtement. Manquait plus que la casquette ! dit-il en éclatant de rire.

— Non, tu l'avais, réponds-je en rougissant.

— Je suis musulman et dans la religion, vendre de la drogue, c'est *haram.*

— *Haram* ?

— Interdit.

— Pourtant, ça n'a pas l'air d'en déranger certains.

— Chacun voit midi à sa porte. Tu parles toujours avec mépris des gens que tu ne connais pas ou tu nous réserves ce privilège ?

La voix de Djibril est tellement froide que je suis prise de court. J'ouvre la bouche pour répondre et me ravise aussitôt.

— Amir, le type qui gère le trafic dans le quartier, est un ami d'enfance. Il a commencé à dériver à quinze ans, en guettant pour les plus grands. À seize, il commettait ses premiers vols, et plus tard, il a intégré un réseau avant de le diriger, à vingt-cinq piges passées.

— Sacré CV.

Je me mords la langue en voyant le regard mauvais que me lance Djibril.

— Tu as vraiment tout de l'invitée qui se gave de petits-fours pendant que tout le monde meurt de faim et qui se plaint ensuite d'avoir mal au ventre. Tu vivais dans les beaux quartiers avant d'arriver chez nous.

Qu'est-ce que tu connais des conditions de vie dans la cité ? La misère, ici, on la prend à bras-le-corps avec les moyens du bord. Les jeunes rêvent de profiter de l'existence comme les gens de l'autre côté du périph. L'argent facile, c'est toujours tentant. Le chômage, c'est un adulte sur trois. Et je ne te parle même pas des moins de vingt-cinq ans. Le moindre CDD est l'occasion d'une fête familiale. On accuse souvent ces jeunes d'être des feignants et des parasites, alors que ce sont les premiers à exercer des métiers pénibles et mal payés. Ils se lèvent tôt pour aller travailler.

Le débit de ses phrases est rapide. À croire qu'il tenait à me dire tout ça depuis un moment. Je ne suis pas forcément d'accord sur tout, mais ses arguments ont du sens et je dois admettre que je n'avais jamais réfléchi à la question sous cet angle.

— Je comprends. J'ai juste une question.

— Je t'écoute.

— Si ce n'est pas toi qui deales, pourquoi as-tu récupéré le paquet qui a été confié à Valentin ?

— Amir et moi, on a un accord. Il ne touche pas aux gamins du quartier et ne travaille qu'avec des majeurs. Moi, je m'occupe de ceux qui ont envie de gagner un peu d'argent et je leur trouve des petits boulots. C'est un apprenti en mécanique qui a réparé ta voiture.

— Ah ! Je t'en remercie. Mais ça n'explique toujours pas pourquoi Valentin s'est retrouvé avec un colis.

— Votre arrivée dans le quartier a fait beaucoup de bruit et Amir a trouvé ton fils assez exotique. Il a voulu le tester.

— Charmant.

— Quand Valentin a été arrêté, Amir m'a appelé. Nous avons discuté et il a compris. Même si nos activités nous conduisent sur des plans professionnels opposés, nous tenons à préserver notre amitié. Il sait maintenant que ta sécurité m'importe.

— Ma sécurité t'importe ? questionné-je, surprise par sa dernière phrase.

— Comme celle de tous mes locataires.

— Même Yvonne ?

— Bien sûr que oui ! Pourquoi tu demandes ça ?

— Elle te prend aussi pour un dealer.

— Elle t'a fait marcher.

— Pardon ?

— Elle m'a vu grandir et me couve comme la grand-mère que je n'ai pas eue. Elle ne voulait simplement pas que tu t'intéresses à moi, avoue-t-il en souriant.

— Qui t'a dit que c'était le cas ?

— Mon petit doigt.

Je comprends soudain que c'était elle qui parlait à Djibril quand je montais chez lui. Il se lève et se penche sur moi en plantant son regard dans le mien. L'espace d'un instant, je crois qu'il va m'embrasser, mais ses lèvres prennent la direction de mon oreille.

— Je t'offre quelque chose à boire, me susurre-t-il en effleurant mon avant-bras.

Pendant une seconde, je reste troublée par son contact. Il est beau et il en a conscience, mais à quoi joue-t-il exactement ?

— D'accord, murmuré-je, en sentant mon cœur s'emballer.

Il revient après quelques instants avec un jus d'orange pour lui et un verre de vin pour moi. Nous trinquons en silence.

— Tu veux rester déjeuner avec moi ? me demande-t-il d'une voix plus langoureuse.

— Si gentiment demandé, je ne peux pas résister.

— Je sais me rendre irrésistible ! Tu m'excuses deux minutes, je vais me changer.

— Te changer ? Pourquoi ?

— Tu es belle comme le jour, ajoute-t-il en glissant entre ses doigts une mèche de mes cheveux. Je dois me mettre au niveau.

— C'est juste une robe à bretelles toute simple.

— Elle te va très bien, précise-t-il en quittant le canapé.

Un sourire idiot s'étale sur mes lèvres, desquelles s'échappe un gloussement. Je me déteste de réagir si bêtement. Mais alors que je m'efforce de reprendre contenance, mes deux neurones restants entrent en collision frontale quand Djibril ôte son tee-shirt avant de quitter la pièce. Je reste bêtement hypnotisée par son large torse musclé. Il revient aussitôt avec une chemise qu'il enfile et traîne à boutonner. La moindre cellule de mon corps le trouve terriblement séduisant et il l'a bien compris. Je me rends compte qu'il me détaille, lui aussi, avec l'ombre d'un air malicieux. Je détourne le visage et regarde droit devant moi, bien consciente que mes joues se sont empourprées.

— Ferme la bouche, tu baves !

J'éclate de rire.

— Pas prétentieux du tout ! Mais j'aime bien ton sens de l'humour.

— J'ai d'autres talents cachés.

— Intéressant. Parle-moi un peu de toi !

— Qu'est-ce que tu veux savoir ?

— Tout, clamé-je avec un enthousiasme peu dissimulé.

— Ma famille a atterri à Renaissance quand mon père nous a largués pour filer avec sa secrétaire.

Mon regard empli de compassion le fait réagir immédiatement.

— Ça ne m'a pas empêché d'avancer. J'ai un master en langues appliquées et je suis diplômé d'une grande école de commerce. Je parle cinq langues, ce qui me permet de gérer au mieux mon petit business.

— Et modeste en plus.

— J'ai oublié de te dire que je suis double champion olympique de judo.

Je l'applaudis en silence et affiche une expression de stupéfaction.

— Bravo ! Et tu n'as pas quitté le quartier pour autant.

— J'ai grandi ici et j'ai bataillé pour y arriver. C'est la cité qui m'a donné l'envie de croire en moi, c'est un juste retour que de participer à ce qui fait battre son cœur.

— Je ne comprends pas.

— J'investis localement pour construire un système social et économique. Mes salariés vivent ici. Parfois, je donne un coup de pouce à d'autres personnes en payant un arriéré de loyer ou une traite de voiture. En contrepartie, ils s'engagent à rendre service à leur tour dès que c'est de nouveau possible pour eux.

Je siffle d'admiration. De quelle planète vient ce type ?

— En parlant d'emploi, tu as interrompu mon *job dating* et je cherche toujours une nouvelle assistante, déclare-t-il avec un petit air amusé.

— Ça tombe bien, je suis à la recherche d'un boulot. Je pourrais postuler ? demandé-je avec le plus grand sérieux.

Un embarrassant silence s'installe entre nous. Je le vois hésiter.

— Tu ne me supporterais pas, j'ai un caractère d'ours mal léché.

— T'as rien trouvé de plus crédible ?

Ma phrase à peine terminée, il se lève et m'attrape par le bras pour m'attirer à lui. Son corps se plaque contre moi, son visage se colle au mien. Je sens un agréable frémissement couvrir ma peau avec une intensité dont je suis la première surprise.

— On ne peut pas travailler ensemble.

— Tu n'es peut-être pas obligé de me le dire d'aussi près.

— C'est exactement la bonne distance pour te l'annoncer : je ne mélange pas travail et sentiments.

Une lueur de sincérité illumine ses pupilles et mes joues s'enflamment. Il resserre son étreinte en finissant sa phrase tandis que mon cœur bat la chamade. Incapable de prononcer le moindre mot, j'opine de la tête. Il colle sa bouche sur la mienne, je savoure l'instant. Ses lèvres ont un goût sucré. Ma main s'égare dans ses cheveux avant de venir s'abandonner dans son cou que je caresse du bout des doigts. Je me laisse absorber par la douceur de sa peau. Mon corps revit après tous ces mois sans câlins ni tendresse. Laurent. Son visage m'apparaît dans un flash pour s'effacer aussitôt : je n'ai aucun mal à revenir à Djibril. La sensualité qui se dégage de chacun de ses gestes me fait frissonner. Pourtant, mon cerveau choisit ce moment précis pour réaliser le doublé du jour : une combinaison qui relie Laurent à Djibril et Djibril « l'ours mal léché » au Papa Ours d'Arthur. Lors de notre parloir, Laurent était beaucoup trop insistant au sujet de cette peluche pour que ce soit anodin.

— Djibril, je viens d'avoir une idée, dis-je en tentant de m'écarter un peu.

— Je n'en manque pas non plus, répond-il en déposant une série de baisers dans mon cou.

Son souffle chaud sur ma peau m'empêche de réfléchir.

— Je dois vérifier immédiatement quelque chose ! Ça concerne Laurent.

L'effet douche froide est instantané. Son corps me laisse une sensation de vide en s'éloignant de moi.

— Tu penses à ton ex pendant que je m'occupe de toi ?

— Non, ce n'est pas ce que tu crois, bégayé-je, comme prise en faute.

— Je t'écoute, m'ordonne-t-il sèchement, le regard sombre.

— Arthur a une peluche…

— Qu'est-ce que le gamin vient faire là-dedans ? me coupe-t-il.

— Rien ! Enfin si ! Laisse-moi t'expliquer, m'embrouillé-je. Le petit a un nounours qu'on appelle Papa Ours.

Il m'observe avec un air suspicieux.

— Quel rapport avec moi ?

— Ton caractère ! crié-je avec un enthousiasme visiblement exagéré.

— OK. Et ?

— La brigade financière est persuadée qu'il a caché quelque part des informations sur ses détournements.

— Oui, mais je ne vois toujours pas.

— J'y arrive. Quand je suis allée le voir, il m'a demandé des nouvelles de la peluche...

Seul un silence éloquent me répond.

— Il voulait être sûr que le doudou restait bien à la maison.

— Tu crois qu'il a planqué quelque chose dedans ? Style clef USB ? demande-t-il, soudain excité.

— Une clef USB, peut-être, mais c'est un peu risqué. Arthur n'est pas un enfant particulièrement soigneux.

Un sourire radieux illumine le visage de Djibril alors qu'il se penche à mon oreille pour me susurrer d'une voix suave qui me donne des frissons :

— Faut aller vérifier tout de suite, car je n'en ai pas fini avec toi !

Malgré ses mots au goût d'une promesse que je compte bien lui faire tenir, je ne peux pas attendre plus longtemps pour en avoir le cœur net.

Deux minutes plus tard, nous récupérons la peluche dans la chambre de mon fils et nous installons dans ma cuisine. J'observe le jouet avant de le triturer dans tous les sens. À chaque pression sur ce petit corps synthétique, j'ai des doutes collés au bout de mes doigts. Je lance un regard désespéré à Djibril qui me confirme d'un hochement de tête hésitant qu'il faut passer à l'acte. Je dépose le doudou sur la table et, au moment où j'attrape un long couteau tranchant, mon complice éclate de rire.

— T'es du style à utiliser un bazooka pour tuer une mouche !

— Et il propose quoi, monsieur l'ingénieur en déconstruction de peluche ?

— Si tu coupes simplement la couture dans le dos, ce sera plus simple à réparer. Un scalpel, si tu as ; sinon des ciseaux devraient suffire.

Un tantinet vexée, je lui tends une paire de ciseaux et j'observe sa dextérité. L'opération est chirurgicale. En quelques secondes, l'intérieur du doudou se retrouve à l'air libre. Sourire éclatant, air triomphant, il me donne la peluche pour que je finisse le travail. Je ne me fais pas prier. Plus compact qu'à l'ordinaire, le rembourrage du jouet me paraît immédiatement suspect, en particulier dans les membres inférieurs. Après avoir dépouillé la patte gauche, je trouve l'objet du délit dans la droite.

— Une clef jaune ! s'exclame Djibril alors que je scrute le bout de métal sous tous les angles.

J'ai l'impression d'en avoir vu une semblable dernièrement. Où et quand ? Je fouille dans mes souvenirs récents et le déclic est immédiat. Le policier de la financière m'en a présenté une de la même couleur. Je comprends alors que Laurent n'avait pas loué un box de stockage, mais deux. Je sais où chercher et je crois savoir comment m'y prendre, car Laurent est peut-être malin, mais je connais ses points faibles. J'emprunte son téléphone.

— Qu'est-ce que tu fais ?

— Je pense deviner d'où vient cette clef, mais il me manque encore un détail.

— OK.

Cette réponse brève me laisse pantoise. Pour la première fois de ma vie, je n'ai pas besoin de détailler le fil de ma pensée et la confiance que je lis dans le regard de cet homme me réchauffe le cœur. J'embrasse délicatement ses lèvres avant de me concentrer sur mon portable. En quelques clics sur mon clavier, je retrouve l'entreprise à contacter. Je sélectionne le numéro avec une certaine appréhension. S'il s'avère que j'ai vu juste, nous allons peut-être tomber sur l'argent disparu. Après un instant d'hésitation, j'emprunte le téléphone de Djibril au cas où le mien serait sur écoute et j'actionne le haut-parleur afin qu'il ne perde rien de la conversation.

— Onstock, bonjour, Vanessa à votre service.

— Bonjour, mademoiselle. Mon fils Arthur Baron a loué un box chez vous et je dois récupérer son contenu pour son futur déménagement. J'ai la clef, mais il ne m'a pas précisé le numéro de la cellule.

— Ah ! effectivement, c'est embêtant ! Mais je ne suis pas habilitée à...

— Vous me sauveriez la vie. Il est parti faire un trek en Mongolie et je n'ai aucun moyen de le contacter. Vous ne voulez pas me laisser introduire cette clef dans tous vos box ?

— Non, bien sûr, madame. Je vais regarder ce que je peux faire.

Le tapotement de ses doigts sur un clavier nous parvient aux oreilles. Djibril lève un pouce pour me féliciter. Je tempère son enthousiasme d'un geste de la main. Nous n'avons pas encore le numéro.

— J'ai bien un Arthur Baron, bâtiment B, allée E, box trente-quatre. Voulez-vous que je vous envoie une confirmation par SMS ?

— Non, ça ira, je vous remercie. Bonne journée, mademoiselle.

— Bonne journée, madame, et à bientôt chez Onstock.

Je jette un coup d'œil à Djibril qui est resté accoudé à l'évier. Il se redresse et fait quelques pas vers moi en applaudissant.

— Je te félicite. Affaire rondement menée !

— Avec un peu de chance, la clef jaune pouvait venir du même entrepôt que celle saisie par les flics. Laurent a loué deux box et a détourné l'attention avec le premier. En mettant le second à mon nom combiné au prénom de son fils, il était à peu près sûr de ne pas attirer les regards.

— Tu m'as épaté, poursuit-il en m'enlaçant tendrement.

— Tu peux répéter ? Je n'ai pas très bien entendu ! gloussé-je alors que ses baisers attisent mon appétit.

Du bout des doigts, il repousse mes cheveux et effleure ma peau qui se couvre d'une chair de poule incontrôlable. Je déboutonne alors sa chemise tandis qu'il dégage les bretelles de mes épaules et fait glisser le bout de tissu le long de mon corps. C'est au moment où il me soulève par les fesses que Victoire franchit le seuil de l'appartement. Nous restons tous les trois figés. Djibril me dépose délicatement au sol et je me glisse derrière lui pour tenter de masquer ma nudité partielle.

— Je ne vous demande pas ce que vous faites ici, lance-t-elle d'un ton assuré.

— Rien de particulier, on allait sortir, d'ailleurs, bredouillé-je.

« Mais pourquoi t'as dit ça ? » me claironne une petite voix beaucoup plus consciente que moi de l'incohérence de ma réponse.

— J'avais oublié que le style soutif-culotte était à la mode en ce moment, reprend-elle en pinçant les lèvres. Y a un petit vent frais dehors, faudrait faire gaffe à ne pas prendre froid, poursuit-elle en pointant du menton le torse nu de Djibril.

Il ne pipe pas mot. Bonjour la solidarité !

— Vous vous protégez, au moins ? reprend Victoire avec tout le sérieux du monde.

Je sens mon visage flamber et une rougeur humiliante me couvrir la peau. Crédibilité parentale : 0 – Victoire : 1. Mon bébé est en train de nous faire la leçon et elle persiste :

— D'une, ça évite les MST ; et de deux, j'ai assez de mes deux débilos de frangins, si on pouvait éviter de réitérer l'exploit, ça m'arrangerait. Allez, à tout à l'heure.

37

Un jean et un chemisier plus tard, nous sommes en route pour l'entreprise de stockage. Je passe haut la main l'accueil tenu par la charmante demoiselle qui se souvient de notre discussion téléphonique. D'une foulée dynamique, je m'élance dans les couloirs de l'entrepôt, Djibril à ma suite. Après avoir ouvert la porte du box trente-quatre, je tâtonne sur le mur pour trouver un interrupteur. L'éclairage blafard des néons nous dévoile deux étagères de six niveaux.

— La fouille devrait être assez rapide, déclare mon compagnon.

— Tant mieux ! On a autre chose à faire de plus intéressant, lui susurré-je au creux de l'oreille. Bon, on commence par quoi ? lancé-je à voix haute en oubliant que je suis encore très près de son conduit auditif.

— Jo, tu veux me rendre sourd ou quoi ?

— Désolée ! Oh ! punaise, t'as vu l'araignée ? m'exclamé-je en regardant par-dessus son épaule.

Il sursaute et se retourne en mode ninja sur la défensive. Je reste stupéfaite un instant avant de m'esclaffer.

— Ne me dis pas que tu as peur des araignées !

— Elle est où ? me supplie-t-il, paniqué.

À la façon dont il se secoue, je comprends que sa phobie est réelle. Pourtant, je ne peux pas m'empêcher de le taquiner.

— Sur ton épaule !

Il s'agite de nouveau en époussetant le haut de son corps. Je suis prise d'un fou rire.

— Froussard !

— Cœur de pierre !

Je le regarde, surprise par sa repartie, puis hausse les épaules en lui tirant la langue. Cet homme a le don de réveiller l'adolescente qui sommeille en moi et je prends conscience de cette légèreté retrouvée. Je l'embrasse sur la joue avant de me tourner vers les étagères. Devant moi, une douzaine de boîtes d'archives et un attaché-case. Les sept premières sont remplies de pièces d'identité et de justificatifs de domicile, les cinq suivantes de relevés bancaires datés de l'année en cours. Je découvre avec effarement des dizaines de comptes, tous approvisionnés de grosses sommes d'argent.

— Regarde un peu tous ces chiffres !

Ses yeux s'écarquillent lorsqu'il examine la feuille que je lui tends.

— À quoi ça correspond, tout ça ? demande-t-il.

— Aucune idée. Tous les comptes sont affiliés à des personnes différentes.

J'attrape l'attaché-case et l'observe attentivement : le boîtier en aluminium est équipé de deux serrures à combinaison de trois chiffres réglables individuellement. Un code à six chiffres. Cela me paraît trop simple pour qu'il s'agisse d'une date de naissance. Et pourtant, en composant celle d'Arthur, je me rends compte que Laurent est bien plus prévisible que je ne l'aurais imaginé. À l'intérieur de la mallette, nous découvrons des dizaines de cartes bancaires. Au bout de quelques secondes d'un silence stupéfait, Djibril et moi échangeons un regard :

— Dis-moi, la brigade financière n'a pas retrouvé l'argent détourné par ton ex ?

— Non, pas à ma connaissance.

— Eh bien, voici son pactole.

— Pardon ?

— Ton ex a fait appel à des mules bancaires pour faire disparaître son trésor.

— Des mules bancaires ?

— C'est une technique pour dissimuler des fonds illégaux. En échange d'une compensation financière, des gens acceptent d'ouvrir un compte. Ce sont juste des prête-noms.

— Quel est l'intérêt ?

— Les paradis fiscaux, c'est bien, mais pas très pratique pour des transferts de fonds. Avec ce système, l'argent reste en Europe et tu peux utiliser une de ces cartes sans te faire repérer.

— Oui, mais sans codes, c'est un peu compliqué.

— T'inquiète, je suis sûr qu'on va les trouver. On emporte les cartons chez moi et on étudie ça.

— Plutôt chez moi, objecté-je.

— Et pourquoi chez toi, madame la Baronne ?

— Arrête avec ce surnom ! rétorqué-je en le fixant du coin de l'œil.

— Comment veux-tu que je t'appelle, maintenant que tu es riche à millions ? m'interroge-t-il avec un sourire espiègle.

— Je ne veux pas de ce fric !

— On en reparle.

— Chez moi !

J'omets de lui dire que j'ai besoin de me sentir dans un endroit de confiance pour étudier tout ce qu'on vient de découvrir et qu'accessoirement je ne veux pas l'impliquer plus qu'il ne l'est déjà. Si la police saisissait tout ça, serais-je accusée de complicité ? Si je venais à me faire arrêter, qu'adviendrait-il des enfants ? Seraient-ils placés ou mon père pourrait-il en récupérer la garde ? En fait, j'aimerais voir la tête qu'il ferait en découvrant trois enfants qu'il n'a jamais vus l'appeler papi ! Je pense aussi aux victimes : ne mériteraient-elles pas qu'on leur rende leur argent ?

— Pourquoi chez toi ? Je te rappelle que la financière te colle toujours au derrière.

— J'ai oublié mon téléphone là-bas, conclus-je en lui tirant de nouveau la langue.

38

En entrant dans l'appartement, je découvre mon téléphone sur la table de la cuisine. Un voyant rouge signale des messages. Quatre appels en absence et cinq SMS non lus, tous adressés par Victoire et Valentin. Mon cœur fait un bond dans ma poitrine. J'ouvre les premiers SMS.

VICTOIRE : Pointez-vous. Avec des fringues.

Mais pourquoi, où ? Le message ne le précise pas. Où sont mes enfants ? Je ne suis pas plus renseignée à la lecture des autres textos.

VALENTIN : Mum's des chips stp.
VALENTIN : Et du soda. Merci.
VICTOIRE : Ils commencent à arriver. Vs êtes où ?

Dernier message de Valentin :

Magnez-vous, tout le monde est déjà là !

Mon visage se décompose. Qui, tout le monde ? Qu'est-ce qui se passe ? Je n'ai sans doute aucune raison de m'inquiéter puisque Valentin parlait de chips et de soda, mais mon esprit divague déjà : Arthur s'est fracturé un bras et il doit être opéré en urgence. Je les imagine à l'hôpital, installés derrière une baie vitrée pour assister à l'intervention. La panique me fait penser n'importe quoi, mais quand même. Où sont mes enfants ? Je consulte mon répondeur, mais aucun message.

— Rien de grave ? m'interroge Djibril, un brin d'inquiétude dans la voix. Tu es toute pâle.

Au même moment, les premières notes de *La Vie en rose* se font entendre. Ma panique s'envole, je saisis la main de Djibril et l'entraîne sur le palier.

— Il se trame quelque chose chez Mme Rossignol.

— Oui, j'ai bien compris.

Je m'arrête devant la porte et l'embrasse à pleine bouche avant de plonger mon regard dans le sien. L'arrangement musical a décuplé mon enthousiasme et je suis excitée comme une puce au salon de la moquette.

— Je suis sûre que c'est ma fille qui joue. Cela faisait des années qu'elle n'avait pas touché un piano !

Je secoue la tête comme pour retenir les larmes que je sens affleurer et détourne le visage. En pénétrant dans l'appartement, nous découvrons l'assemblée qui entoure Victoire installée au piano. Tout le monde est là, sauf évidemment les Lee. À droite de Victoire, le couple Morillon, enlacé, se balance tendrement pour bercer leur bébé. Fatou et Bintou écoutent la prestation, leurs dents blanches exposées dans un large sourire. Yvonne tient un énorme bouquet de fleurs et y plonge le nez avec ravissement, tandis que Raymond, installé en face, la dévore littéralement du regard. Près de lui, Darla et sa mère poussent silencieusement la chansonnette en maniant devant elles un micro imaginaire alors qu'Arthur est perdu dans la contemplation des doigts de sa sœur qui s'agitent sur les touches. Une vague d'émotion m'envahit. Un coup d'œil vers Valentin, un peu en retrait, et je devine son trouble. Nos pensées se télescopent et il tourne son visage vers moi, un sourire timide au coin des lèvres. Simultanément, nos regards convergent de nouveau vers Victoire. Tout son corps exprime le bien-être. Sa tête bouge au rythme de la chanson et ses épaules détendues répondent au ballet aérien de ses mains. Tout n'est qu'harmonie et fluidité. Le charme opère, comme avant.

Cela faisait quatre ans que nous étions privés de cette magie. Quatre ans que Victoire avait complètement abandonné le piano à la suite de l'accident. Ce jour-là, Arthur, âgé de trois ans, laissait traîner ses doigts sur les touches alors que sa sœur venait d'achever une partition. Satisfaite de sa prestation, elle avait violemment claqué le couvercle sans prendre garde aux petites mains qui flânaient près d'elle. Le craquement des os avait retenti dans la pièce en même temps que le cri de douleur de l'enfant. Le verdict était tombé deux heures plus tard : multiples fractures des métacarpiens, plus d'un mois de plâtre. Arthur n'avait pas vraiment souffert de cette immobilisation, mais Victoire ne pouvait plus approcher son piano.

Ma fille s'est arrêtée de jouer et profite des acclamations de son public. Le sourire qui illumine son visage me réchauffe le cœur. Cela faisait si longtemps que je ne l'avais pas vue aussi rayonnante. Je m'interroge sur les raisons de ce retournement de situation, lorsque je m'avise que mon petit Arthur est en train de manigancer quelque chose. Raymond s'est baissé à la hauteur du gamin, qui lui chuchote au creux de l'oreille. L'homme acquiesce tandis que mon fils rejoint sa sœur et lui fait un signe. Elle hoche la tête et entame *La Marche nuptiale* de Mendelssohn. Raymond s'avance devant Yvonne, pose un genou à terre et lui tend un écrin rouge ouvert. De là où nous nous trouvons, je crois apercevoir une clef dans le coffret.

— Yvonne Simone Arlette Vidal, nous ne sommes plus tout jeunes, mais accepteriez-vous de devenir ma colocataire pour le meilleur et pour le pire ?

La vieille dame a l'air aussi surprise que le reste de l'assemblée. Elle semble hésiter un instant, puis attrape du bout des doigts l'objet qui lui est présenté, avant de se pencher sur le front de Raymond pour y déposer un tendre baiser.

— Oui, j'accepte, à condition qu'on vive chez moi. Mes rhumatismes ne supporteraient pas votre premier étage sans ascenseur.

— Tout ce que vous voudrez, ma douce, répond notre Roméo, les yeux embués.

Yvonne rougit comme une pivoine, consciente de l'amour contenu dans ces quelques mots. Mon petit Arthur s'approche de Raymond et l'aide à se relever.

— Merci, mon petit, pour tout ce que tu as fait ! dit-il en caressant sa tête.

C'est donc mon fils l'instigateur de cette mise en scène, lui qui a fait appel à ses aînés pour l'épauler ! Cette soudaine solidarité entre mes enfants me gonfle le cœur de fierté. Les changements opérés ces derniers temps me sautent au visage. Arthur, mon tout-petit, déborde d'enthousiasme depuis quelques jours. Sûrement parce qu'il a mis ses capacités au service d'un vieux monsieur pour le rendre heureux, mais également parce qu'il se sent bien dans sa nouvelle école dont la diversité permet de nourrir son esprit curieux. La présence de Darla auprès de ma fille me rassure. J'ai l'impression que Victoire semble mieux s'intégrer. L'arrivée dans le quartier va peut-être lui permettre d'acquérir cette assurance qui lui fait tellement défaut. Elle m'a déclaré l'autre soir ne plus vouloir se laisser intimider et demeurer elle-même, que ça plaise ou non. Je ne suis pas sûre d'accepter ses nouvelles pointes d'insolence, mais elles me donnent espoir pour l'avenir. Et mon Valentin n'est pas en reste. Il a mis un pied dans le monde des adultes et son comportement a légèrement évolué. Il prend de nouvelles initiatives, même si celles-ci manquent parfois de maturité, et il apprend de ses erreurs. Moi aussi, je commence à apprécier mon nouvel environnement et la présence de Djibril n'est pas étrangère à cette évolution. Mon idée semble avoir traversé son esprit, également, car il m'ouvre les bras pour m'inviter à le rejoindre. De plus près...

— Tu es sûr de toi ? l'interrogé-je en me collant contre lui. Je ne voudrais pas que demain tu regrettes que tout le monde soit au courant.

— J'ai envie de m'afficher avec la baronne du quartier.

J'éclate de rire, avant de prendre conscience de ce qui se joue devant moi, interpellée par l'attitude de Raymond. Revenant du buffet avec un bol de biscuits apéro et un verre d'eau, il se fige et laisse tomber ce qu'il avait dans les mains. Mon regard suit le sien et je découvre le visage d'Yvonne transformé par une grimace de douleur qui vire au blanc. La voix du vieil homme hurle le prénom de sa dulcinée et, alors qu'il se précipite vers elle, le corps d'Yvonne s'effondre au sol comme une poupée désarticulée.

Les conversations s'interrompent les unes après les autres et les cris de panique fusent. Tétanisée par la peur, aucun son ne sort de ma bouche. Je sens juste Djibril me pousser sans ménagement avant de se pencher sur notre voisine. Il nous demande de nous écarter au maximum. Tout le monde fait un pas en arrière, sauf Raymond qui reste agenouillé près d'Yvonne et lui tient la main. Il lui est impossible de la quitter. Djibril a visiblement décidé de prendre la direction des opérations : il l'allonge avec délicatesse. Elle est totalement inconsciente. Il vérifie son pouls avant de s'incliner au-dessus de sa bouche.

— Elle est en arrêt cardiaque. Appelez le 112 !

Valentin est le premier à dégainer son portable. Je l'entends expliquer la situation avec une sérénité qui me stupéfie. Au bord des larmes, je maudis mon impuissance à faire quelque chose d'utile.

— Darla, va chercher le défibrillateur ! ordonne son aîné.

Et tandis que Djibril commence un massage cardiaque, je me cale contre le mur derrière moi afin de ne pas tomber. Les battements de mon cœur bourdonnent si fort à mes oreilles que je peine désormais à comprendre ce qui se déroule sous mes yeux. Arthur, en pleurs, vient se cramponner à ma jambe. Je caresse doucement ses cheveux. Le regard aimanté par ce corps que la vie tente d'abandonner, je me repasse le film de ma rencontre avec Yvonne. Pendant que les secondes défilent, je prie silencieusement pour qu'elle revienne. J'ai à peine eu le temps de la découvrir et, si ce petit bout de vieille femme m'a rendue chèvre, elle a aussi suscité chez moi beaucoup de sympathie. Cela ne doit pas s'arrêter là, pas comme ça. Elle mérite encore de belles années devant elle, ne serait-ce que pour cette nouvelle histoire avec un homme qui l'aime.

Darla revient avec le défibrillateur et Djibril utilise l'appareil avec l'expérience d'un véritable secouriste. Premier essai : rien ne se produit. Victoire glisse une main dans la mienne et me broie les articulations. L'atmosphère est tendue et tout le monde est accroché à l'espoir qu'il réussisse. Second essai : le tracé redémarre. Victoire se jette dans mes bras et me serre contre elle à m'en étouffer. Tandis que je l'enlace tendrement, je savoure le bonheur de retrouver la chaleur de ma petite fille. Elle relâche son étreinte et saisit mon visage entre ses mains pour m'observer. En croisant son regard, j'y lis la même détresse, le même soulagement. La même conviction : aimons-nous vivants ! Le cœur d'Yvonne vient de lui offrir une nouvelle chance et, à cet instant précis, je comprends qu'il est temps que je saisisse la mienne à mon tour. Les pompiers et le Samu investissent l'appartement et prennent le relais de Djibril.

Il se relève péniblement. Lorsque j'aperçois son visage marqué par les émotions, je me jette contre lui et laisse ses bras m'envelopper. Son cœur bat à tout rompre, comme le mien. Nichée dans son cou, je lui murmure qu'il est un homme extraordinaire.

— T'es pas mal dans ton genre aussi !

Je souris avant de lui enfoncer un doigt dans le ventre.

— Tâche de t'en souvenir quand je ferai la cuisine !

Il éclate de rire tandis que, derrière nous, Yvonne est installée sur une civière. Raymond est toujours auprès d'elle et la couve d'un regard plein de tendresse.

Elle m'appelle d'une voix très faible et je m'arrache immédiatement à l'étreinte de Djibril pour la rejoindre.

— Ma petite, j'ai frôlé la mort. Vous pouvez me dire ce que vous avez demandé au génie ?

Je manque d'éclater de rire, mais la pâleur de la doyenne m'en dissuade. On rigolera plus tard.

— Du bonheur, Yvonne ! Du bonheur pour chacun d'entre nous.

Elle me sourit et je prends sa main pour y déposer un tendre baiser.

— On vient vous voir dès que vous êtes remise. En attendant, je veille sur vos hommes, lui assuré-je en jetant un coup d'œil à Raymond et Djibril.

Tandis que les secours quittent l'appartement en emportant Yvonne, chacun de nous se détend. La pièce est encore chargée d'émotions, mais le danger est écarté, nous pouvons de nouveau respirer. « Nous »... Cette évidence me saisit. Nous n'avons formé qu'un bloc depuis mes premiers pas dans cet immeuble. Je ne suis pas sûre d'avoir déjà éprouvé un tel sentiment d'appartenance. Nous sommes les locataires du 3, rue de la Providence, et je prends conscience de l'influence que toutes ces personnes ont sur ma vie alors que je les connais depuis si peu de temps.

Le quartier m'a ouvert ses bras et a relancé mon cœur. Je ne me suis jamais sentie aussi vivante. Comment aurais-je pu imaginer que notre emménagement dans cette cité nous aurait à ce point transformés ? J'ai trouvé le bonheur : il a le visage de mes enfants qui s'épanouissent dans cet environnement et il porte le prénom de l'homme qui vient de sauver cette vieille femme. *Exit* Laurent et ses embrouilles financières, *exit* les pimbêches du golf et leurs vautours. En si peu de temps, j'ai l'impression d'être devenue une autre Joanna, une femme qui a goûté à la solidarité et qui souhaite à son tour s'investir pour les autres. Je me sens de nouveau pleine d'énergie, j'ai retrouvé le mordant de la guerrière que j'étais autrefois. Je sors d'une longue période d'aveuglement et il est temps que les choses changent pour moi et ceux qui m'entourent.

J'attrape mon portable et tapote un message.

Si tu es rentrée, faut que je te parle.
J'ai besoin de mon amie !

JEUDI 5 MAI 2022

Aujourd'hui marque une étape dans ma nouvelle vie : on me remet un prix et je suis morte de peur de devoir m'exprimer devant une assemblée d'élus et une foule de personnes venues me soutenir.

Une année s'est écoulée et je suis la première surprise de tout ce qui s'est produit. Après avoir trouvé l'argent disparu, j'ai hésité entre l'utiliser pour faire le bien autour de moi et informer la brigade financière pour qu'il soit restitué aux personnes escroquées. Outre le fait que ma conscience me titillait, j'ai aussi réfléchi aux conséquences pour Laurent. Avec cette preuve accablante, il écoperait certainement d'une sanction plus sévère. Ce qui me garantissait une certaine tranquillité vis-à-vis d'Arthur. Mon choix fut vite fait.

Par la suite, une tonne de projets se sont mis en place avec la collaboration de mes amis. La première à avoir répondu présente, c'est Anne-Charlotte. Il aura suffi d'un SMS pour qu'elle nous rejoigne et sa complicité est la preuve de la solidité de notre amitié.

Elle a démissionné de sa fonction de responsable de son association de bienfaisance, en prétextant être trop occupée par son rôle de P-DG de l'entreprise familiale et s'est assurée de me faire nommer à son poste. Son soutien moral et financier m'a permis de concrétiser les projets élaborés après une analyse minutieuse des besoins de la cité.

L'intervention miraculeuse de Magloire et de son taxi m'avait ouvert les yeux sur l'enclavement des quartiers. Nous avons donc commencé par financer trois véhicules baptisés les « Taxis du cœur », qui ont pour vocation de transporter gracieusement les personnes ayant des rendez-vous professionnels ou de santé à honorer. Trois moyens de locomotion, donc trois créations d'emplois. Dans un futur proche, je rêve aussi d'investir dans un bus électrique pour emmener les familles dans un parc situé à cinq kilomètres et leur permettre de profiter d'un cadre plus naturel.

Fatou fait bien sûr partie de l'aventure. Nous avons trouvé un local dans lequel elle peut partager sa passion de la cuisine. En louant un ancien restaurant abandonné à la sortie de la cité, nous avons créé un espace solidaire dans lequel elle organise des ateliers culinaires le matin, sert des déjeuners à prix réduit le midi et prépare des plats à emporter vendus tous les soirs sur réservation. Le concept remporte un grand succès et lui a même permis d'embaucher des apprentis cuistots. Leur enthousiasme m'a insufflé l'envie de poursuivre sur ma lancée. J'ai donc recherché d'autres mécènes pour développer des ateliers d'écriture, des cours de dessin et de musique et des activités sportives parrainées par des sportifs professionnels.

Pour moi, ce trophée de « Femme de l'année » équivaut à un diplôme en production de petits bonheurs. Nous avons développé un programme de valorisation architecturale à travers l'art graphique. Le projet « redonner un peu de couleurs à des bâtiments vieillissants et mettre en lumière le travail de jeunes artistes » a résonné au-delà des portes du conseil municipal. Mon Valentin et ses copains font bien sûr partie de l'équipe et sa fierté me comble de joie. De son côté, Victoire a intégré le groupe pédagogique de soutien scolaire. Elle a même persuadé Mme Rossignol de consacrer deux heures par semaine à une classe de musique que nous avons ouverte au sein du centre social. Le bâtiment abrite également une unité « échecs » animée par Raymond. Le vieil homme a réussi à convaincre Yvonne de créer un espace bibliothèque avec des lectures à voix haute. Elles remportent un tel succès que l'école primaire d'Arthur les a incités à mettre en place des heures de conte pour les écoles maternelles. Le jeune couple est complètement débordé, mais ils semblent s'épanouir dans cette nouvelle vie.

Quant à moi, j'ai retrouvé goût aux petits plaisirs en compagnie de Djibril. Cet homme extraordinaire qui rit comme un gosse et réfléchit comme un vieillard a transformé mon existence en m'apportant la confiance et l'attention dont j'avais besoin. Mon ventre se remplit de papillons dès que je croise son regard et ça ne ressemble à rien de ce que j'ai vécu auparavant. J'adore le voir prendre au sérieux son rôle de beau-père et s'occuper avec plaisir de mes enfants. La gaieté qui envahit notre appartement lorsque Djibril joue avec eux sonne le début d'un renouveau.

Les portes s'ouvrent devant moi et je découvre la foule. On commence à scander mon prénom.

J'avance timidement dans une sorte de flou qui m'empêche de distinguer les visages dans le public. On me tapote le dos pour m'encourager tandis que je serre des mains. Portée par ce flot de chaleur humaine, je monte sur l'estrade et rejoins les rangs de l'équipe municipale. Le maire reprend son discours durant ce qui me paraît une éternité pendant laquelle je fouille des yeux le public en quête de mes amis.

Je repère Miss Coco et son décolleté plongeant qui ne laisse rien ignorer de sa généreuse poitrine ni de son nombril. On avait dit « sobriété », elle a sûrement entendu « démesure ». Elle m'envoie un baiser dans les airs, attention qui m'enlève toute envie de lui en vouloir. Cette femme m'a adoptée à la seconde où Djibril lui a expliqué que nous étions ensemble. En l'espace de quelques semaines, elle m'a prise sous son aile et me couve parfois à en rendre jaloux son propre fils. Tout sourire à côté de sa mère, Darla me ravit en me considérant comme la grande sœur qu'elle n'a pas eue. Et en mettant en avant ma repartie et mon sens du style, elle a largement contribué à modifier l'opinion de Victoire sur ma personne. De « maman tyrannique », j'ai validé assez rapidement mon certificat de « maman super cool ». J'aperçois mes trois enfants s'agiter en brandissant en l'air deux pouces vainqueurs et Djibril, qui articule exagérément : « T'es la meilleure ! » À quel moment aurais-je pu imaginer qu'un grand gaillard comme celui-là allait se métamorphoser en chevalier servant prêt à défendre sa belle ? Car depuis que nous avons combiné nos forces pour mener à bien tous ces projets, il a mobilisé son réseau pour faciliter la concrétisation de mes idées.

Les premiers applaudissements me ramènent au présent. Le maire se tourne vers moi pour m'inviter à le rejoindre sur le devant de la scène. Il tient un petit bloc de bois précieux dans lequel est gravée une étoile. Un peu mal à l'aise d'être le centre de tous les regards, je me concentre sur ce magnifique objet qu'il s'apprête à me remettre. D'une main tremblante, je sors la feuille du discours que j'ai préparé et la déplie. Le silence qui a envahi la salle cristallise encore plus mon angoisse. Les lignes dansent sous mes yeux et je ne parviens plus à les déchiffrer. Alors que je me tiens droite comme un « i » derrière le pupitre et souris de toutes mes dents à l'assistance, je me décide à improviser, la voix vibrante d'émotion.

— Je voudrais tout d'abord vous remercier pour ce prix, que je suis si honorée de recevoir. Je le dédie à toutes les personnes qui ont travaillé pour me soutenir dans mes projets. Grâce à leur énergie et leur volonté, j'ai trouvé le courage de réaliser ces actions au sein de la cité Renaissance, et de me réaliser à travers elles.

« Je dois vous avouer qu'il y a un an, j'étais loin d'imaginer me retrouver ainsi devant vous. Je dirai même que ce n'était pas gagné. On ne va pas se mentir, je n'ai pas vraiment sauté de joie en apprenant que j'allais vivre ici quelque temps. Comme la plupart des gens présents ce soir qui n'habitent pas le quartier, je n'aime pas la banlieue, ou plutôt je n'aime pas ce qu'elle représente. Longtemps, j'ai eu un regard lourd sur ses habitants. C'est ce regard qui m'a empêchée de voir les gens tels qu'ils étaient réellement. Mais vivre parmi eux m'a permis de me débarrasser des stéréotypes qui, inconsciemment, me conduisaient à les juger. Par leur comportement, la chaleur de leur soutien, mes voisins ont réussi à me faire changer de point de vue et aujourd'hui, ce que je veux, c'est aider chacun d'entre nous à faire de même, à se débarrasser de ce fantasme collectif sur les cités et leurs habitants.

« Mesdames, messieurs, en vivant ici, j'ai découvert une autre réalité : ces comportements dont on nous rebat les yeux et les oreilles existent. Mais ils sont dus à une minorité. Et je le répète : UNE MINORITÉ, amplifiée, déformée jusqu'à plus soif. L'hypermédiatisation de ces problématiques soulève une réelle crainte chez nous tous. Mais le véritable débat est ailleurs.

« La plupart des banlieues sont des territoires sous-équipés. Elles manquent d'entreprises, de commerces, de transports, sans oublier l'accès à la culture et aux loisirs. Tout fait défaut dans les quartiers : le dispositif de santé y est précaire et la plupart des logements ne sont pas à la hauteur de la dignité humaine. Cette situation est un terreau fertile pour les sentiments de rejet, d'échec scolaire et de discrimination professionnelle.

« Mais en creusant un peu plus profondément, et avec l'aide de mes amis, j'ai compris bien des choses. Il faut mettre du positif dans le cœur de chacun. Il y a un vrai potentiel dans ces zones qui concentrent une énergie extraordinaire. C'est pourquoi j'ai voulu imaginer des réponses concrètes, immédiates et pérennes qui replacent les habitants au centre des préoccupations du développement socio-économique. Aujourd'hui je suis fière de pouvoir affirmer que ça fonctionne.

« Le philosophe Louis Lavelle a dit : “Le plus grand bien que nous puissions faire aux autres n'est pas de leur communiquer notre richesse, mais de leur révéler la leur.”

« Faisons en sorte que Renaissance et d'autres cités deviennent des laboratoires d'idées et d'initiatives afin de créer un système vertueux entre les habitants et les acteurs économiques et sociaux. Encore merci à vous tous !

Je m'éloigne du pupitre, les jambes flageolantes. J'ai débité mon discours improvisé en apnée. Mon rythme cardiaque peine à se calmer. J'ai peur d'avoir été confuse et que mon message ne soit pas passé correctement, d'autant que j'ai l'impression de ne pas avoir dit la moitié de ce que je pensais réellement de la situation. Mes mains sont moites, la sueur coule le long de mon dos et mon estomac joue à Tetris. Les quelques secondes de silence qui suivent ma dernière phrase m'inquiètent, et lorsque les premières acclamations s'élèvent enfin dans la salle, je me détends. Le maire reprend le micro et prononce encore quelques mots, mais je n'entends rien. Mon regard est perdu dans la foule, à la recherche des miens. Ils sourient tous, même la jeune fille accrochée au bras de Valentin. Je me sens rassurée. Pourtant un coin de mon esprit me rappelle qu'il faudra que j'aie une conversation sérieuse avec ce petit cœur d'artichaut. Je me laisse surprendre par le bruit d'un bouchon de champagne qui saute. C'est le top départ d'un nouveau quelque chose. D'un signe de tête, Djibril m'invite à le rejoindre jusqu'au buffet. Des personnes viennent me féliciter, je les remercie sincèrement, mais je ne m'attarde pas plus avec chacune d'entre elles. Mon homme m'attend et je veux fêter ce succès avec lui. Il me tend une flûte de champagne avec un sourire enjôleur. Je lui réponds d'un regard taquin et je suis tentée de faire évacuer toute la salle pour profiter de cet instant en tête à tête. Mais pour le moment, l'ambiance est à la bonne humeur et mes enfants sont en train de faire une razzia sur les petits-fours. Je m'amuse de la scène lorsqu'un livreur se présente à l'entrée, un énorme bouquet de roses rouges dans les bras. Des regards intrigués le suivent, tandis qu'il progresse vers nous. J'affiche un sourire béat quand il s'adresse à moi.

— Madame Baron ?

— Oui ?

— C'est pour vous, me dit-il en me tendant les fleurs.

J'accueille le cadeau d'une main, l'autre étant déjà encombrée par ma coupe, en prenant soin de ne rien renverser.

Chacun y va de son petit commentaire sur l'origine de ce présent. Djibril me regarde, un air complice au coin des lèvres. Je suis persuadée qu'il est à l'origine de cette surprise. Pourtant, en découvrant le message qui l'accompagne, mon corps tout entier se tend. Mon sourire vacille, et j'enfouis mon visage dans le bouquet pour masquer les larmes que je ne parviens pas à refouler. Des images défilent dans ma tête. Des traces de bonheur, du temps où ma mère était encore vivante et que nous habitions tous les trois dans le village de Maintenant en Sarthe. Je la revois prendre soin de ses rosiers dans le jardin familial. Mais je ne peux pas me laisser aller ici. Djibril a remarqué mon changement d'attitude et m'interroge du regard. Je relis le message qui accompagne le bouquet, avant de le lui tendre :

Ma petite fleur, j'ai toujours été fier de toi !
Ton père qui t'aime.

Il sourit discrètement en me rendant la carte.

— Ne m'en veux pas ! Il avait le droit, lui aussi, d'être fier de toi !

Ses intonations chaudes et consolantes me font vibrer. Je mesure une nouvelle fois la chance que j'ai de l'avoir rencontré. Sa douceur et son altruisme font de lui un homme attentif et facile à vivre. Un homme à aimer toute une vie. Paulo Coelho disait : « Rien dans ce monde n'arrive par hasard. » J'étais prête, et Djibril est arrivé au bon moment. Je m'autorise enfin à pleurer. Aussitôt, trois paires de bras viennent m'enlacer tendrement et je fais le plein de leur odeur respective. Trois êtres indispensables à mon existence dont le seul contact efface tous mes doutes. Je sais que la vie ne nous fera pas de cadeaux, mais ensemble, nous serons plus forts. Mon cœur se met à battre plus intensément lorsque je relève la tête et croise le regard de Djibril. Et avec lui, j'irai plus loin...

— Il est grand temps de laisser le passé où il est pour vivre pleinement le présent, conclus-je en souriant à mon homme.

REMERCIEMENTS

Merci à mes éditeurs de m'avoir renouvelé leur confiance pour ce roman qui me tenait à cœur. Votre attention et vos remarques m'ont permis une fois de plus de grandir dans mon écriture.

Merci à toute la team XO pour l'énergie déployée à chaque sortie de livre, qu'il s'agisse de la fabrication, de la promotion ou de l'organisation des dédicaces, de la cession des droits ou du suivi des réseaux (sans oublier la compta, important aussi). Vous faites un travail extraordinaire !

Merci, Gwen, de m'avoir guidée dans l'amélioration de ce texte. Je trouve qu'on a fait du très bon travail ensemble ! Que la force de Francis Cabrel soit avec nous pour la suite !

Merci, Lucie, d'être restée une oreille attentive pour l'élaboration de cette histoire. Tes suggestions m'ont évité quelques fausses notes.

Merci, Daniel, d'avoir compté parmi mes premiers lecteurs et de m'avoir communiqué ton enthousiasme et ta fantaisie. Merci pour tout ce que tu m'as apporté, c'est-à-dire beaucoup.

Merci, Danièle, d'avoir traqué les maladresses avec ton œil de lynx ! Je garde aussi en tête ta remarque sur le premier titre. Tu avais raison !

Mes chers lecteurs, une fois de plus, je vous ouvre mon cœur en vous confiant ce nouveau bébé. J'espère que vous serez tombé sous son charme. J'ai tellement hâte de vous rencontrer ou de vous revoir...

POUR ALLER PLUS LOIN

UNE ASSOCIATION QUI FAIT BOUGER LES CHOSES

Les Déterminés sont une association loi 1901, née en 2015 d'un constat simple :

- un accès difficile à l'entrepreneuriat dans certains territoires ;
- un taux de chômage élevé malgré le dynamisme du tissu associatif.

C'est pourquoi Les Déterminés développent, à l'intention des personnes les plus éloignées des services économiques et sociaux, des actions de sensibilisation à l'entrepreneuriat et un programme de formation visant à accompagner des porteurs de projet sur tout le territoire.

EXEMPLE D'INITIATIVES TOURNÉES VERS LE CHANGEMENT

Le concours « Talents des cités »

Impulsé par le ministère chargé de la Ville et de Bpifrance, ce concours a été créé pour valoriser l'entreprenariat dans les quartiers prioritaires et l'écosystème de la création d'entreprise.

« **La Brigade des daronnes** »

Dans le quartier du Bois-Matar, à Villeneuve-Saint-Georges (Val-de-Marne), ces mères de famille ont créé un réseau destiné à éviter les affrontements entre jeunes. Maraudes de nuit, actions auprès des jeunes et en lien avec les établissements scolaires... Grâce à leur action, ces mamans parviennent à apaiser leur quartier et ont reçu le trophée « ellesdeFrance » de la région Île-de-France.

« **Ma cité va briller** »

À Garges-lès-Gonesse, dans le cadre de cette initiative, des centaines de jeunes ramassent les déchets dans leur quartier. L'objectif : collecter, trier, réutiliser ce qui a été récupéré.

À Nantes, dans le quartier prioritaire de Malakoff, des jeunes nettoient leur cité pour payer leur permis.

La communauté Charleston a aimé !

Chez Charleston, nous sommes convaincus que, loin d'être une aventure solitaire, la lecture est une invitation au partage. Nous échangeons constamment avec nos lecteurs et lectrices, et nous sommes fiers de la belle communauté d'amoureux des livres que nous formons tous ensemble. Chaque année, nous choisissons au sein de cette communauté vingt lectrices et lecteurs qui nous accompagnent tout au long de l'année, et découvrent nos romans en avant-première. Voici leurs avis !

Coup de cœur pour un roman optimiste où l'entraide, l'amitié et la solidarité nous touchent en plein cœur !

@lavieenlivresdefrancoise

Une plume très agréable qui retranscrit à merveille les sentiments des personnages et qui décrit parfaitement bien les lieux. Et la touche d'humour est un délice.

@flora_bouquine

Énorme coup de cœur pour ce roman qui aborde avec délicatesse et bienveillance la vie dans les cités.

@petitsinstantsdelecture

J'adore ce genre de roman où les personnages vous entraînent dans une aventure à la fois drôle et touchante.

@mariellepassionlivres

L'histoire véhicule un beau message sur l'importance de la solidarité et de la bienveillance.

@lectures.de.sarah

J'ai vraiment apprécié la découverte de cette autrice que je recommanderai aisément à tous les amateurs de romans feel-good !

@odessaddictauxlivres

L'écriture est fluide, pleine de tendresse et de légèreté.

@teabooksandyou

Un joli roman plein d'espoir, un appel au réconfort, une lecture qui fait du bien.

@les.mots.de.gaelle

Cet ouvrage est composé de matériaux issus de forêts gérées durablement certifiées PEFC™.
Le Programme de reconnaissance des certifications forestières (PEFC™) est le plus grand organisme mondial indépendant de contrôle pour une gestion durable des forêts.
Pour en savoir plus, consultez le site www.pefc-france.org

PEFC PEFC/14-38-00277

Achevé d'imprimer en avril 2025
par Novoprint
Dépôt légal : mai 2025
Imprimé en Slovaquie